An
guten Tagen
fahren wir
rückwärts

Das Buch

»Manchmal kommt einem das Leben vor wie eine große Party, auf der wir alle allmählich in Richtung Tür gedrängt werden, und irgendwann stehen wir draußen in der Kälte. Und die Party geht ohne uns weiter.«

Alex und seinen großen Bruder Louis verbindet seit ihrer Kindheit eine Hassliebe. Wie viele Geschwister. Sie waren füreinander da, aber immer war Louis klüger, schneller und stärker. Alex konnte ihm nur vergeblich hinterherlaufen. Als Louis schwer erkrankt, steht Alex ihm trotzdem zur Seite. Zögerlich kommen sich die beiden Brüder näher. Doch das Leben gibt einem nicht immer eine zweite Chance. Auch diesmal lässt Louis seinen Bruder allein zurück. Aber anders als früher ist Alex sich sicher: Irgendwo wird er stehen und auf ihn warten.

Die Geschichte des Kinderbuchautors Alex Shearer: Ein Roman über Freundschaft, Liebe und Verantwortung – hinreißend lakonisch erzählt.

Der Autor

In *An guten Tagen fahren wir rückwärts* erzählt Alex Shearer die Geschichte seines Bruders. Er hat mehrere erfolgreiche Kinderbücher veröffentlicht und schreibt außerdem für Film, Fernsehen und Theater. Er lebt in Somerset, England.

Alex Shearer

An guten Tagen fahren wir rückwärts

Roman

Aus dem Englischen
von Armin Gontermann

List Taschenbuch

Besuchen Sie uns im Internet:
www.list-taschenbuch.de

MIX
Papier aus verantwortungsvollen Quellen
FSC® C083411

Ungekürzte Ausgabe im List Taschenbuch
List ist ein Verlag der Ullstein Buchverlage GmbH, Berlin.
1. Auflage Mai 2015

Titel der englischen Originalausgabe: *This is the Life*
(Blue Door, HarperCollins Publishers Ltd., 2014)
Umschlaggestaltung: bürosüd° GmbH, München
Titelabbildung: © Martha Catherine Ivey / Getty Images
Satz: Pinkuin Satz und Datentechnik, Berlin
Gesetzt aus der Granjon
Papier: Pamo Super von Arctic Paper Mochenwangen GmbH
Druck und Bindearbeiten: CPI books GmbH, Leck
Printed in Germany
ISBN 978-3-548-61265-2

Für Bob, der das Problem verstand

1
Haare schneiden

Wir gingen rein, und die zwei Chinesinnen, die den Laden betrieben, nickten uns zu. Sie hatten beide zu tun und schienen auch beide nicht besonders begeistert zu sein, uns zu sehen. Aber Louis merkte das gar nicht, also nahmen wir Platz und warteten, dass wir an die Reihe kamen.

Kaum hatten wir uns gesetzt, fingen die Frauen an, ihr Arbeitstempo erheblich zu verlangsamen, als würden sie sich ein Wettrennen liefern, wer als Letzte fertig wurde. Der Preis für die Siegerin war, dass sie Louis würde bedienen müssen, und das wollten sie beide nicht. Also gingen sie mit allergrößter Sorgfalt zu Werke, schnippelten in Präzisionsarbeit, nahmen sich viel Zeit fürs Durchkämmen und für die Wahl verschieden großer Scheren und hielten den Kunden immer wieder den Spiegel hin, damit sie einen Blick auf ihren Hinterkopf werfen konnten.

Louis bestand damals praktisch nur noch aus Vollbart, strähnigen Haaren und Augenbrauen. Die Augenbrauen waren fragend gehoben oder standen, wenn Louis wie üblich wieder einmal daran herumgezwirbelt hatte, ab wie Teufelshörner. Ich glaube, er hatte sich schon ein halbes Jahr nicht rasiert oder die Haare schneiden lassen, vielleicht sogar länger, noch hatte er seinen Bart auch nur im Geringsten gestutzt. Er sah aus wie ein Wilder, einer von diesen Pennern, die einem leidtun, die man aber auch abstoßend findet.

In seinem Schnurrbart verbargen sich die Überreste diverser vergangener Mahlzeiten. Kein Wunder, dass die Chinesinnen so herumtrödelten. Ich an ihrer Stelle hätte auch getrödelt oder früher zugemacht oder einfach nein gesagt und uns die Tür gewiesen.

Aber dafür waren sie wohl zu höflich oder zu nett oder zu schicksalsergeben, vielleicht wollten sie sich auch nur das Geschäft nicht entgehen lassen. Endlich war einer der Kunden, die gerade bedient wurden, fertig. Die größere Chinesin, die auch die ältere zu sein schien, schüttelte sich das Haar vom Kittel und winkte uns herbei.

»Du bist dran, Louis.«

Louis musterte mich mit milchigem Blick. Es war ein seltsamer Blick, in dem ein Flehen ebenso lag wie stoische Resignation. Ich fühlte mich ein halbes Leben zurückversetzt, in die Zeit, als wir noch Kinder gewesen waren. Nein, mehr als ein halbes Leben. Ein ganzes, zumindest, was ihn betraf – und mich ja vielleicht auch bald, woher wollte man das wissen?

»Louis?«

Er stand auf, nahm seine Wollmütze ab und reichte sie mir zusammen mit der blauen Kühltasche, in der er seine wichtigsten Habseligkeiten verstaute – Sachen wie seine Medikamente und seine Papiere und sein Handy, von dem er offenbar nicht mehr wusste, wie es funktionierte, sowie seine Bankkarte, an deren PIN er sich nicht erinnerte.

Er setzte sich auf den Frisierstuhl.

»Also, was machen wir?«, fragte die junge Chinesin. Sie sah Louis flüchtig an, doch eigentlich war die Frage an mich gerichtet, und das war auch allen Anwesenden klar. Aber Louis war schließlich erwachsen und hatte immer noch seinen eigenen Kopf – nun ja, beinahe jedenfalls.

»Wie hättest du es denn gern, Louis? Wie kurz? Soll

überall was runter? Was ist mit dem Bart? Vielleicht kürzer, aber nicht zu kurz? Wäre das in Ordnung?«

Er schenkte mir seinen milchigen Blick und nickte.

»Kürzer, aber nicht zu kurz bitte.«

Die junge Chinesin nickte und machte sich an die Arbeit. Falls sie irgendeinen Widerwillen oder gar Ekel empfand, merkte man es ihr zumindest nicht an. Sie wusste, dass hier etwas nicht stimmte und Louis inzwischen nicht mehr alle Zacken in der Krone hatte. Aber er war nicht immer so gewesen, was die Sachlage natürlich verändert hätte. Er war ganz und gar nicht so gewesen.

Das alles schien sie zu begreifen und schnippelte und stutzte beinahe mit Respekt und Ehrfurcht vor dem alten Louis, dem Louis, der er eigentlich war, dem Louis, der er früher gewesen war. Obwohl, sehr viel anders ausgesehen hat er ehrlich gesagt nie. Adrett oder anständig frisiert hätte man ihn wohl in keiner Phase seiner Laufbahn genannt. (Wenn man das überhaupt Laufbahn nennen wollte; vielleicht wäre zufällige Flugbahn richtiger.)

Aber sie schnitt und schnitt, erst mit der Schere und dann mit dem Trimmer. Allmählich kam Louis hinter der Tarnung zum Vorschein, und dann war er plötzlich wieder da und war genau wie vor all den Jahren, als wir uns gegenseitig windelweich geprügelt hatten. Nur älter und grauer, aber ansonsten genauso. Ich überlegte, ob er eigentlich schon immer diesen traurigen, milchigen, verlorenen und flehenden Blick gehabt hatte, der zu fragen schien, was für ein verwirrendes Rätsel das Leben doch war und warum er es einfach nicht hinbekam, wo er doch eigentlich so viele Dinge konnte, und sogar gut. Aber darauf hat nie einer eine Antwort gefunden. Meiner Erfahrung nach weiß bei solchen Sachen ohnehin nie einer eine Antwort.

»Augenbraue?«

Louis sah wieder mich an und hob, als wollte er meine Meinung einholen, die Braue, die die kleine Chinesin meinte.

»Wenn Sie so nett wären«, sagte ich. »Das wäre toll.«

Toll wäre es eigentlich gar nicht. Es wären einfach nur kürzere Augenbrauen. Aber so was sagt man eben zu Leuten im Geschäft. Es kommt aus der gleichen Ecke wie *Schönen Tag noch* und *Wie geht es Ihnen* und *Phantastisch* und *Keine Ursache* und *Kein Problem*.

Louis lehnte sich zurück und schloss die Augen, damit es mit den Brauen losgehen konnte.

Ich fragte mich, ob sich womöglich seine Linsen zu trüben begannen und das vielleicht der Grund für diesen milchigen, beinahe sahnigen Blick war. Den Grünen Star hatte er sowieso schon. Er hatte eine Menge Krankheiten. Vielleicht hatte er nicht genügend auf sich geachtet. Er hatte fünfzehn Jahre mit Bella und sieben mit Kirstin zusammengelebt. Die war vor zehn Jahren ausgezogen, und seitdem hatte er sich ein ganzes Jahrzehnt lang vernachlässigt.

Die chinesische Friseurin nahm einen Kamm und eine Schneidemaschine und stutzte geschickt die zornigen Augenbrauen. Als sie fertig war, sah Louis gesund und normal aus. Er war kein Wilder mehr. Es fiel sogar auf, dass er beinahe gut aussah. Ich fragte mich tatsächlich, ob er etwa besser aussah als ich, und kam zu dem Schluss, dass es womöglich so war. Aber gutes Aussehen ist nicht alles, wie einem ja jeder weniger gut aussehende Mensch bestätigen kann.

Sie brauchte eine ganze Weile, bis sie alles erledigt hatte, und danach kam noch die Sache mit den zwei Spiegeln und dem Hinterkopf. Aber als sie dann wirklich fertig war, berechnete sie nichts extra, nur den üblichen Preis. Es ging ans Zahlen, und Louis schaute mich an, also nahm ich das Geld aus seinem Portemonnaie, und die kleine Chinesin schien überrascht zu sein, dass ich ihr ein Trinkgeld gab, obwohl sie sich das ja nun wirklich verdient hatte.

Wir dankten ihr und gingen, und ich reichte Louis sein Portemonnaie zurück.

»Ich habe ihr ein Trinkgeld gegeben«, sagte ich. »Von deinem Geld. Ich hoffe, das war in Ordnung.«

Er antwortete nicht, sondern verstaute nur sein Portemonnaie in der blauen Kühltasche.

»Wie sehen die Reste aus?«, fragte er und besah flüchtig sein Spiegelbild in einem Fenster. Die Sonne stand hoch am Himmel und verwandelte die Schaufenster in Spiegel.

»Gut«, sagte ich. »Sie hat ihre Sache gut gemacht.«

»Wo ist meine Mütze?«, fragte Louis.

Ich gab sie ihm, und er setzte sie auf.

»Ist dir da drunter denn nicht zu warm?«, fragte ich.

»Bald fällt sowieso alles aus«, sagte er.

Ich sah, dass auf seiner Mütze das Logo *Piping Hot* stand. Als er sie aufsetzte, konnte ich zum ersten Mal deutlich seine Narbe erkennen. Sie war verheilt, sah aber immer noch hässlich aus. Der Gedanke war mir unangenehm – dass sie einem den Schädel aufsägten und einen Teil vom Gehirn rausholten, selbst wenn dieser Teil krank war.

»Komm, wir gehen einen Kaffee trinken«, sagte Louis. »Ich gebe dir einen aus.«

Louis hatte es immer schon draufgehabt, sich großzügig zu geben, selbst wenn er gar nichts Besonderes tat.

»Ich lasse einen Kaffee springen«, sagte er. »Oder ein Mittagessen.«

Wir liefen die Straße hinunter. Dieser Vorort von Brisbane ließ mich an Amerika denken. Alles war so weitläufig, die Gebäude eher hingestreut als aufeinandergetürmt – wie in einer Stadt im Hinterland.

»Wie wäre das hier?«

Es gab überall Cafés, aber in diesem waren draußen noch eine Menge Tische frei. Die Kellnerinnen waren jung und freundlich. Keine Chinesinnen, vielleicht eher Malaysierinnen. Aber vermutlich waren es eigentlich Australierinnen. Sie hatten nur mal als Chinesinnen und Malaysierinnen angefangen, und jetzt waren sie Australierinnen, genau wie die ehemaligen Britinnen und Irinnen und Griechinnen und Schottinnen. Für jeden war sozusagen etwas dabei.

Wir setzten uns an einen Tisch, und eine Kellnerin brachte uns die Karte.

»Können Sie einen von diesen Heizstrahlern anmachen?«, fragte Louis. »Mir ist kalt.«

»Willst du lieber drinnen sitzen?«, fragte ich ihn.

»Nein. Aber den Strahler hätte ich gern.«

»Natürlich«, sagte die Kellnerin. »Kein Problem.«

Sie öffnete ein Ventil und drückte auf einen Knopf, damit der Heizstrahler anging. Als sie wieder weg war, sagte ich zu Louis: »Wie kommt es eigentlich, dass hier nie einer ein Problem hat?« Er sah mich verwirrt an. »Jeder sagt: ›Kein Problem‹. Ich kann nicht glauben, dass die gar keine haben.«

Er antwortete nicht. Es war, als sähe er durch mich hindurch. Aber das war nichts Neues. Das hatte er immer schon gemacht, schon in unserer Kindheit.

Louis starrte auf die Karte, begriff sie aber nicht, deshalb las ich sie laut vor.

»Das nehme ich«, sagte er. Aber dann wollte er den Preis wissen, und als ich ihn nannte, hätte er es sich fast noch anders überlegt.

»Ich zahle«, verkündete ich.

»Ist schon in Ordnung«, sagte er. »Aber es ist teuer.«

»Lebenshaltungskosten, Louis«, sagte ich.

Wofür hätte er auch sonst Geld ausgeben sollen? Und wie

viel Zeit hatte er überhaupt noch, welches auszugeben? Die Welt war voller Leute mit Geldproblemen, aber es gab auch welche, die überhaupt keine Geldprobleme hatten, und die machten sich trotzdem noch Sorgen – Sorgen, dass irgendetwas passieren könnte, was mit Geld nicht zu beheben war.

Manchmal glaube ich, wenn man einmal alle Dinge auflisten würde, die man mit Geld *nicht* regeln kann, dann wären es mehr als solche, die man damit regeln kann.

Manchmal nützt einem Geld nicht mehr als Steine in der Wüste, wenn man eigentlich ein Glas kaltes Wasser braucht.

2
Terri

Zu Terri gibt es zwei Geschichten – oder besser gesagt, es gibt eine Geschichte, diese aber in zwei Versionen mit unterschiedlichem Ausgang. Hier folgt Variante Nummer eins.

Das erste Mal hörte ich von Terri, als Louis mich eines Morgens anrief. Wenn er anrief, dann immer morgens. Das heißt, bei mir war es morgens und bei ihm spätabends. Er war gerade von einem besonders miesen Job zurückgekehrt, mit dem er den Tag verbracht hatte. Louis hatte einiges auf dem Kasten und einen Bachelor und einen Master und ein Ingenieursdiplom, aber trotzdem übernahm er nur schlecht bezahlte Aushilfsarbeiten, denn wie der Biff Loman in Arthur Millers Stück *Tod eines Handlungsreisenden* kriegte er irgendwie »sein Leben nicht in den Griff«.

Er hat mir mal erzählt, er arbeite nicht in seinem erlernten Beruf, weil ihm da die »Politik« nicht gefalle. Das Problem dabei ist meiner Ansicht nach, dass es überall irgendeine Politik gibt. Man könnte den dreckigsten, am geringsten geachteten und schlechtestbezahlten Job machen, und trotzdem gäbe es da noch irgendwelche Politik. Es gibt immer noch einen Boss und immer noch Kollegen. Man kann der Politik ebenso wenig entgehen wie anderen Leuten. Machbar wäre es vielleicht schon, aber nicht einfach. Man müsste Einsiedler sein.

Aber so wie viele Menschen, die mit der Welt, wie sie nun mal ist, nicht zurechtkommen, musste Louis immer alles perfekt machen. Kein Bummeln, kein Trödeln, keine Schummelei. Noch der dämlichste Job musste akkurat erledigt werden, und ständig beklagte er sich über die miesen Chefs und irgendwelche Kollegen, denen alles schnurz war. Selbst dann, wenn er für den Mindestlohn als Maschinist oder in irgendeiner Fabrik am Fließband arbeitete. Louis schien immer zu wissen, was zu tun war, um eine Firma am Laufen zu halten, nur für sich selbst kriegte er es irgendwie nicht hin. Zweimal hatte er versucht, seinen eigenen Laden aufzuziehen, aber beide Male hatte er dabei nur Geld in den Sand gesetzt. Obwohl er so gut qualifiziert und ausgebildet war, war er aus irgendeinem Grund der Ansicht, körperliche Arbeit sei wertvoller als geistige. Vielleicht hielt er sie für unverfälschter, authentischer. Ironischerweise hatten unsere Eltern sich für uns beide gerade gewünscht, dass wir eine höhere Bildung bekamen und der Schinderei in einer Fabrik und der körperlichen Arbeit entkommen konnten.

Jedenfalls, er rief an, und ich ging dran. Es hatte eine Zeit gegeben, wo solche Anrufe eine Seltenheit gewesen waren, nur an Weihnachten und zum Geburtstag oder in Notfällen. Aber dann waren die Kosten für Ferngespräche gesunken, und wir sprachen oft miteinander, vielleicht einmal pro Woche oder alle vierzehn Tage.

»Hey!«, rief er.

»Hi, Louis«, sagte ich ein wenig unwillig, weil ich bei was auch immer gestört wurde, es aber zu verbergen versuchte. Man kann ja keinem einen Vorwurf machen, weil er zur unpassenden Zeit anruft. Wenn man ihn selbst anruft, ist es wahrscheinlich genauso unpassend. »Wie geht's?«

»Du glaubst ja nicht, was passiert ist«, sagte er. Und dann schwieg er wie üblich, so als wollte er, dass ich es selbst herauskriegte und ihm die Sache aus der Nase zog.

»Was ist passiert, Louis?«

»Heute Nachmittag habe ich Terri besucht«, erzählte er.

Es kam mir vor, als hätte ich wissen sollen, wer Terri war, aber ich hatte es vergessen.

»Terri? Wer ist die noch mal?«

»Du weißt schon, Terri. Die mit Frank verheiratet war.«

»Ach ja, Frank.«

Ich hätte auch wissen sollen, wer Frank war.

»Der, mit dem ich früher zusammengearbeitet habe. Die Dachdeckerei.«

»Ach, genau.«

Jetzt fiel es mir wieder ein. Eine Zeitlang hatte Louis mit Frank zusammengearbeitet, sie hatten Dächer neu gedeckt. Die Sache ging in die Binsen, als Frank sich einen Hund anschaffte und ihn mit auf die Baustellen brachte. Der Hund war ein traumatisierter Rettungshund und bellte ohne Unterlass. Das Bellen machte Louis verrückt, und eines Tages warf er einen Schraubenschlüssel nach ihm, woraufhin Frank wütend wurde. Danach dauerte die geschäftliche Partnerschaft nicht mehr lange.

Auch Terri hatte irgendwann die Nase voll von Frank, nachdem er sich von einem Säufer allmählich zu einem richtigen Alkoholiker entwickelt hatte. Also ließ sie sich von ihm scheiden und kaufte sich einen kleinen Bungalow in einer Seniorenanlage. Sie war nicht mehr ganz jung, aber wer war das schon? Und sie war immer noch attraktiv und hatte das sprichwörtliche goldene Herz.

»Also, warum bist du bei Terri vorbeigefahren? Nur eine Stippvisite?«

»Nein, sie hatte mich wegen ihrer Dachrinne angerufen und gefragt, ob ich die reparieren könnte. Die war locker. Eigentlich gibt es für diesen Kram einen Hausmeister, aber der weiß gar nicht, wo er anfangen soll. Also habe ich eine

Leiter eingepackt und bin nach der Arbeit mit dem Laster hin.«

Louis hatte einen Kleinlaster, einen verbeulten alten Nissan-Transporter mit einem offenen Anhänger. Auf die Ladefläche war ein silberner Aluminiumkasten geschraubt, in dem man Werkzeug verstauen konnte, gesichert mit einem Vorhängeschloss.

»Und, war es nett?«

Lange Pause.

»Ja. Ich habe die Dachrinne repariert, und dann hat sie mich gefragt, ob ich eine Tasse Tee wolle, also haben wir Tee getrunken und dagesessen und uns unterhalten, du weißt schon, über Frank und so Sachen.«

»Wie geht es Frank?«

»Er ist im Krankenhaus. Er hat jetzt Diabetes, und irgendwas ist mit der Leber. Er kam ständig vorbei und wollte mit mir einen trinken, aber wenn ich nur zwei Bier trank, reichte ihm das nicht. Beim letzten Mal brachte er Scotch mit, und als ich partout nicht mehr weitertrinken wollte, wurde er wütend, und wir haben uns gestritten. Seitdem habe ich ihn nicht mehr gesehen.«

»Aha.«

»Na ja, ich saß da also mit Terri zusammen, und ich weiß auch nicht, was in mich gefahren oder über mich gekommen ist, aber plötzlich habe ich aus heiterem Himmel gefragt, keine Ahnung warum, jedenfalls fragte ich: Terri, würdest du gern mit mir ins Bett?«

Danach herrschte Schweigen, so als wollte er, dass ich eine Frage stellte, oder als bräuchte er ein Stichwort, um weiterzusprechen. Ich wollte zwar höfliche Neugierde an den Tag legen, aber nicht unbedingt geifernde Lüsternheit.

»Wow! Mensch, ganz schön direkt, Louis. Ohne lange Vorrede, was? Einfach raus mit der entscheidenden Frage.«

»Also, ich weiß auch nicht, was über mich gekommen ist, es ist mir einfach rausgerutscht.«

Es musste damals um die sieben Jahre her sein, dass er und Kirstin sich getrennt hatten. Ich fragte mich, ob er wohl die ganze Zeit über enthaltsam gewesen war, aber das ist nicht die Sorte Frage, die man seinem Bruder stellt.

»Und wie hat sie reagiert? Was hat sie gesagt?«

»Na ja ...«

Ich hörte ein leises, aber perlendes Glucksen.

»Na ja, sie hat gesagt, okay.«

»Echt?«

»Ja.«

»Einfach so?«

»Ja. Einfach so.«

»Warst du überrascht?«

»Ich war schockiert über mich selbst, dass ich das gefragt hatte.«

»Tja ... gut gemacht.«

Das war ziemlich unpassend, aber in diesem Moment wusste ich nicht, was ich sonst sagen sollte.

»Ja«, stimmte Louis zu, dann schwieg er wieder, als wartete er auf weitere Nachfragen oder Komplimente.

»Also ... ähm ... und wie ist es gelaufen?«

»Klasse. Und dann hat sie mich gebeten, zum Abendessen dazubleiben.«

»Das war ja wohl auch das Mindeste«, sagte ich.

»Ich meine, ich kenne Terri doch schon jahrelang«, fuhr Louis fort. »Und gemocht habe ich sie immer. Aber nicht ... du weißt schon.«

»*So*?«

»Genau. Aber als wir da saßen, also, ich weiß auch nicht, was über mich gekommen ist.«

»Geilheit?«, schlug ich vor. Aber Louis lachte nur.

»Nächste Woche fahre ich wieder zu ihr«, sagte er.

»Also könnte was Festes draus werden.«

»Mal abwarten.«

Ich hatte immer noch das Gefühl, dass ihm ein paar weitere Fragen geschmeckt hätten, aber mir fielen keine ein. Und mich hatte er nach meinem Sexualleben noch nie befragt. Streng genommen hat sich Louis überhaupt nie groß nach meinem Leben erkundigt. Er schien davon auszugehen, dass mein Leben in Ordnung, weitere Nachfragen also nicht notwendig waren.

»Dann hoffe ich mal, dass es hinhaut«, meinte ich.

»Ja«, sagte Louis, und ich fand, er hörte sich jetzt ein klein wenig selbstgefällig an, so als wäre er der einzige Mann auf der Welt, der je eine Frau ins Bett gekriegt hatte. Das ärgerte mich ein bisschen, weil ich solche Sachen zu meiner Zeit auch schon mal geschafft hatte, in überschaubarem Ausmaß, und wer hat das nicht?

Wir plauderten noch ein wenig weiter, dann legten wir auf, nachdem wir einander versprochen hatten, uns bald wieder beieinander zu melden.

Diesmal war ich dran, also rief ich ihn zwei Wochen später an.

»Wie geht's, Louis? Wie läuft es mit Terri?«

»Oh, okay. Okay.«

»Trefft ihr euch noch?«

»Ja, ja. Ich schaue einmal die Woche vorbei und helfe ihr im Bungalow und bastle und so, dann bleibe ich noch zum Abendessen, und danach … na ja, dann geht's zur Sache.«

»Zur Sache?«

»Du weißt schon, zur Sache eben.«

»Du hast wirklich eine poetische Ader, Louis.«

»Na, du weißt schon, wie soll man das sonst nennen?«

»Also läuft alles prima.«

»Kommt mir so vor.«

»Gut.«

Ich freute mich und war ziemlich erleichtert, dass Louis jemanden gefunden hatte, bei dem er seinen Kummer abladen konnte, jemanden mit einer warmen, mitfühlenden und saugfähigen Schulter, an der er sich ausheulen konnte. Ich fragte mich, ob er und Terri wohl zusammenziehen würden. Aber als ich das nächste Mal anrief, war schon Stress angesagt.

»Hi, Louis, wie geht's?«

»Ach … so weit ganz gut.«

»Wie geht es Terri?«

»Och, okay. Ich kriege sie nicht allzu oft zu sehen.«

»Warum das denn? Ich dachte, aus euch würde was.«

»Also, wenn ich ehrlich sein soll, ich bin ein bisschen sauer.«

Langer Rede kurzer Sinn, wann immer Louis Terri besuchte, wartete schon irgendein kleiner Auftrag auf ihn. Ein tropfender Hahn musste repariert werden, eine Waschmaschine angeschlossen oder ein Fensterzug erneuert. Und eines Nachmittags war es dann eine Gefälligkeit für eine Nachbarin, dann für noch eine Nachbarin. Denn offenbar war die Anlage bevölkert von alleinstehenden Damen, Geschiedenen und Witwen, die alle irgendwelche Kleinigkeiten im Haus zu erledigen hatten, von jemandem, der halbwegs geschickt und verlässlich war.

So, wie Louis es – andeutungsweise oder in aller Deutlichkeit – darstellte, waren der Preis für Sex vorherige Instandsetzungsarbeiten im Haus, und so ganz allmählich ärgerte ihn das. So ganz allmählich fühlte er sich ausgenutzt.

»Ständig muss irgendwas bei ihr gemacht werden«, beschwerte er sich. »Und wenn nicht bei ihr, dann bei einer ihrer Freundinnen. Und ich habe dann ja schon einen Arbeitstag hinter mir. Danach fahre ich rüber und verbringe noch mal zwei Stunden damit, verstopfte Leitungen frei zu machen oder was auch immer. So langsam regt mich das einfach auf.«

Als wir das nächste Mal sprachen, hatte er Terri seit unserem letzten Gespräch nicht mehr gesehen. Mit den Intimitäten war es vorbei. Doch Freunde blieben sie. Terri hat Louis in den letzten Monaten seines Lebens sogar angeboten, bei ihr zu wohnen. Aber er wollte nicht, er wollte unabhängig bleiben. Und vielleicht hatte er auch Angst vor der Heimwerkerei.

Das also war seine Version. Aber es gibt noch eine andere.

3
Rohre

Wir saßen bei Louis im Wohnzimmer, in dem alles rot war, der staubbedeckte Teppich ebenso wie die Möbel von der Heilsarmee, auf denen noch die Preisschilder klebten, und die billigen Plastikvorhänge, die zu kurz für die Fenster waren und von den Enden der Stange herunterrutschten, weil es keine Stopper gab.

Das Waschbecken im Badezimmer brauchte eine Stunde zum Abfließen, also lief es jedes Mal voll, wenn ich es benutzte. Man putzte sich die Zähne, spuckte die Zahnpasta ins Becken, und da blieb sie dann, man konnte sie nicht wegspülen. Bei der Spüle genau dasselbe. In der Dusche hatte man exakt eine Minute, bevor die Wanne voll war und überzulaufen begann.

Ich schlug vor, wir sollten einen Klempner kommen lassen, aber Louis war dagegen.

»Die ist am Ende«, sagte er. »Das bringt nichts. Wir sind am Ende. Alles ist am Ende.«

Ich hatte versucht, ihn mit ein paar Berichten über Leute aufzumuntern, die noch ewig weiterlebten, die Operationen und Bestrahlungen und Chemo hinter sich gebracht und schon fünf, sechs, sieben Jahre geschafft hatten und immer noch lebten. Er schien sich Mühe zu geben, mir zu glauben, und ich meinte in seinen milchigen Augen schon einen Hoffnungsschimmer aufblitzen zu sehen, aber dann regte er sich über die Medikamente auf, die er nehmen musste, und dass er ein paar davon womöglich nicht in der richtigen Reihenfolge genommen hatte.

»Wir sind am Ende«, wiederholte er. »Hilft alles nichts. Wir sind am Ende.«

Ich versuchte Louis zu überzeugen, dass wir nicht am Ende waren.

»Die haben uns voll an den Eiern«, beharrte er.

»Wir sind nicht am Ende, Louis. Die haben uns nicht voll an den Eiern. Wir sind doch nicht hilflos, oder? Bis hierhin haben wir es schon geschafft, und guck nur, was wir alles überstanden haben. All das haben wir durchgemacht und sind immer noch nicht kleinzukriegen.«

»Vielleicht«, sagte Louis. »Aber jetzt sind wir am Ende.«

»Sind wir nicht, Louis«, widersprach ich. »Wir können noch Jahre vor uns haben. Na gut, ich will nicht behaupten, dass die Sache nicht ernst ist, aber es gibt Leute, die so was durchgestanden und überlebt haben. Es kann auch wieder besser werden. Und wir können einen Klempner kommen lassen.«

»Bringt nichts. Ist am Ende«, sagte Louis.

»Louis, irgendwo ist ein Rohr verstopft, mehr nicht. Ein Klempner kann das reparieren. Dauert nicht länger als eine halbe Stunde. Ich frage deinen Nachbarn Don, ob er einen Klempner empfehlen kann, und dann lassen wir ihn kommen.«

»Bringt nichts«, sagte Louis. »Wir sind am Ende.«

Ich ging trotzdem bei Don vorbei und ließ mir die Nummer von einem Klempner namens Barry geben, und den rief ich dann an.

»Klar, ich komme am Donnerstag vorbei, Kumpel, kein Problem.«

Kein Problem, dachte ich. Das wird ja ein Festtag.

Aber Louis heiterte das auch nicht auf. Er behauptete

weiter, wir seien am Ende, und inzwischen war ich selbst schon seiner Meinung, obwohl ich nichts dergleichen verlauten ließ.

Er hatte natürlich recht. Wir waren am Ende. Alle beide.

Dauernd reden die Leute übers Gewinnen und Gewinnertypen und die Ersten an der Ziellinie und so weiter. Aber am Ende können wir alle nur verlieren und höchstens darauf hoffen, würdevoll abzutreten. Jeder stirbt. Der Tod kommt auf uns alle zu. Wir sind alle am Ende. Früher oder später hören wir auf, richtig zu funktionieren. Louis hatte also recht.

Andererseits, als ich vorschlug, dass wir uns einen Heizlüfter besorgten und damit die kühlen australischen Winterabende wärmten, die nach nordeuropäischen Maßstäben nicht unbedingt frostig sind, aber trotzdem ganz schön kalt, war Louis ebenfalls dagegen. »Wir brauchen keinen Heizlüfter«, erklärte er, »wir sind hart im Nehmen.«

»*Du* bist hart im Nehmen«, widersprach ich. »*Ich* besorge einen Heizlüfter.«

Schließlich war er es doch gewesen, der im Café die kleine Malaysierin gebeten hatte, den Heizstrahler anzuschalten, oder etwa nicht?

Am nächsten Morgen ging ich in ein Geschäft und kaufte zwei Heizlüfter – ein Umwälzgerät und eins mit Gebläse. Ich brachte sie nach Hause und stöpselte sie ein. Louis saß in seinem Heilsarmee-Sessel und ließ sich rösten. Bald schon waren Louis und der Heizlüfter unzertrennliche Freunde. Zum Ende seines Lebens hin war das Ding einer seiner engsten Vertrauten. Aber in seinem Schlafzimmer wollte er ihn trotzdem nicht haben. An diesem Punkt war für ihn die Grenze zum zügellosen Komfort erreicht.

»Sobald ich unter der Decke liege, ist alles in Ordnung«, sagte er. »Im Schlafzimmer hat man keine Heizung.«

Wahrscheinlich nicht, wenn man hart im Nehmen ist.

Die Decken erkannte ich wieder, die hatte ich schon mal gesehen. Sie hatten unserer Mutter gehört. Inzwischen mussten sie an die dreißig Jahre alt sein und fielen auseinander. Als ich sie zu waschen versuchte, lösten sich die Fasern auf und verstopften die Waschmaschine. Ich marschierte los und kaufte ein paar *doonas* – der australische Begriff für Federbett. Als ich das Bett abzog, bekam ich die Matratze zu sehen und ging flugs ins Internet, um eine neue zu kaufen. Die alte fiel schon auseinander. Aus den Überresten des Teppichs unter der Matratze spross eine reiche Ernte an Staub.

»Hast du einen Staubsauger, Louis?«, fragte ich.

»Ja, natürlich«, antwortete er beleidigt.

»Wo ist der?«

»Weiß ich nicht mehr.«

Er suchte herum und entdeckte ihn in einem Küchenschrank. Es war ein Museumsstück.

»Wer hat den zuletzt benutzt?«, fragte ich.

»Kirstin«, sagte er.

»Und wann habt ihr beide euch getrennt?«

»Weiß nicht. Vor zehn Jahren vielleicht?«

»Hast du ein Bügeleisen, Louis?«

»Natürlich habe ich ein Bügeleisen!«

»Und wo ist das?«

»Ich gehe ins Bett.«

Das Bügeleisen fand ich in einer Schublade. Ich weiß nicht, wer es zuletzt benutzt hatte. Oder ob überhaupt je einer.

Der Klempner Barry kam am Donnerstag vorbei und machte die Rohre frei. Er sagte, die Leitungen seien so alt, dass sie innen zugerostet seien. Er stellte das Wasser ab, schnitt das defekte Rohrstück heraus und ersetzte es.

Louis sagte, das hätte er ganz leicht selbst erledigen können und es hätte nur die Hälfte gekostet. Ich wollte ihn fragen, warum er es dann nicht gemacht habe. Aber derlei Dinge fragte ich ihn doch nie, weil ich ja wusste, dass er nur wütend werden würde.

Ich bezahlte Barry in bar, das Geld hatte ich mir mit Louis' Karte vom Automaten geholt. Wir trafen uns vor der Apotheke, wo wir wegen Louis' Medikamenten hinmussten. Es dämmerte schon, langsam sank die Sonne tiefer, und die Straßenlaternen und Autoscheinwerfer gingen an. Ich gab Barry ein Bündel zusammengefaltete Dollars.

»Das sieht jetzt aus wie ein Drogendeal oder so was, Barry.«

»Kein Problem«, sagte er.

»Danke, dass Sie das in Ordnung gebracht haben.«

»Kein Drama, Kumpel«, sagte er. »Bis dann, Louis.«

»Bis dann, Barry«, sagte Louis.

Darauf fuhr Barry mit seinem eigenen Laster davon. Jeder Handwerker, der etwas auf sich hielt, hatte so einen.

»Ist doch prima, Louis«, sagte ich. »Jetzt können wir uns duschen und die Zähne putzen und in der Spüle den Abwasch machen.«

Aber er schüttelte den Kopf und schielte unter seiner unvermeidlichen Wollmütze zu mir hoch, die immer kurz davor war, ihm über die Augen zu rutschen und ihn verschwinden zu lassen. So sah die Welt ihn nicht mehr und er nicht mehr die Welt.

»Sollen wir reingehen und dein Rezept einlösen?«, fragte ich. »Hast du es da in deiner Tasche?«

Er drehte sich um und schob die Tür auf. Die Apothekerin, eine Asiatin, erkannte ihn und sagte hallo. Sie hatte eine unendliche Geduld mit Louis, selbst wenn ihm Wörter nicht einfielen oder er die Medikamente, die er einnehmen musste, nicht auseinanderhalten konnte. Ich hatte den Eindruck, dass sämtliche Leute in diesem Laden unglaublich zuvorkommend waren, und die meisten waren keine Weißen.

Nachdem die Medikamente bestellt und schon unterwegs waren, sie würden morgen bis spätestens drei Uhr geliefert werden, traten wir wieder hinaus auf die Straße. In den wenigen Minuten war die Sonne endgültig untergegangen, und die Welt der südlichen Hemisphäre lag jetzt in winterlicher Dunkelheit, die plötzlich und früh kam.

Ich entdeckte ein indisches Restaurant, das Schild war erleuchtet.

»Sollen wir uns zum Abendessen ein Curry holen, Louis?«, fragte ich. »Taugt der Laden was?«

»Ist okay.«

»Gehen wir rein?«

Er gab keine Antwort, eine Angewohnheit, die er schon seit der Kindheit hatte. Oft starrte er einen einfach nur an, ohne eine Frage zu beantworten. Nicht so, als hätte er sie nicht gehört, sondern als wäre die Frage nicht zu beantworten oder verdiente keine Antwort. Genau wusste ich es nie. Vielleicht hatte er mich ja doch nicht gehört.

»Louis«, fragte ich noch einmal, »sollen wir ein Curry essen?«

»Wir sind am Ende«, sagte er. »Total am Ende.«

Er wandte sich von mir ab und marschierte auf die Neongöttin zu. Ich folgte ihm, wir betraten das Restaurant. Und als wir bestellten, sagte die Kellnerin, die unsere Bestellung aufnahm, natürlich wieder: »Kein Problem.«

Na bitte, dachte ich. Einer sagt, kein Problem, und der andere sagt, wir sind am Ende. Irgendwo musste es doch einen Mittelweg geben. Aber ich wusste nicht, wie man den nennen sollte. Vielleicht war es ja auch nur ein Pendel, das zwischen den beiden Seiten hin- und herschwang, bis es schließlich auspendelte und stehen blieb und sich nicht mehr aufziehen ließ. Und der Moment, wo es sich nicht mehr bewegte, war der, wo sie einen beerdigten, dann war man nicht mehr das eine oder das andere, sondern einfach nur am Ende angekommen, aber frei von Schmerzen.

4
Terri zwei

Bei der Beerdigung stand Terri auf und sprach einige freundliche, wohlmeinende Worte. Ich mochte sie. Sie schien ein netter, aufrichtiger Mensch zu sein, der Louis echte Zuneigung entgegengebracht und ihn so hingenommen hatte, wie er war. Wir kamen ins Gespräch, und sie schlug mir vor, noch mal zum Essen vorbeizukommen, bevor ich wieder nach Hause fuhr. Ich sagte, ich würde darauf zurückkommen, außerdem hatte Louis sich Bettwäsche von ihr geliehen, die ich ihr zurückgeben musste. Sie gab mir ihre Nummer und sagte, ich solle sie anrufen. Etwa eine Woche später tat ich das tatsächlich und verabredete mit ihr, wann ich vorbeikommen sollte.

Ich dachte, wir würden vielleicht in ein Restaurant gehen, aber sie erzählte, es gebe in ihrer Anlage einen Gemeinschaftssaal, wo alle Bungalowbewohner sich einmal die Woche trafen und an Bierbänken zu Abend aßen, wenn ihnen danach war – alles zu einem Spottpreis.

Es war eher eine Art Baracke und erfüllt von lärmenden Stimmen. Da gab es ältere Ehepaare, aber auch Geschiedene und Alleinstehende und vermutlich sogar liebeshungrige Witwen auf der Suche nach verfügbaren Männern. Ich entdeckte Terri an einem Tisch gemeinsam mit ihren Freundinnen. Sie hatte mir einen Platz freigehalten, ich setzte mich, sie stellte mich vor, und wir plauderten ein bisschen über Großbritannien und dies und das. Nach der Vorspeise kam eine

Bekannte von Terri herbeigeschlendert und sagte hallo. Terri stellte uns vor, und während die beiden sich unterhielten, blieb die Frau neben meinem Platz stehen. Ehe ich michs versah, lag ihre Hand auf meiner Schulter, dann waren ihre Finger in meinen Haaren, dann spielte sie an meinem Ohrläppchen herum, und ein Kribbeln lief mir über den Arm. Sie fragte mich, wo ich wohne, und als ich antwortete, in Großbritannien, gab sie sich nicht weiter mit mir ab, sondern ging.

Kaffee war hier keiner zu kriegen, also lud Terri mich in ihren Bungalow ein.

Sie hatte einen kleinen Hund, der aber lieb und nett war und nicht viel bellte. Wir tranken löslichen Kaffee und sprachen über Louis. Wir redeten über seinen Boiler, der schon vor einem Jahrzehnt den Geist aufgegeben hatte. Ganze zehn Jahre hatte es gedauert, bis er sich endlich bequemte, ihn zu reparieren, und die ganze Zeit über hatte er kein heißes Wasser gehabt und stattdessen erfrischend kalt geduscht, sogar im Winter. Auch seine Waschmaschine lief mit kaltem Wasser.

»Und dabei konnte er bei anderen Leuten alles so gut reparieren«, sagte sie.

»Heißt es nicht über Schusterkinder, dass sie immer in schlechten Schuhen herumlaufen?«

»Ist wohl so«, sagte sie.

Wir sprachen noch ein bisschen weiter über Louis. Sie erwähnte, wie gut er nach jenem legendären Haarschnitt aussah, obwohl er sich ja eigentlich aus freien Stücken in einen Wilden verwandelt hatte.

»Ich habe mir seine Augenbrauen angesehen«, erzählte sie, »und dachte bloß, wenn du dir nur mal den Bart abrasieren würdest, Louis, dann wärst du ein ziemlich gutaussehender Mann. Er konnte sich richtig rausputzen. Aber du kennst ja Louis …«

Louis war immer mit Farbe bekleckert. Und wenn nicht er selbst, dann zumindest seine Klamotten. Manche Leute haben feine Sachen und Arbeitskleidung. Aber Louis' Sachen waren allesamt Arbeitsklamotten, denn wenn es etwas zu tun gab, dann tat er es, egal, was er gerade anhatte. Demzufolge war fast alles, was er besaß, mit Farbe oder Öl beschmiert, er trug immer Shorts, sogar im Winter, und aus seinen löchrigen Pullovern lugten die Ellbogen hervor. Er war einer von der Sorte: Ich bin, wie ich bin. Entweder du magst mich, oder du kannst gehen.

Dann erzählte Terri, dass er sie einmal bei *Fried Fish* zum Essen eingeladen hatte, einer Art exklusivem Fish-and-Chips-Laden unten am Hafen.

»Ich dachte, wir würden uns feinmachen«, jammerte sie. »Und ich habe mir richtig Mühe gegeben. Aber dann tauchte er mit seinem Laster und in Arbeitsklamotten auf. Ich kam mir vor, als würde ich mit meinem Handwerker essen gehen. Es war mir schrecklich peinlich.« Seufzend fügte sie hinzu: »Obwohl ich deinen Bruder wirklich mochte. Und der Mann hinter dem Bart hätte eigentlich ziemlich gut aussehen können.«

Ich warf einen verstohlenen Blick auf meine Uhr und kam zu dem Schluss, dass ich vielleicht besser gehen sollte. Ich wollte die Einladung nicht überstrapazieren. Hier in der Bungalowsiedlung schien man früh zu Bett zu gehen.

Aber als ich mich gerade empfehlen wollte, sagte Terri: »Eigentlich wollte ich es dir gar nicht erzählen, aber einmal, vor einem oder zwei Jahren, kam Louis mich besuchen, er saß genau da, wo du jetzt sitzt, in genau dem Sessel da …«

Wir schauten beide auf den Sessel, in dem ich saß, so als würde er womöglich sprechen oder Zeugnis ablegen oder seine Geheimnisse preisgeben. Aber er blieb stumm.

»Ja, in genau diesem Sessel saß er und … ich weiß wirklich nicht, ob ich dir das erzählen sollte, aber aus heiterem Himmel, ich war vielleicht überrascht, kann ich dir sagen … Weißt du, was Louis mich da gefragt hat?«

Ich wusste es, hatte aber das Gefühl, dass ich das besser nicht zugab.

»Er fragte, Terri, würdest du gern mit mir ins Bett?«

»Wow«, machte ich, weil ich den Eindruck hatte, irgendetwas sagen zu müssen. »Tja, so war er, unser Louis, immer taktvoll.«

»Ich war vielleicht überrascht. So was von überrascht.«

»Kann ich mir vorstellen.«

»Weil ich bei Louis nie an so was gedacht hatte. Für mich war er immer nur ein Freund von Frank gewesen. Obwohl ich damit nicht sagen will, dass er kein ziemlich gutaussehender Mann gewesen wäre, wenn er sich mal den Bart gestutzt hätte.«

»Tja, Louis hat immer einen Bart gehabt«, sagte ich. »Seit er um die zwanzig war. Er hatte diesen Bart schon ganz lange.«

»Also, ich war dermaßen …«

»Logisch.«

»Ich wusste gar nicht, wo ich hingucken sollte.«

»Ziemliche schwierige Situation«, stimmte ich zu. »Einfach mit so was herauszuplatzen. Ich meine, so ohne jede Vorrede.«

»Kein Wort. Keine Einleitung. Nichts, was man vielleicht …«

»… das übliche Balzverhalten nennen könnte?«, half ich nach.

»Ohne jede Vorwarnung.«

»Louis hatte immer schon eine direkte Art.«

Dabei hielt ich sie ja nur hin. Ich versuchte nur, mich

möglichst neutral zu verhalten, …
abbrachte, mir zu erzählen, was als …

»Also, ich wusste wirklich nicht, w…

»Ziemlich peinliche Situation«, sagt… man so in Verlegenheit gebracht wird.«

»Und er hat mich mit so traurigen A… Manchmal hatte er so traurige Augen, dein Bruder.«

»Er musste Tropfen reintun, wegen seines Grünen Stars«, sagte ich. »Ich habe mich sogar gefragt, ob er sich den nicht beim Dachdecken geholt hat. Louis hat nämlich nie eine Sonnenbrille getragen, und dann da oben auf den Dächern in der australischen Sonne, und das Dach reflektiert sie ja auch noch. Dabei kann man sich bestimmt die Augen kaputtmachen.«

»Nein«, widersprach sie. »Sie wirkten eher wie Labradoraugen. Sie sahen einen irgendwie traurig an, aber gleichzeitig auch liebevoll. Und Frank hat auch keinen Grünen Star bekommen, aber der hat dafür viel getrunken.«

»Mit Hunden kenne ich mich nicht so aus«, sagte ich. »Aber ich hatte mal einen Kater, als meine Freundin mich verlassen hat. Sie ist mit meinem besten Freund durchgebrannt, aber den Kater hat sie dagelassen. Interessanterweise war es ausgerechnet Louis, der uns beiden diesen Freund vorgestellt hat, und dann ist er nach Australien gegangen. Der Kater hat die Hälfte der Möbel ruiniert. Alles total zerkratzt. Katzen und Sofas sind eine tödliche Kombination. Ich glaube, der Kater mochte mich nicht und wäre lieber mit meiner Ex mitgegangen, aber die wollte ihn nicht haben.«

»Aber ich dachte, wie kann man denn nur so was sagen?«, fuhr Terri fort. »Terri, würdest du gern mit mir ins Bett? Einfach so.«

Jetzt konnte ich nichts mehr erwidern, was irgendwie passend gewesen wäre, fand ich. Also wartete ich einfach ab.

…ch die Überraschung erst mal verdaut hatte, … ›Louis … Louis, wenn wir so was täten, würde das … wunderbare Freundschaft kaputtmachen.‹«

»Also hast du …«

»Ich konnte einfach nicht. Ich meine, wenn er sich vielleicht ein bisschen sauberer angezogen oder sich öfter rasiert hätte. Aber man kann ja nicht erwarten, dass jemand zehn Jahre lang ohne heißes Wasser haust und trotzdem …«

»Nein, natürlich nicht.«

»… normale Maßstäbe einhält.«

»Und wie hat Louis es aufgenommen?«, fragte ich. »Denn offenbar seid ihr doch Freunde geblieben.«

»Oh ja«, sagte Terri. »Ich mochte Louis wirklich. Und Frank mochte ihn auch … bis er seine Alkoholprobleme gekriegt hat.«

Ich sah auf meine Uhr.

»Ich sollte allmählich gehen«, sagte ich. »Es ist schon spät, und im Dunkeln finde ich den Weg nicht so gut.«

Terri beschrieb mir in aller Ausführlichkeit eine Abkürzung, aber die Erklärungen waren so kompliziert, dass ich sie lieber nicht beherzigte und denselben Weg zurückfuhr, den ich gekommen war. Ich fuhr in Louis' Laster, einer lauten Klapperkiste, bei der immer ein Fenster runterrutschte und der Regler für Heizung und Lüftung unverstellbar auf der höchsten Stufe stand. Außerdem hatte er eine viertel Million Meilen auf dem Tacho. Das war mal wieder typisch Louis, immer billig kaufen und dafür hohe Reparaturkosten. Obwohl er sich etwas Besseres hätte leisten können.

Ich verabschiedete mich von Terri und dankte ihr für alles, und wir versprachen einander, in Kontakt zu bleiben, obwohl ich das bezweifelte und sicher war, dass es ihr ebenso erging.

Das Letzte, was ich von ihr sah, war ihr Bild im Rückspiegel, wie sie mir beim Wegfahren hinterherschaute, zusammen mit ihrem Hund.

Von Louis' Version der Geschehnisse habe ich ihr kein Wort gesagt. Es wäre mir unhöflich vorgekommen, diese doch so anders lautende Geschichte preiszugeben. Allerdings fragte ich mich, welche Version nun stimmte. Außerdem fragte ich mich, warum sie die Sache überhaupt angesprochen hatte. Wusste sie, dass ich etwas wusste, und wollte sie alles ins rechte Licht rücken? Oder hatte sie wirklich mit Louis geschlafen und schämte sich nun dafür, wegen seiner farbverschmierten Klamotten und seiner zerrissenen Shorts und seines zerknitterten T-Shirts und seines nicht gestutzten Barts und weil er zehn Jahre lang nicht heiß geduscht hatte?

Und falls ihre Version stimmte, warum hatte mir Louis dann eine andere erzählt? War das Wunschdenken gewesen, ein Märchen? Dabei hätte er mir doch rein gar nichts davon erzählen müssen. Wenn sie ihn abgewiesen hatte, hätte er mir gegenüber kein einziges Wort davon verlieren müssen. Keiner außer diesen beiden hätte es erfahren müssen.

Was ist also die Wahrheit? Und spielt das wirklich eine Rolle?

Aber ich mochte Terri. Ich hielt sie für einen anständigen Menschen. Anständig und freundlich und großzügig – jemand, der ein hartes Leben hinter sich hatte, sich aber seine Werte bewahrt, und ohne Zynismus daraus hervorgegangen war. Und bei der Beerdigung hatte sie ein paar nette Dinge gesagt, das hätte sie nicht tun müssen.

Also, abhaken. Was soll man denn auch sonst machen mit diesen ganzen Widersprüchen und den unergründlichen Geschichten, deren Wahrheit man sowieso nie auf die Spur kommen wird? Das Leben anderer Leute kommt einem vor wie ein Wollknäuel mit Tausenden von Knoten.

Unmöglich, die alle aufzudröseln. Am besten macht man einfach weiter und denkt nicht mehr dran. Man würde ja verrückt, wenn man ständig darüber nachgrübeln würde. Und wer hätte am Ende was davon? Am wenigsten wohl man selbst.

5
Babys

In meiner Zeit als Jugendkrimineller bin ich einmal verhaftet worden, weil ich von einem Rhododendronstrauch die Blätter abgerissen und danach einen falschen Namen und eine falsche Adresse angegeben hatte. Die Cops hatten auf dem Heimweg zurück in die Stadt den Schulbus angehalten. Wahrscheinlich war ich der Einzige an Bord, der schuldbewusst aussah, deshalb sagten sie, ich sei es gewesen, ich aber stritt es ab, und sie führten mich aus dem Bus heraus in die Polizeiwache auf der anderen Straßenseite ab.

Im Bus versuchte ich immer, die letzte Bank zu ergattern, zusammen mit den Störenfrieden und hoffnungslosen Fällen und denen, deren höchstes Ziel es war, die E-Gitarre zu spielen, die aber vermutlich letzten Endes hinter irgendeiner Ladentheke arbeiten würden.

Als er sah, wie ich abgeführt wurde, stieg Louis, damals noch eine aufrechte Säule der Gesellschaft mit dem Abzeichen eines Aufsichtsschülers und dem hohen Ansehen des stellvertretenden Schulsprechers, ebenfalls aus und begleitete mich zur Wache.

Am nächsten Tag wurde die Sache in der Schule publik, und sie sagten, sie würden mich für das, was ich dem Strauch angetan hatte, verweisen, denn es sei ja offensichtlich, dass ich ein schlimmer Finger sei und einen verderblichen Einfluss auf die Allgemeinheit habe.

Louis marschierte zum Büro des Schulleiters, klopfte und

bat um ein Gespräch, in dessen Verlauf er verkündete, dass, sollte ich tatsächlich rausgeschmissen werden, er ebenfalls die Schule verlassen werde. Ihn wollten sie nicht verlieren, also blieben wir beide.

Vermutlich hätte ich ihm dankbar sein sollen, war es aber nicht sonderlich, denn ich hasste diesen Laden und ging ein paar Monate später trotzdem ab. Aber seine Loyalität rechnete ich Louis hoch an, schließlich vertrugen wir uns damals gerade nicht besonders und prügelten uns fortwährend. Einmal versuchte er, ein Bierglas auf meinem Kopf zu zerschlagen, und warf mir vor, ich benähme mich zu Hause wie in einem Hotel. Ich erwiderte, es sei ein ziemlich mieses Hotel und nicht das, was ich gewohnt sei – völliger Blödsinn, denn ich kannte ja gar nichts anderes. Danach versuchte ich, ihm einen Kricketschläger über den Kopf zu ziehen, aber Louis war zu schnell für mich. Doch abgesehen von kleinen Scharmützeln wie diesem kamen wir eigentlich ganz gut miteinander aus.

Einmal allerdings hatte Louis eine religiöse Phase, und unsere Mutter wurde panisch, als er verkündete, er fühle sich berufen und werde irgendwann Priester werden. Unsere Mutter ging sofort in die Kirche und betete, dass so etwas nie geschehen möge. Und ein gnadenreicher Gott ließ diesen Kelch dann auch an uns vorübergehen.

Dennoch nahm Louis über mehrere Monate eine Haltung moralischer Überlegenheit ein und verteidigte sie eisern. Als ihm ein James-Bond-Taschenbuch in die Hände fiel, das ich gerade las, zerriss er es, warf es in die Mülltonne und verkündete, so etwas zu lesen sei Sünde.

Ich musste ihm erklären, dass es noch nicht einmal mein Buch war, man hatte es mir geliehen, und außerdem ging es ihn einen Dreck an, was ich las, ich würde lesen, was mir passte, und er könne mich mal kreuzweise. Und wehe, er besorgte mir kein neues Exemplar, denn ich hätte das Buch dem Jungen, von dem ich es geliehen hatte, längst zurückgeben müssen.

Zu seiner Ehrenrettung muss man sagen, dass er Ersatz besorgte, aber ich durfte das Buch nicht aufschlagen, sondern hatte es zurückzugeben, ohne einen Blick hineinzuwerfen.

Sobald ich Louis losgeworden war, las ich den Roman zu Ende. Ich verstand nicht, worüber er sich so aufregte, außer vielleicht über das ständige Rauchen.

Aber so war Louis damals nun mal, immer mit einer Moralpredigt bei der Hand. In seinem späteren Leben wurde er dann etwas milder und erklärte die Schule zu einem Nest von Heuchlern, nachdem herausgekommen war, dass die Hälfte der inzwischen im Ruhestand befindlichen Hochwürden beschuldigt wurde, an kleinen Jungs herumgefummelt zu haben.

Trotzdem hatten wir irgendwann einen Riesenstreit, der für unser künftiges Verhältnis bestimmend sein sollte. Denn Louis eröffnete mir, er werde, sobald er die Gelegenheit habe, dem Land den Rücken kehren und sich woanders niederlassen, damit er von mir wegkäme. Und genau das hat er dann auch gemacht, wobei ich mir nicht sicher bin, ob ich wirklich die entscheidende Triebfeder war oder nur irgendein zusätzliches Ärgernis, das er sich vom Hals schaffen wollte. Ich vermute Letzteres und trage es ihm auch nicht nach. Denn so froh er war zu gehen, so erleichtert war ich, dass er fort war, weil es bedeutete, ich konnte in Ruhe meine Bücher lesen, ohne dass mir irgendein Zensor über die Schulter schaute.

Als Erstes ging Louis nach Kanada. Er machte seinen Abschluss in Chemie und zog dann nach Alberta, um seinen Master der Naturwissenschaften abzulegen und jüngere

Studenten zu unterrichten. Er lernte ein Mädchen namens Chancelle kennen, das genauso viel im Kopf hatte wie er, vielleicht sogar noch mehr. Sie studierten beide Chemie und hatten Louis zufolge jede Menge Sex und anschließend zweifellos intellektuellen Austausch unterschiedlichster Art. Bald schon zogen sie zusammen.

Chancelle war Frankokanadierin, ihre Familie trat für ein freies, eigenständiges Quebec ein. Sie redeten kein Englisch mit einem und taten so, als verstünden sie es nicht, dabei konnten sie es sehr wohl und beherrschten es wie Muttersprachler, wenn keiner dabei war. Louis musste Französisch lernen, wenn er nicht aus ihren sämtlichen Gesprächen ausgeschlossen sein wollte. Soweit ich weiß, sprach er es irgendwann ziemlich fließend, allerdings mit kanadischem Akzent.

Aber nach ein paar Jahren ging die Sache in die Brüche. Louis machte seinen Abschluss und arbeitete irgendwo in der Pampa für eine Bergbaufirma. Chancelle engagierte sich noch stärker in der frankokanadischen Politik, sie und Louis sahen sich nur noch an den Wochenenden. Chancelle fing eine Affäre mit einem anderen Frankokanadier an, der auch an der politischen (und zweifellos an der sexuellen) Front aktiv war und besser Französisch sprach als Louis.

Ernüchtert und der Sache überdrüssig kehrte Louis nach Hause zurück. Wie die meisten akademisch orientierten Menschen, die nicht wissen, was sie mit sich anstellen sollen, beschloss er, wieder an die Uni zu gehen. Diesmal strebte er ein Ingenieursdiplom an, und als er das hatte, zog er in den Norden und ging eine Zeitlang einer geregelten Arbeit nach. Aber dann war er wieder ernüchtert und der Sache überdrüssig, weil die Typen da nicht wussten, wie man ein Unternehmen führte, und es zu viel Politik gab und die Geschäftsleitung aus lauter Schwachköpfen bestand.

Also nahm er sein Erspartes, kaufte sich ein Boot, fuhr damit den Kanal hinab und legte just in jenem Hafen an, der nur eine halbe Meile von der Wohnung entfernt lag, wo ich mit einer Frau wohnte, in die ich mich – unter anderem – wegen ihres schottischen Akzents verliebt hatte. Dummerweise war sie eine Künstlerin und ihre Freunde ebenso, und dann war da noch Louis, der jetzt auf seinem Kahn wohnte und sein Interesse am Handwerken und Möbeltischlern entdeckte und sich eine kleine Werkstatt in der Nähe der Docks mietete. Es waren also allesamt Lebenskünstler. Bloß ich nicht. Ich musste jeden Montagmorgen aufstehen und zur Arbeit gehen, und ich war es auch, der für die Miete aufkam.

Dieses Boot war das erste von Louis' Wracks. Er musste da so viel Arbeit hineinstecken, dass es einfacher gewesen wäre, ganz von vorn anzufangen und ein neues zu bauen. Früher war es einmal ein Feuerschiff auf einem Kanal in Birmingham gewesen. Der Motor lag mittschiffs anstatt wie üblich am einen oder anderen Ende, und es besaß zwei Antriebswellen, damit es in beide Richtungen fahren konnte, ohne wenden zu müssen, was ja in einem schmalen Kanal schwer sein kann, wenn man eilig ein Feuer zu löschen hat.

Es gab auf dem Kahn nicht den geringsten Komfort, nur zwei harte Kojen und einen Herd, auf dem man Bohnen aus der Dose warm machen konnte.

»Ist ein Bastlerstück«, ließ Louis mich wissen. »Wie findest du es?«

»Ich finde, Louis«, sagte ich, »das Problem bei dir und deinen Bastlerstücken ist, dass du sie nie fertigbastelst. Dazu kommt es gar nicht. Du verlierst das Interesse und fängst was Neues an, und das machst du dann auch nicht fertig. Weil du wieder das Interesse verlierst und …«

»Ich hatte an einen Innenausbau in Mahagoni gedacht«,

sagte Louis. »Ich setze ein paar Trennwände ein und teile es in mehrere Räume auf. Hier das Bad, dort die Kombüse, da der Wohnbereich, da hinten das Gästezimmer.«

»Wo willst du das Spielzimmer, die Sauna und das Schwimmbad unterbringen, Louis?«, fragte ich. Aber er ignorierte mich, als hätte ich überhaupt nichts gesagt.

»Wenn es erst mal fertig ist, wird es was ganz Besonderes.«

»Besonders wäre schon, wenn es überhaupt fertig wird. Das geht doch schon dein ganzes Leben so, Louis. Du fängst lauter Sachen an und bringst sie nicht zu Ende. Große Projekte, die nie fertig werden. Erinnerst du dich noch an das Teleskop, das du bauen wolltest, als wir klein waren?«

»Ich habe ja angefangen, aber ich konnte nicht weitermachen, weil ich nicht das richtige Werkzeug hatte«, wehrte er sich.

»Louis«, erinnerte ich ihn, »du wolltest deine eigenen Linsen schleifen. Und die Glasblöcke waren einen Meter breit und zwanzig Zentimeter dick.«

»Heute würde ich es anders machen.«

»Na schön, Louis. Wenn du meine ehrliche Meinung hören willst – aber das willst du ja gar nicht: Wenn schon nicht den ganzen Kahn verkaufen, wäre das Erste, was ich machen würde, eine vernünftige Heizung einzubauen. Besorg dir einen anständigen Holzofen oder so was. Mit diesem kleinen Herd da kriegst du das Boot nicht warm. Nicht im Winter zumindest. Im Januar wird es hier drinnen so kalt sein, dass selbst Messing platzt.«

»Wir brauchen keine Heizung. Wir sind hart im Nehmen.«

»Kann sein, dass du hart im Nehmen bist«, sagte ich. »Aber ich kaufe mir für den Winter einen tragbaren Gasheizer.«

Ich meine mich zu erinnern, dass Louis in diesem Winter ziemlich viel Zeit in unserer Wohnung verbracht und auf dem Sofa geschlafen hat. Er und meine Freundin Iona kamen gut miteinander aus. Aber die waren ja auch beide Lebenskünstler und trugen nichts zur Miete bei.

Und was das Hartsein betraf, da half ich den harten Jungs ja sowieso nur aus, wenn die gerade was Wichtigeres zu tun hatten. Meine Eltern hatten sich als zweites Kind ein Mädchen gewünscht, stattdessen jedoch mich gekriegt. Meiner Mutter zufolge war ich so mager, dass man glaubte, ich würde nicht überleben. Ich tat es aber doch. Selbst heute gibt es noch Leute, die mir das verübeln, aber ich kann ja nichts dafür.

Dann kam der Frühling, die Luft wurde lauer und Louis kehrte auf sein Boot zurück. Manchmal verlegte der Hafenmeister den Kahn aus einer Laune heraus, und wenn Louis dann nach einem Abend im Pub heimkam, stellte er fest, dass sich sein Boot nicht mehr am alten Liegeplatz befand, und er musste durch den ganzen Hafen streifen und es suchen. Manchmal brauchte er eine Stunde oder noch länger, bis er es wiederfand. Ein paarmal fiel er ins Wasser, aber damit konnte man ja rechnen, und wahrscheinlich stärkte es den Charakter. Geschadet hat es ihm jedenfalls nicht, abgesehen davon, dass er Schwierigkeiten hatte, seine Schuhe trocken zu kriegen.

Rückblickend wird mir heute klar, dass da sein Klamottenproblem seinen Anfang nahm und er das erste Mal einen Pennerlook anstrebte, der ihm auch mühelos zu gelingen schien. Einmal zerriss er sich die Hose und lief eine Woche lang mit flatterndem Hosenbein herum, bis Iona es ihm schließlich wieder zusammennähte, obwohl sie überzeugte Feministin und so was eine Arbeit für Frauen alter Schule war.

»Du solltest eigentlich in der Lage sein, dir selbst deine Hose zu flicken, Louis«, schalt sie ihn.

»Ich arbeite dran«, sagte er.

»Ich dachte, du arbeitest an deinem Boot«, warf ich ein.

»Ich arbeite an beidem.«

In Wahrheit arbeitete er weder an dem einen noch an dem anderen. Er hatte ein neues Interesse gefunden, nämlich *Gelegenheitstische* zu zimmern.

»Soll das heißen, die Tische sind für bestimmte Gelegenheiten, Louis? Oder baust du sie nur gelegentlich?«

Er sah einfach durch mich hindurch und antwortete nicht.

Ich besitze immer noch einen dieser Gelegenheitstische, er steht gleich drüben im Esszimmer, mit Kachelintarsien und Beinen aus Kiefernholz. Im Lauf der Jahre hat er sich ein bisschen verzogen und gewölbt, aber er erfüllt immer noch seinen Zweck. Seinen Schöpfer jedenfalls hat er überdauert.

Es war ja auch nicht so, dass Louis nichts hinbekam, er konnte eben nur kein Geld daraus schlagen. Ein geborener Handwerker war er allerdings nicht, eher einer mit Ehrgeiz und Willenskraft. Ziemlich oft verlor er gegenüber toten Gegenständen die Beherrschung. Ich könnte mich irren, aber ich glaube, geborenen Handwerkern passiert so etwas nicht – sie wissen, wie man das Unbeseelte seinem Willen unterwirft und mit Überredungskunst, Raffinesse und List in eine Form schmeichelt. Das ist ja die Kunst daran.

Louis' Ersparnisse schmolzen dahin, und er konnte nicht mehr länger Lebenskünstler bleiben. Er zog los und suchte sich einen Fabrikjob, bei dem er Generatoren zusammenbaute. Es war nur eine Übergangslösung, wie so viele Jobs in jenen Jahren. Eigentlich war fast sein ganzes restliches Leben eine Übergangslösung. Und vielleicht ist es ja auch falsch, wenn ich sage, dass er kein Lebenskünstler mehr war.

Vielleicht war er nur ein Lebenskünstler mit geregelten Arbeitszeiten. Ein Lebenskünstler im Geiste.

Den Kahn hat er nie restauriert und auch nie einen Ofen eingebaut. Letzten Endes zog er das Boot aus dem Wasser und machte Brennholz daraus.

Aber davor hatten wir noch eine Krise.

Das Telefon in der Wohnung klingelte, eine Frau mit französischem Akzent war dran.

»Hallo«, sagte sie. »Mir wurde diese Nummer gegeben, ich möchte mit Louis sprechen.«

»Wer spricht dort?«

»Chancelle«, sagte sie. »Ich bin am Flughafen. Ich bin hergeflogen, um wieder mit Louis zusammen zu sein und seine Babys zu kriegen.«

»Wer hat Ihnen meine Nummer gegeben?«

»Ihre Mutter.«

»Verstehe. Nun ja, Louis wohnt nicht hier, Chancelle ...« Sie unterdrückte ein Schluchzen. »Das heißt, er wohnt in der Nähe, aber dies hier ist meine Wohnung.«

»Aber ich bin doch von so weit her gekommen ...«

»Wäre es nicht besser gewesen, zuerst einmal die Lage zu sondieren?«

»Was soll das heißen ... die Lage sondieren?«

»Chancelle, haben Sie mit Louis über diese Sache gesprochen? Sie haben einander doch – wie lange? – drei, vier Jahre nicht gesehen. Haben Sie ihm geschrieben? Erwartet er Sie?«

»Ich liebe Louis so sehr und will seine Babys bekommen.«

»Nun, das müssen Sie mit Louis besprechen. Ich weiß nicht, wie seine Haltung zum Thema Babys ist. Das müssen Sie mit ihm selbst klären.«

»Ich bin gekommen, um ihn wiederzusehen.«

»Chancelle ...«

»Ich steige jetzt in den Bus.«

»Chancelle, Sie wissen doch noch nicht mal …«

»Ihre Mutter hat mir Ihre Adresse gegeben. Ich bin heute Abend da. Sagen Sie Louis, ich liebe ihn.«

Die Leitung war tot.

»Wer war das?«, fragte Iona.

»Chancelle«, erklärte ich. »Louis' Ex aus Kanada. Sie ist gerade in Heathrow gelandet.«

»Was will sie?«

»Sie will seine Babys kriegen.«

Iona kniff die Augen zusammen und bedachte mich mit einem komischen Blick. Damals wusste ich noch nicht, dass sie *meine* Kinder kriegen wollte. Ich wollte zu dem Zeitpunkt keine Kinder haben. Und als sie schließlich daran verzweifelte, dass sie niemals Kinder mit mir haben würde, zog sie von dannen, um von jemand anderem welche zu bekommen.

»Erwartet er sie denn?«

»Ich glaube, er hat seit Jahren nichts von ihr gehört.«

Ich fand Louis unten an den Docks, wo er mit den Nachbarn palaverte. Man kann in der Welt hinkommen, wo man will, überall findet man Männer mit Booten, die miteinander palavern. Meistens liegen ihre Boote nicht im Wasser und benötigen irgendeine Reparatur. Es wird geschmirgelt und gespachtelt, oder sie streichen den Rumpf mit einem Anti-Bewuchs-Mittel. Die Instandhaltung ist langwierig und die Törns selten. Aber darum geht es auch nicht. Es geht um die Boote und den Tee und die Schinkensandwichs und einen Ort, wo man die Feiertage und die tristen Ferien und die endlosen heißen Sommertage verbringen kann, wo man sein Hemd ausziehen und seinen Bauch heraushängen lassen und den Vorbeikommenden seine Tätowierungen präsentieren kann.

»Louis«, sagte ich, »ich habe gerade einen Anruf bekommen. Von Chancelle, die ist in Heathrow gelandet. Sie kommt her, um deine Babys zu kriegen.«

Louis sah aus, als wäre er von einem panischen Schrecken ergriffen.

»Sie kommt her?«

»Gleich. Sie sitzt jetzt schon im Bus und wirft ihre Verhütungsmittel aus dem Fenster.«

»Mein Gott«, stöhnte Louis.

»Was soll ich ihr sagen?«

»Ich muss weg«, sagte Louis. Er ging an Bord seines Kahns und fing an, eine Tasche zu packen. Inzwischen hatte er sich einen alten, verrosteten Wagen gekauft. Er war ein Schnäppchen gewesen und hatte dreihunderttausend Meilen auf dem Tacho.

»Louis«, rief ich und folgte ihm. »Du kannst doch nicht einfach so verschwinden und sie mir überlassen. Was soll ich ihr denn sagen? Sie will Kinder mit dir.«

»Ich will ihre Kinder aber nicht.«

»Wie bitte?«

Er warf ein graues Handtuch in die Tasche.

»Besser gesagt, ich will nicht, dass sie meine kriegt. Ich habe seit Jahren nichts von ihr gehört. Sie ist verrückt.«

»Wahrscheinlich hat das mit der separatistischen Politik eben nicht geklappt.«

»Ich werde mich nicht mit ihr treffen.«

»Louis, wo willst du hin?«

»Wandern«, erklärte er. »In Wales.«

»Louis«, sagte ich, »du kannst nicht einfach davonlaufen und verschwinden und es mir überlassen, mich um diese Frau zu kümmern, die sechstausend Meilen oder wie weit auch immer hergeflogen ist, um deine Kinder zu kriegen.«

»Das wirst du ja sehen.«

»Louis, das ist unfair.«

Er unterbrach seine Packerei.

»Erinnerst du dich noch an den Schulbus? Als du verhaftet wurdest?«

»Kann sein, Louis. Aber wer ist jetzt hier der Übeltäter?«

»Blut ist dicker«, sagte er.

»Louis …«

»Jetzt kannst du mir auch mal einen Gefallen tun.«

»Louis, ich habe dir schon öfter einen Gefallen getan. Du hast den ganzen Winter vor meinem tragbaren Gasheizer verbracht, und meine Freundin hat dir die Hose genäht.«

Er zog den Reißverschluss der Reisetasche zu und baute sich vor mir auf. Er war nicht größer als ich, aber gut zehn Kilo schwerer, und das war kein Fett, sondern Muskeln. Trotzdem gingen unsere Kämpfe meist unentschieden aus, denn er mochte zwar der Stärkere sein, aber ich war der Verzweifeltere. Ich glaube, das hatte ich schon entdeckt, als wir noch Kinder waren. Und ich war deshalb verzweifelter und kämpfte wilder, weil ich wusste, dass ich der Schwächere war.

»Das bisschen kann man von seinem Bruder erwarten. Das bisschen. Ich würde es für dich auch tun.«

»Würdest du nicht, Louis. Du würdest mir sagen, ich soll mich meiner Verantwortung stellen.«

»Ich gehe in den Black Mountains wandern«, sagte er. »Am Donnerstag komme ich wieder, oder sobald sie weg ist, je nachdem, was früher eintrifft. Ich rufe an.« Er schob mich vom Boot und verschloss es. Dann kam ihm ein Gedanke.

»Willst du mitkommen?«, fragte er. »Du wanderst doch gern, oder?«

»Louis, ich muss arbeiten. Und wie kommt es überhaupt, dass du dir freinehmen kannst?«

»Die schulden mir noch Urlaub.«

»Louis, was soll ich Chancelle wegen deiner Kinder sagen?«

»Sag ihr, ich habe mich sterilisieren lassen.«

Und weg war er. Es gelang ihm nicht gleich, den Wagen anzulassen, und er erstickte uns beide fast mit dem ganzen schwarzen Qualm. Aber das war mal wieder typisch Louis. Louis und seine Autos. Wenn sie kein Öl verbrannten und kaum Auspuffgase ausstießen und nicht regelmäßig kaputtgingen, dann kaufte er sie gar nicht erst.

Chancelle tauchte an jenem Abend auf und war schier untröstlich. Sie hatte enorm zugenommen und sah aus, als würde sie jetzt schon Kinder erwarten, gleich mehrere oder zumindest Zwillinge.

Sie saß da und schluchzte, aber ich musste hart bleiben und ihr erklären, es sei vorbei, und dagegen könne keiner von uns etwas tun, denn Louis sei in die Black Mountains gefahren und wolle um keinen Preis Kinder mit ihr haben.

Iona hielt ihr die Hand, ich machte Tee, und dann bestellten wir eine Pizza. Sie schlief eine Nacht auf dem Sofa, und als ich ihr erzählte, dass Louis darauf den ganzen Winter verbracht hatte, schien sie das ein wenig zu trösten.

Am nächsten Morgen nahm sie einen Bus nach London, und das war das Letzte, was ich je von ihr gesehen oder gehört habe.

Louis rief am nächsten Abend an und wollte wissen, ob er gefahrlos heimkommen könne.

»Louis«, fragte ich, »wenn du ›heim‹ sagst, was genau meinst du damit?«

»Dahin, wo das Herz ist«, sagte er.

Er konnte mich echt aus der Fassung bringen, wenn er etwas so vollkommen Unerwartetes sagte.

»Ich habe jemanden kennengelernt«, erklärte er. »Mit blonden Haaren.«

»Wie bitte? In den Black Mountains?«

»Eine Rucksacktouristin aus Neuseeland. Ich habe ihr angeboten, eine Weile auf meinem Boot zu wohnen.«

»Dann hoffe ich nur, sie ist nicht kälteempfindlich, Louis.«

»Bestimmt nicht«, sagte er. »Wir sind hart im Nehmen.«

6
Der alte schwarze Hund

Man meint ja oft, man wüsste, wann und wo der Schlamassel angefangen hat. Aus der angeblich überlegenen Perspektive der Rückschau heraus. Immer vorausgesetzt, dass sie wirklich überlegen ist und nicht, im Gegenteil, eine Art Handicap oder ein Mühlstein, der einem um den Hals hängt.

Ich war elf Jahre alt und Louis zwölf, und oben starb unser Vater in einem Zimmer, das wir nicht mehr betreten durften mit der Begründung, er wolle, dass wir ihn so in Erinnerung behielten, wie er gewesen war. Die Schwachstelle seines Verbots war, dass er beim letzten Mal, als wir ihn zu Gesicht bekommen hatten, auch nicht gerade toll ausgesehen hatte. Wenn ich ihn in diesem Zustand in Erinnerung behalten sollte, dann hätte ich ebenso gut auch seine letzten Tage in Erinnerung behalten können und wäre keine Spur schlimmer traumatisiert gewesen.

Er hatte Lungenkrebs, dank zwanzig bis dreißig Selbstgedrehten pro Tag und das über Jahre hinweg.

Immer wenn ich diese Manager aus der Tabakbranche sehe, wie sie in ihren schicken Anzügen und weißen Hemden und unauffälligen Krawatten ihre Rechtfertigungen vortragen und ihre Gewinne vermelden und erklären, wie sie neue Märkte in der neuen Welt eröffnen, denke ich, dass man sie für all das Leid, das sie verursacht haben, in Öl sieden sollte. Und ich frage mich, ob sie wohl selbst rauchen oder wollen, dass ihre Kinder rauchen, und bin der festen

Überzeugung, dass sie sich nichts weniger wünschen würden, als ihre eigenen Sprösslinge dabei zu erwischen, wie sie mit Zigaretten im Mund aus dem Badezimmerfenster hängen.

Mein Vater jedenfalls wurde in seinen letzten Wochen immer gelber und brannte zum Entsetzen meiner Mutter lauter Löcher in die Laken, denn er rauchte bis zum bitteren Ende – und es war bitter. Sie hatte Angst, er würde das Bett in Brand setzen und das ganze Haus würde in Flammen aufgehen. Dann würden wir alle zusammen an Rauchvergiftung sterben und nicht nur er.

Die Frage war also nicht, ob, sondern wann, und als ich eines Nachmittags aus der Schule kam, entdeckte ich Louis wartend hinter dem Haus. Die Vordertür benutzten wir nämlich nie, außer für Besucher oder wenn die Polizei vorbeikam, um über den Rhododendron zu reden.

Louis hatte auf mich gewartet, denn wir besuchten zwar beide dieselbe Schule, aber verschiedene Klassen, und er ging immer auf dem schmalen Pfad nach Hause, während ich den breiten Weg mit seinen vielen Versuchungen nahm und deshalb nur selten vor ihm heimkam.

»Er ist tot«, sagte Louis.

Ich zuckte die Achseln, wir waren ja schließlich hart im Nehmen.

»Tatsache?«, fragte ich.

Wir blieben noch eine Weile dort stehen, dann gingen wir rein. Unsere Mutter war in der Küche, und vom Rest weiß ich nicht mehr viel.

Nach der Beerdigung kehrten wir drei zurück in unser trauriges, schäbiges Mietshaus. Ich würde nicht direkt sagen, dass es nach Armut stank, aber ein Hauch davon hing auf jeden Fall im Raum, und es wurde nicht viel besser, wenn man die Fenster öffnete und frische Luft hereinließ.

Unsere Mutter zog ihre gute und einzige Jacke aus und fing an, Tee zu machen, ihr Trost in allen Lebenslagen.

»Also, Louis«, sagte sie, »dann bist du jetzt wohl der Mann im Hause.«

Ich trage es ihr nicht nach, was sie da in ihrer Trauer und Einsamkeit von sich gab, aber bis zum heutigen Tag bin ich überzeugt, dass damit zumindest die Hälfte der Probleme begann. Der Herr des Hauses zu sein ist für einen Zwölfjährigen eine schwere Aufgabe. Trotzdem musste Louis die Last schultern. Eine weitere Begleiterscheinung war natürlich der Groll, den all das in mir auslöste. Ich biss die Zähne zusammen und hielt den Mund, aber innerlich kochte ich und dachte, auf keinen Fall wird mein Bruder jetzt mein Vater. Danach war ich nur noch störrisch, wurde eine Zeitlang auch zum Rabauken und fing an, Rhododendronsträucher zu attackieren.

Eingefallen ist mir das alles wieder, als ich Louis' Haus in Australien das erste Mal betrat und ihn dort mit seiner Wollmütze sah, ein Viertel seines Hirns war weg. Das Nächste, was ich sah, war sein Wasserkessel, der einen eigenen Exkurs verdient, und dann fiel mein Blick auf den Kühlschrank.

Es lebten Wesen in diesem Kühlschrank, von denen selbst die medizinische Wissenschaft nichts weiß. Sein Alter war nicht abzuschätzen. Solche Kühlschränke werden heute nicht mehr hergestellt. Vielleicht wurden sie das auch nie, und Louis hatte seinen selbst gebaut, aus alten Ersatzteilen und Baumrinde.

Aber es waren nicht nur der Schimmel, der Dreck, die vergammelten Lebensmittel, die braune Pampelmuse, der Rost, der Mief und all das. Es waren die Kühlschrankmagneten. Ein halbes Dutzend davon, auch die alle verrostet, und sie trugen Aufschriften wie: »Depression – du bist nicht allein«. Telefonnummern von Leuten waren darauf, die man anrufen und mit denen man reden konnte. Aber ob Louis je einen davon angerufen und mit ihm gesprochen hatte, habe ich ihn nicht gefragt. Ich verstand nur, dass der alte schwarze Hund seiner Depression wieder zum Vorschein gekommen war, vielleicht war er auch nie weg gewesen. Dass er Louis schon früher in die Waden gebissen hatte, wusste ich, aber vielleicht war er ihm in letzter Zeit ja an die Kehle gegangen oder versteckte sich irgendwo im Haus, im tiefen, tiefen Staub unter dem Bett oder knurrend unten im Keller. Vielleicht war er es ja, der dort oben auf dem Dachboden scharrte. Als ich Louis allerdings später nach den Geräuschen auf dem Dachboden fragte, die mich wach hielten, erklärte er mir, das seien Possums.

Ich fragte ihn, warum er sie sich nicht vom Hals schaffte, aber er sagte, sie störten ihn nicht besonders, vielleicht mochte er ihre Gesellschaft also. Ich fragte ihn, was sie da oben trieben, das so einen Krach machte.

»Die poppen«, sagte er. »Sie poppen drauflos und machen neue Possums.«

»Louis«, fragte ich, »was willst du denn mit noch mehr Possums? Du kommst doch noch nicht mal mit denen klar, die du schon hast.«

Aber er zuckte nur die Achseln und unternahm nichts dagegen. Ich wollte auch kein Gift oder so etwas kaufen, denn Possums zu vergiften brachte ich nicht über mich, obwohl ich, wären es Ratten gewesen, nicht lange gefackelt hätte. Wir mussten uns mit dem Radau also einfach abfinden, aber morgens war man wie gerädert und die Possums ja vielleicht auch.

»Warum können sie nicht einfach vor dem Einschlafen poppen, Louis?«

»So sind sie nun mal«, sagte er.

»Aber du weißt doch, wie es ist, wenn man morgens aufwacht und jemanden neben sich liegen hat.«

»Fürze und Mundgeruch und Alkoholfahne«, sagte Louis, denn er war jemand, der die Sache auf den Punkt brachte. »Aber man macht es trotzdem. Beim Possum fällt allerdings vielleicht die Alkoholfahne weg.«

»Alles klar bei dir, Louis?«, fragte ich.

Eigentlich bezog sich das auf die Kühlschrankmagneten. Aber nach manchen Dingen können wir uns recken, wie wir wollen, wir kriegen sie trotzdem nicht zu fassen. Sie kennen bestimmt dieses berühmte Bild *Die Schöpfung* in der Sixtinischen Kapelle, wo Gott und Mensch beide ihre Arme ausstrecken. Aber ihre Hände berühren sich trotzdem nicht ganz. So in etwa haben wir miteinander geredet.

»Lass uns was trinken«, sagte Louis.

»Was möchtest du haben?«

»Tasse Tee«, sagte er.

»In Ordnung. Setz dich hin, ich mache uns eine.«

In dem Moment bemerkte ich den Kessel.

»Louis«, sagte ich, »was soll das für ein Kessel sein?«

»Was meinst du?«, fragte er. »Stimmt damit was nicht?«

Louis hatte zwar ein Dach über dem Kopf, aber eigentlich war es eher wie Campen.

Auf seinem mit Fett und Essensresten überkrusteten Gasherd stand ein rußgeschwärzter Wasserkessel. Es war noch einer dieser altmodischen, die man direkt auf die Herdplatte stellt. Louis hatte zwar Strom, aber für die Zubereitung von Heißgetränken kam der nicht zum Einsatz.

»Louis«, sagte ich, »der Kessel da hat ja gar keinen Henkel.«

»Abgebrochen«, sagte er.

»Louis, wann ist der Henkel abgebrochen?«

Er zuckte wie üblich die Achseln. Er hatte breite, massige Schultern. Bevor man sich mit ihm prügelte, hätte man es sich zweimal überlegt.

»Weiß nicht. Vor ein paar Jahren.«

Er setzte sich in seinen Heilsarmee-Sessel, machte seine blaue Kühltasche auf und kramte die Augentropfen gegen den Grünen Star heraus.

»Louis, wie gießt du das Wasser aus dem Kessel, wenn es gekocht hat?«

»Geschirrtuch«, erklärte er gereizt, als würde ich mich absichtlich dumm anstellen.

»Nur damit ich das verstehe, Louis: Du lebst seit wer weiß wie vielen Jahren mit einem Kessel ohne Henkel, um den du ein Geschirrtuch wickeln musst, wenn du das Wasser ausgießen willst?«

»Ich tue mir gerade was in die Augen!«

»Louis, wie viel kostet so ein Kessel?«

»Ich hatte keine Zeit.«

»Morgen kaufe ich einen.«

»Verschwende doch nicht dein Geld.«

»Louis, ein Wasserkessel mit Henkel erleichtert einem das Leben, richtig? Sich das Leben zu erleichtern ist keine Geldverschwendung. Man gibt es dafür aus, dass man seine Lage verbessert, richtig?«

»Wir brauchen keinen Henkel an unserem Kessel, wir sind …«

»Louis, man ist nicht hart im Nehmen, nur weil man keinen Henkel am Kessel hat. Hart im Nehmen zu sein hat mit Henkeln nichts zu tun. Der Antarktisforscher Scott, der zum Südpol gefahren ist, war der hart im Nehmen?«

»Da müsstest du ihn selbst fragen.«

»Louis, ich habe Bilder von diesem Scott und seinen Männern am Südpol gesehen, und ich schwöre bei Gott, dass sie an ihrem Wasserkessel einen Henkel hatten. Würde mich nicht wundern, wenn sie sogar noch einen Ersatzhenkel dabeigehabt hätten.«

»Machst du jetzt Tee oder nicht?«

Also machte ich Tee. Erst mal musste ich natürlich die Becher schrubben. Sie hatten innen lauter braune Flecken von der Gerbsäure.

»Hier.«

»Danke.«

»Morgen kaufe ich einen neuen Kessel, Louis. Während du im Krankenhaus bist, kaufe ich einen neuen Kessel.«

»Verschwende doch nicht dein Geld.«

Aber ich hörte nicht auf ihn und tat, was mir passte. Was glaubte er denn, wer er war? Mein Vater oder was?

Am Ende hatten wir zwei neue Wasserkocher. Einen elektrischen und einen für den Gasherd – mit Henkel. Den alten schaffte ich klammheimlich aus dem Haus. Zuerst stellte ich ihn draußen auf die Veranda. Und als Louis das nicht bemerkte, trug ich ihn die Treppe hinunter und ließ ihn im Garten liegen. Eine Woche später beförderte ich ihn neben die Mülltonne. In der folgenden Woche warf ich ihn in die Mülltonne. Und am Dienstag stellte ich die Tonne dann für die Müllabfuhr raus.

Als Louis am Mittwoch darauf von seiner Bestrahlung kam, fing er an, in der Küche herumzukramen.

»Suchst du was, Louis?«

»Meinen Kessel«, sagte er. »Wo ist mein Kessel?«

»Da steht er doch«, antwortete ich und zeigte auf den eingestöpselten elektrischen Wasserkocher. »Oder meinst du den da?« Der neue blaue Kessel stand auf dem Gasherd und glänzte.

»Nein. Meinen Kessel. Meinen Kessel.«

»Meinst du das alte verbrannte und verkrustete Ding ohne Henkel?«

»Meinen Kessel.«

»Louis, ich hatte nicht geglaubt, dass du den noch wolltest. Ich dachte, den bräuchten wir nicht mehr. Wir haben doch jetzt zwei neue Wasserkocher. Ich fürchte ... der ist fort.«

»Du hast ihn weggeschmissen? Du hast meinen Kessel weggeschmissen?«

»Louis, er war gefährlich. Du hättest dich verbrühen können oder die Bude in Brand stecken, du musstest immer ein Geschirrtuch drumwickeln. Es war unverantwortlich.«

Er sah mich einfach nur aus seinen milchigen Augen an, aus denen jetzt tiefste Empörung sprach, und ich kam mir wegen dem, was ich getan hatte, vor wie ein Mörder.

»Louis, ich habe doch nicht gewusst, dass er dir so viel bedeutet. Ich dachte, es ist nur ein alter Kessel.«

Ohne ein weiteres Wort drehte er mir den Rücken zu, ging in sein Zimmer und legte sich auf sein Bett. Die Chemo und die Bestrahlungen waren sehr anstrengend, und er verbrachte den halben Tag mit Schlafen.

Ich fühlte mich schuldig. Jetzt wurde mir klar, was ich getan hatte. Ich hatte einen Teil von Louis weggeworfen. Jahrelang war Louis der Mann mit dem Kessel ohne Henkel gewesen. Die Leute kamen vorbei, und er machte ihnen einen Kaffee oder einen schwarzen Tee oder irgendeinen Kräutertee. Und bevor er das Wasser ausgoss, wickelte er vorsichtig das schmutzige, angesengte alte Geschirrtuch um den Bauch des Kessels. Die anderen sahen ihm dabei zu, und jeder wusste, dass Louis der Mann mit dem Kessel ohne Henkel war. All die Jahre war das so gegangen. Genau hier, in dieser vollgestopften, unordentlichen Küche, die seit einem Jahrzehnt keinen Wischlappen oder Feudel mehr gesehen hatte, plauderten und palaverten sie und diskutierten über die Fährnisse der Welt.

Aber das war Louis. Es war ein Teil von dem, was ihn ausmachte.

»Du kennst doch Louis, oder? Den Typ mit dem Bart und dem Kessel.«

Jetzt hatte er nur noch seinen Bart, und der war auch schon beim Barbier gewesen.

Ich fühlte mich schuldig und wie ein Tyrann, wie einer, der die Schwäche anderer ausgenutzt hatte. Aber ich konnte den Kessel ja nicht wieder herbeischaffen. Der lag auf der Müllhalde, und selbst wenn ich dort gesucht hätte, hätte ich ihn niemals wiedergefunden. Da lag er nun, gemeinsam mit all den anderen längst verschwundenen, unbrauchbaren Haushaltsgegenständen. Na schön, ich hatte Louis einen neuen gekauft, aber was half einem das Neue, wenn man keine Beziehung dazu hatte?

Ich kann niemandem irgendwelche großen Ratschläge erteilen, ich habe im Leben nicht viel gelernt, aber hier ist mein goldener Rat: Nehmen Sie nie einem sterbenden Mann seinen Wasserkessel weg. Sie tun ihm damit keinen Gefallen. Und sich selbst auch nicht.

7
Backfisch

Louis hatte einen Freund namens Halley. Noch so ein Lebenskünstler, der vierzig Minuten außerhalb der Stadt in den Bergen wohnte, in der Gesellschaft von Bäumen und Buschtauben und Wallabys und etwas, was nach einem unablässig klingelnden Windspiel klang, sich aber als Glockenvogel herausstellte – eine Art von Maina, der mit seinen schrillen Rufen zarter Besaitete in weniger als einer Woche zum Wahnsinn treiben konnte.

Halley verdiente seinen Lebensunterhalt mit Bilderrahmen und wohnte in einem Schuppen, den er auf einem Stück Land, das er sich gekauft hatte, selbst zusammengezimmert hatte. Es war beileibe kein europäischer Schuppen, es war ein australischer Schuppen, ein viel größeres und solideres Ding. Das Dach hatte Louis gedeckt. Gleich neben dem Schuppen stand eine Scheune, deren Dach Louis ebenfalls gedeckt hatte und in der alle möglichen Holzsorten lagerten – jedenfalls alle, die für Bilderrahmen taugten. Die Rahmen waren schöne, filigrane Stücke, echtes Kunsthandwerk. Leben konnte man davon allerdings eher schlecht als recht. Wie Halley erzählte, waren sein Gewinn mager und seine Arbeitsstunden zahlreich. Auch er fuhr einen Laster, aber der hatte nur eine fünftel Million Meilen auf dem Tacho, kam also praktisch frisch aus dem Autosalon.

Der Feldweg, an dem Halley wohnte, war so steil und bei Nässe so rutschig, dass immer jemand auf der Ladefläche sitzen und die Hinterachse beschweren musste, denn sonst rutschte man rasant wieder nach unten oder landete im Graben.

Genau wie Louis hatte auch Halley eine gewisse Bildung, einen interessanten Lebenslauf und diverse gescheiterte Beziehungen vorzuweisen. Und auch er war einer, dem eine geregelte Arbeitszeit von neun bis fünf nicht schmeckte, also arbeitete er lieber von acht bis sechs oder noch länger, nur um sich nicht in so etwas zu verstricken.

Die beiden hatten sich auf einem Kunsthandwerkermarkt kennengelernt, wo Halley seine Rahmen verkaufte und Louis eine Zeitlang mit selbstgemachtem Schmuck gehandelt hatte. Unter der Woche fädelte er Perlen auf, und am Wochenende verkaufte er sie. Aber es brachte so wenig ein, dass die geregelten Arbeitszeiten und die Fabrikmauern sich wieder um ihn schlossen. Louis hatte akademische Abschlüsse und einen klugen Kopf und konnte Aufgaben lösen, die andere noch nicht einmal verstanden, aber es fiel ihm immer schwer, seinen Lebensunterhalt zu verdienen.

Früher gab es einmal einen Autoaufkleber, auf dem stand: *Wenn du so clever bist, warum bist du dann nicht reich?*

Ich dachte über diese Frage nach und auch über mögliche Antworten. Am Ende kam ich drauf. Reich zu sein ist nicht unbedingt eine Folge von Intelligenz. Wenn man unbedingt reich sein will, dann reicht Intelligenz allein nicht einmal aus. Vielleicht ist sie sogar ein Handicap. Wenn man Geld scheffeln will, darf man sich nicht über zu viele Dinge Gedanken machen, nur über das, was relevant ist. Wenn man zu viel oder zu intensiv nachdenkt, kann es einen lähmen, vielleicht wegen der Fülle der Möglichkeiten, vielleicht auch wegen der Angst.

Es gibt Leute, die gerade noch genug Grips haben, um nicht in eine Anstalt zu kommen, und mit Milliarden herumlaufen, während andere sich mit Quantenphysik beschäftigen und ihre Klamotten im Secondhandladen kaufen.

Einmal die Woche kam Halley in die Stadt, fuhr auf seinem Motorrad den Fluss entlang und danach zu Louis, wo die beiden mit einem Sechserpack Little Creatures Pale Ale in der Küche saßen und das Weltgeschehen beleuchteten.

Halley hatte eine verheiratete Schwester namens Barbara, die ein geordneteres Leben führte. Verheiratet war sie mit Derek, einem extrovertierten Koloss mit dröhnender Stimme und einer Meinung zu allem und jedem, der früher einmal einen prima Posten als Strohmann für einen Multimillionär gehabt hatte und immer nur Businessclass geflogen war. Aber dann hatten er und der Millionär sich zerstritten, und Derek hatte glasklar erkannt, dass er an einem Scheideweg stand. Jetzt hatte er einen neuen Job als Telefonist bei einem Schuldeneintreiber. Vielleicht hing er ja immer noch den Businessclass-Zeiten nach und konnte sich nur schwer davon trennen.

Barbara und Derek wohnten in einem schicken Haus mit kühlen Fliesenböden im Süden der Stadt, nicht weit vom Hafen. Sie hatten Hunde, aber keine Kinder, dafür wohnte die alte Mutter von Halley und Barbara bei ihnen. Halley kam regelmäßig zu Besuch, und auch Louis war längst ein Freund der Familie.

Sie verbrachten alle Weihnachten zusammen und aßen in der heißen australischen Sonne Truthahn, wobei Derek das Begießen übernahm, von einer Bierflasche nach der anderen den Deckel abknipste und mit dröhnender Stimme den Schinken grillte.

Eines Tages tauchte Halley mit einer Ladung Lebensmittel auf, die, wie er im Internet herausgefunden hatte, gut gegen

Tumore seien. Es gab haufenweise Orangen und Ingwer und Preiselbeeren. Louis rührte nichts davon an und ließ das Obst verfaulen. Wie schon den Kessel warf ich das Zeug weg, erzählte Halley aber nichts davon.

»Derek schlägt vor, dass wir uns am Wochenende im *Fried Fish* zum Mittagessen treffen«, sagte Halley. »Bring doch deinen Bruder mit.«

Eigentlich war die Frage gar nicht, ob Louis seinen Bruder mitbrachte. Vielmehr war es so, dass sein Bruder ihn mitbrachte.

An dem Tag, als sie den Tumor entdeckten, hatten sie Louis den Führerschein abgenommen. In den Wochen davor hatte er mich ein paarmal angerufen, über Kopfschmerzen geklagt und darüber, dass er sein Gedächtnis verliere, schon nicht mehr richtig lesen könne und gar nicht wisse, was los sei.

»Louis, das hört sich so an, als hättest du einen leichten Schlaganfall gehabt. Du musst zum Arzt.«

Schließlich ging er hin, und der Arzt schickte ihn zur Kernspin. Er nahm sich einen Vormittag frei, um den Scan machen zu lassen. Als er fertig war, kam die Frau, die den Apparat bediente, leichenblass ins Zimmer und sagte: »Wie lange haben Sie das schon?«

»Was?«, fragte Louis.

»Wie lange haben Sie schon diese Symptome?«

»Seit ein paar Wochen«, sagte Louis. »Warum?«

Sie zeigte ihm die Aufnahmen. In seinem Kopf war ein Tumor, so groß wie eine Billardkugel.

»Ich weiß gar nicht, wie Sie überhaupt noch herumlaufen können. Setzen Sie sich hin. Ich rufe einen Krankenwagen.«

Während sie auf den Krankenwagen warteten, verlangte sie seinen Führerschein.

»Heißt das, ich kann nicht mehr fahren?«

»Sie können ja später beantragen, dass Sie ihn wiederbekommen.«

Er hat es nicht gemacht. Er hat ihn nicht wiederbekommen. Und es auch nicht beantragt.

Als ich dann eintraf, war Louis schon operiert und wieder aus dem Krankenhaus entlassen worden. Anfangs wollte er nicht, dass ich seinen Laster fuhr, denn er fand, ich sei zu verweichlicht und kraftlos und verhätschelt, weil ich in den letzten Jahren nur Automatikwagen gefahren war.

»Louis«, sagte ich, »das ist wie beim Fahrrad und bei Elefanten – so was verlernt man nicht.«

»Wann bist du denn jemals auf einem Elefanten geritten?«

»Wie der Zufall es will ...«

»Miete dir lieber einen Wagen«, sagte er. Aber da hatten mein Stolz und meine Sturheit schon die Oberhand gewonnen.

Ich verbrachte den Morgen am Telefon und kümmerte mich um die Versicherung. Dann nahm ich die Schlüssel und ließ den Laster an. Ohrstöpsel wären nicht schlecht gewesen und außerdem ein Fenster, das oben blieb. Aber das Schalten war nicht annähernd so schlimm, wie Louis behauptet hatte. Ein paarmal ließ ich das Getriebe krachen, ein paarmal fuhr ich vielleicht auch verkehrt herum in eine Einbahnstraße, aber als ich das erst mal im Griff hatte, lief alles glatt.

Louis mochte ja vielleicht sein Kurzzeitgedächtnis zu schaffen machen, aber den Stadtplan hatte er immer noch haargenau im Kopf. Den Weg zu *Fried Fish* konnte er mit geschlossenen Augen finden.

»Okay, hier jetzt links«, sagte er etwa. Wobei er die rechte Hand hob.

Oder andersherum.

»An der nächsten Kreuzung da vorne rechts.«

Und dabei zeigte er nach links.

Ich kam zu dem Schluss, dass es seine Gesten waren, die stimmten, und nicht, was er sagte. So war es dann auch. Wenn er links sagte, bog ich nach rechts ab.

»So ist gut. Jetzt immer weiter geradeaus und dem Wagen hinter dir folgen.«

»Louis …«

»Was?«

»Nichts.«

Ich wusste ja, was er meinte, also hielt ich den Mund, und wir fuhren weiter zum *Fried Fish*. Dort setzten wir uns nach draußen. Louis lächelte unter seiner Wollmütze heiter wie ein Buddha, Derek schenkte die Getränke aus, Babs sah nett und zufrieden drein und Meg, die etwa dreiundachtzig war, unergründlich. Halley machte freundlich-sarkastische Bemerkungen, sobald Derek eine politische Meinung kundtat. So ging der Nachmittag herum, alle sprachen mit Louis, und selbst wenn das Thema gewechselt wurde und er nicht mehr folgen konnte, versuchten sie doch, ihn einzubeziehen.

Er aber saß einfach nur da und wurde, während schon langsam die Sonne unterging, mit jeder Minute buddhahafter.

»Morgen hast du also wieder Bestrahlung?«, fragte Babs.

Er bedachte sie mit einem milchigen Blick, und wie üblich gab es diesen spannenden Moment, wo man sich fragte: Hat er sie gehört? Wird er antworten? Dann nickte er und sagte: »So ist es, Babs. Gleich morgen früh.«

»Das ist doch gut, Louis«, sagte sie. »Und wir denken alle an dich.«

Er schenkte ihr sein Buddhalächeln und schielte sie unter seiner Wollmütze hervor an. »Danke, Babs. Das ist schön.«

»Wir denken an dich, Kumpel«, sagte Derek. Er hatte Riesenpranken, groß wie Forken, solche Dinger, wie man sie zum Umpflanzen benutzt.

Ich sah zu Louis, und wir wechselten einen verstohlenen Blick. Es waren nette Leute, aber sie wussten nichts von den alten Geschichten oder von jenem Tag, als ich nach Hause gekommen war und Louis im Garten auf mich gewartet hatte, um mir die schlechte Nachricht mitzuteilen. Und ich wusste genauso wenig von ihren alten Geschichten. So ist die Welt nun mal. Man trifft sich irgendwo draußen, sitzt vor dem *Fried Fish* oder sonst wo in der Sonne beisammen. Aber die dunkle Höhle seiner Erinnerungen hat man für sich allein. Und selbst wenn man diese Höhle einmal mit jemandem geteilt hat, scheint der andere sich nicht unbedingt an dieselben Wandmalereien zu erinnern.

»Louis«, sagte ich einmal zu ihm, »unsere Kindheit war doch eigentlich schrecklich, oder? Ich habe vor dem Einschlafen immer gebetet, dass ich nicht mehr aufwache.«

Er starrte mich ungläubig, bestürzt und verletzt an.

»So schlimm war es nun auch wieder nicht«, sagte er. »Es gab auch viel Gutes. Mal abgesehen von der Suppe.«

Die Vergangenheit ist nicht nur ein fremdes Land, sie ist ein Ort, von dem wir unterschiedliche Teile sehen. Louis war dort hingegangen und hatte Orte erkundet, von deren Existenz ich noch nicht einmal etwas ahnte.

8
Matadore

Iona nahm die Neuigkeit von der sonnenverwöhnten Blondine aus Neuseeland, die auf dem Umweg über die Black Mountains zu ihr drang, nicht besonders freundlich auf. Dabei kannte sie sie überhaupt noch nicht. Ich glaube, woran sie Anstoß nahm, war das mit der *sonnenverwöhnten Blondine*, so als wollte sie fragen, was denn gegen rothaarige Keltinnen mit Sommersprossen einzuwenden sei. Sie und Louis waren schon öfter aneinandergeraten, zum Beispiel, als er ihr sagte, ihr Sinn für Humor haue ihn nicht gerade um. Die Folge war dann, dass ich was auf die Rübe kriegte.

»Was soll das heißen, mein Sinn für Humor haut ihn nicht um?«

»Iona … Ich weiß es nicht.«

»Immerhin ist er dein Bruder.«

»Er sagt solche Sachen bloß so dahin. Nimm es nicht ernst.«

»Wollte er mich auf den Arm nehmen?«

»Weswegen denn?«

»Wollte er mich wegen meines Sinns für Humor auf den Arm nehmen?«

»Iona …«

Ich glaube, danach hatte sie ihn auf dem Kieker, zumindest eine Zeitlang, bis sie die Sache vergaß und stattdessen etwas anderes aktuell wurde.

»Soll das heißen, er bringt diese sogenannte sonnenverwöhnte Blondine mit her, so wie die andere, und dann hat er auf der Couch Sex mit ihr, und wir müssen es uns durch die Wand anhören?«

»Das war ein Ausrutscher«, sagte ich.

»Ein Ausrutscher, der die ganze Nacht gedauert hat«, gab sie zurück. »Wieso bleibt er eigentlich nicht auf seinem Boot?«

»Er hat nur eine schmale Matratze«, erklärte ich.

»Frühstück wollen die auch noch, nehme ich an.«

»Zwei Scheiben Toast werden wir wohl erübrigen können.«

Und prompt tauchte Louis mit der sonnenverwöhnten Blondine auf und walkte die Couch ordentlich durch.

Die sonnenverwöhnte Blondine war ein Reiterleben und offenes Gelände gewöhnt, Reihenhäuser und kleine Wohnungen waren ein ziemliches Novum für sie.

»Guck doch mal die lustigen kleinen Häuschen, Louis«, sagte sie. »Wie winzig die sind!«

Ich weiß nicht, was die Frauen in Louis gesehen haben, aber es muss etwas gewesen sein, für das mein Auge blind war. Erst kurz vor dem Ende wurde er einsam, und je einsamer er wurde und je struppiger sein Bart, je mehr Staub sich auf dem Teppich sammelte, desto schwieriger wurde es, noch einmal von vorn anzufangen.

Bevor Louis und ich uns irgendwann mit Gott überwarfen, waren wir (im Durchschnitt) dreieinhalbmal die Woche Ministranten. Dreimal mussten wir uns an Sonntagen den Berg hinauf bis zur Kirche schleppen: um elf für das Hochamt, dann wieder um drei für die Messdienerunterweisung und schließlich noch einmal um halb sieben zum Segen. Außerdem wechselten wir uns noch jeden Samstag als Ministranten für die Frühmesse ab.

Im Rückblick wird mir klar, dass unsere Eltern uns wahrscheinlich nicht nur aus Ergebenheit zu den Messdienern schickten, sondern auch, um uns für eine Weile los zu sein und womöglich am Sonntagnachmittag ungestörten Sex zu haben.

Eines Samstags ein paar Wochen nach der Beerdigung unseres Vaters war ich wieder dran, musste um halb sieben aufstehen und allein den beschwerlichen Marsch den Berg hinauf antreten, die rote Soutane und das weiße Chorhemd überziehen und bei der schlechtbesuchten Morgenmesse, zu der nur Fanatiker und alte Leute kamen, den Altardienst versehen.

Als ich anschließend die Kirche verließ, hielt ein Mann mich auf. Es war ein Fremder, und vor solchen Leuten hatte man mich gewarnt, ich würde also auf keinen Fall irgendwo mit ihm hingehen. Aber derlei hatte er gar nicht im Sinn.

»He, mein Sohn«, sagte er. »Deine Mutter ist doch die Witwe, oder?«

Innerlich war ich wütend, beschämt und beleidigt, dass man meine Mutter so beschrieb, aber der Wahrheitsgehalt der Aussage ließ sich nun einmal nicht bestreiten. Ich glaube, Leute, die versuchen, die Auswirkung eines Todes in der Familie auf Kinder und Jugendliche zu ermessen, übersehen grundsätzlich den entscheidenden Aspekt der ganzen Sache: wie peinlich das alles ist.

»Weiß ich nicht«, sagte ich. Als ob ich es durch Vortäuschen von Unwissenheit hätte verleugnen können.

»Hör mal, ihr habt es bestimmt gerade nicht leicht. Sorg dafür, dass sie das hier bekommt.«

Damit drückte mir der Unbekannte, der alles über uns wusste, den ich aber nicht kannte, ein paar zusammengefaltete Geldscheine in die Hand.

»Das gibst du deiner Mutter, ja?«

Ich starrte ihn an und wusste nicht, was ich machen sollte.

»Du gehst jetzt sofort nach Hause und gibst das deiner Mutter, okay?«

Ich nickte, bedankte mich aber nicht. Und schon war er weg, und ich stand mit den Scheinen allein auf der Straße.

Plötzlich war ich ganz aufgeregt. Ich würde jetzt schnell nach Hause laufen, als Überbringer von Glück und froher Kunde. Ich würde das Geld auf den Tisch legen und das Gesicht meiner Mutter betrachten, zuerst von ratlosem Misstrauen umwölkt, aber dann in strahlender Gewissheit, aller Zweifel wäre zerstreut. Sie würde die Hand ausstrecken und die Scheine nehmen, und für kurze Zeit wäre alles einfacher und wir gerettet.

Und nicht nur sie. Auch Louis würde staunen, dass ich ganz allein in die Welt hinausgehen und das Glück anziehen konnte, einfach so, wenn man mich nur machen ließ.

Ich wandte mich also nach Hause, sorgsam darauf bedacht, das Geld bloß sicher zu verwahren. Gleichzeitig aber hatte ich das Verlangen nach einem gewissen Stil, den ich in den Spielfilmen im Kino gesehen hatte, wo Männer in ihre Innentaschen griffen und Brieftaschen oder flache goldene Zigarettenetuis hervorholten, oder kleine Pistolen, mit denen sie auf ihre Gegner schossen.

Ich hatte aber keinen Mantel mit Innentasche. Also stopfte ich mir das Geld unter den Pullover und eilte nach Hause. Es war ein Fußmarsch von zwanzig, fünfundzwanzig Minuten.

Kaum hatte ich das Haus betreten, rief ich meine Mutter.

»Ich bin aus der Kirche gekommen«, erzählte ich, »und da war so ein Mann …«

Als ich berichtete, was geschehen war, verwandelte sich ihre Furcht in erwartungsfrohes Interesse.

»Dann lass mal sehen«, sagte sie. »Zeig es mir.«

Ich griff in meine erfundene Innentasche, unter meinen Pullover, und Sie werden es schon erraten haben, das Geld war weg.

Ihr Entsetzen war spürbar, und mir wurde regelrecht schlecht. Mit einer Hoffnung nach Hause zu kommen und die dann zerstört zu haben, war schlimmer, als wenn ich mit nichts nach Hause gekommen wäre.

»Es ist weg. Es war da. Es ist weg.«

Ich lief nach draußen und merkte, dass die anderen beiden mir folgten. Den ganzen Weg bis hinauf zur Kirche suchten wir die Straße ab. Aber das Geld war weg.

Ich weiß nicht, ob sie mir überhaupt geglaubt hat, dass es das Geld gab, oder ob sie die Begebenheit nur für ein Produkt kindlicher Phantasie hielt – jenem Teil, der davon träumt, die ganze hilf- und hoffnungslose Welt wieder heil zu machen. Das Kind, der gefeierte und umjubelte Held, rettet die Lage.

Sie hat die Angelegenheit nie wieder erwähnt. Und Louis sah mich bloß an, als wäre ich entweder ein Lügner oder ein Dieb und er könnte sich nicht entscheiden, was von beidem. Aber was es auch war, ich hatte meine Leute im Stich gelassen.

Dem Mann bin ich nie wieder begegnet, aber ich dachte öfter an ihn und wie er sich wohl beim Weggehen gefühlt hatte, nachdem er mir die Scheine gegeben hatte. Bestimmt fand er, dass er etwas Großzügiges und Nobles getan und damit einem anderen Menschen eine Zeitlang das Leben erleichtert hatte. Es muss wohl irgendein Bekannter meines Vaters gewesen sein. Er hätte die Scheine Louis geben sollen. Louis hätte sie niemals verloren. Aber an diesem Samstag hatte nun mal Louis im Bett bleiben dürfen. Andererseits, wenn Louis an der Reihe gewesen wäre, hätte er ja vielleicht niemals das Glück angezogen, also wären wir so oder so aufgeschmissen gewesen.

Wir lebten ohne das Geld weiter. Der Unterschied, den es gemacht hätte, wäre ohnehin nur von kurzer Dauer gewesen. Vielleicht zeichnete sich damals ja schon ab, dass ich mich mit Gott überwerfen würde. Eines Tages kam ich dann von der Kirche nach Hause und verkündete meiner Mutter, ich würde nicht mehr dort hingehen. Sie versuchte nicht, mich dazu zu zwingen, sondern fragte nur, ob ich sicher sei, und ich sagte ja. Sie sagte, es sei die Idee unseres Vaters gewesen, dass wir Messdiener wurden und jeden Sonntag dreimal in die Kirche gehen mussten.

Louis ging weiter hin und erklärte, ich lasse schon wieder meine Leute im Stich. Und dann kam seine kurze Tändelei mit der Idee, Priester zu werden. Nachdem er wieder zur Besinnung gekommen war, ging auch er nicht mehr zur Kirche und überwarf sich mit Gott. Meine Mutter allerdings hielt weiter am Herrn fest, bis zu ihrem Ende. Doch selbst bei ihr ging es weniger um Gott als um die Tatsache, dass ihre ganzen Freundinnen und Bekannten auch in der Kirche waren, alle gingen regelmäßig zum Gottesdienst, und ohne zumindest ein Scheinbild von Glauben hätte sie gar keine sozialen Kontakte mehr gehabt und wäre noch einsamer gewesen, als sie ohnehin war.

Es war weniger Gott, mit dem ich Schwierigkeiten hatte, als vielmehr die Leute, die vorgaben, in seinem Namen zu handeln, und ihn so verunglimpften.

»Weißt du noch, Louis?«, fragte ich und sah ihn über den Tisch hinweg an.

Wir saßen unter den Heizstrahlern in dem Café, in dem die kleinen Malaysierinnen bedienten, und tranken unsere Flat Whites. So, wie er dasaß, sah er richtig adrett und gepflegt aus, mit seinem frisch gestutzten Bart und den geschorenen Haaren und Augenbrauen. Er hatte die Wollmütze abgezogen, weil die Heizstrahler ihn inzwischen brieten.

»Hör auf«, sagte er. »Hör auf.«

Aber ich schwelgte weiter in Erinnerungen.

»Erinnerst du dich noch an die Suppe, Louis?«, fragte ich. »Moms Suppe, weißt du noch? Jeden Sonntag, wenn wir von der Messdienerunterweisung zurückkamen und bevor wir wieder zum Segen losmussten. Da gab es Abendessen, weißt du noch? Suppe aus Hammelknochen, und man musste sie schnell essen, bevor das Fett obendrauf erstarrte. Weißt du noch?«

»Hör auf«, sagte Louis. »Hör bitte auf.«

Aber ich war unbarmherzig.

»Und als Hauptgericht dann Hammel und zum Nachtisch Dosenobst mit Kondensmilch.«

»Hör auf«, flehte Louis. »Das ist ja nicht zum Aushalten.«

»War eine schöne Zeit, Louis, oder?«, sagte ich.

»Du Mistkerl«, sagte er.

»Nun komm schon, Louis. Und weißt du noch, wie wir nach dem Segen rüber zu den Perkins gegangen sind, weil wir keinen Fernseher hatten und die uns gucken ließen? Und Mom hatte in ihrer Handtasche Marmeladenbrote für uns, damit wir die auf dem Nachhauseweg essen konnten.«

»Nein«, sagte Louis, »jetzt reicht es. Es war schon beim ersten Mal schlimm genug.«

»Erinnerst du dich noch an ihren Sohn, der war in deiner Klasse. Was hat der noch mal genommen? Arsen?«

»Zyanid«, sagte Louis. »Er hatte Chemie belegt, genau wie ich. Aber er war ein langweiliger Streber, keiner konnte ihn leiden, deshalb hat er sich aus dem Labor das Zyanid besorgt, zwischen zwei Etagen den Aufzug angehalten und es getrunken.«

»Sein Bruder hatte sie doch auch nicht alle. Der kam nur am Wochenende nach Hause, einen Tag Ausgang vom Irrenhaus.«

»Die wohnten gleich um die Ecke vom Gefängnis«, fiel Louis wieder ein.

»Ach ja, stimmt.«

»Warum waren die alle so beknackt?«, fragte Louis.

»Wer war beknackt?«

»Die Freunde unserer Eltern. Alle schräg oder Außenseiter oder verkrüppelt oder nicht ganz dicht, oder es fehlten ihnen ein paar Teile. Erinnerst du dich noch an dieses Paar, mit dem sie befreundet waren? Er hatte so eine Art Metallschiene am Bein und sie ein krankes Auge, mit dem sie einen von der Seite anschielte. Die hatten nur solche Freunde. Alle hatten irgendeine Macke.«

»Vielleicht hat ja jeder eine Macke.«

»Nein«, sagte Louis. »Nicht so eine schlimme. Bei uns gab es wirklich überdurchschnittlich viele Verrückte und Anomale. Und denk erst mal an die Untermieter.«

»Louis, jeder, der Leute zur Untermiete nimmt, weiß, dass die nicht normal sind.«

»Ich will nicht mehr daran denken«, sagte er. »Ich will nicht mehr daran denken, dass ich überhaupt eine Kindheit hatte. Aber stattdessen erinnere ich mich an alles. Ich kann mir nur nicht merken, was vor fünf Minuten passiert ist.«

»Da saßen wir beim Friseur, Louis, da haben sie dir die Augenbrauen gestutzt.«

»Willst du was essen? Ich habe Hunger.«

»In Ordnung, lass uns was zum Mittagessen bestellen. Willst du die Karte sehen?«

»Die kann ich doch sowieso nicht lesen.«

»Ich lese sie dir vor.«

»Und die Preise.«

»Louis, um die Preise brauchst du dir keine Gedanken zu machen.«

»Ach ja? Und wieso nicht?«

»Das soll heißen, wir können es uns leisten. Ich zahle.«

»Nein, ich zahle. Du bist schon den ganzen Weg hergeflogen.«

»Das spielt doch keine Rolle.«

»Ich zahle.«

Ich las ihm die Karte vor und zog bei allem fünf Dollar ab.

»Kommt mir ziemlich teuer vor«, sagte er – und das nach fünf Dollar Abschlag.

»Glaub mir, Louis, das mit dem Geld geht schon klar. Du brauchst dir keine Sorgen zu machen.«

»Die geben mir doch nie und nimmer was.«

»Louis, ich habe mit der Fürsorgerin im Krankenhaus gesprochen, dieser Leonora. Die kümmert sich darum. Alles wird anerkannt. Du kriegst dein Geld. Von einem mit diagnostiziertem Hirntumor erwartet niemand, dass er am Montagmorgen die Stechuhr drückt.«

»Du weißt nicht, wie das hier läuft. Die finden schon eine Methode, sich da rauszuwinden. Wir sind am Ende.«

»Louis ...«

»Ich nehme ein Panini mit Schmelzkäse.«

»Okay. Ich auch.«

Ich machte der Kellnerin Zeichen, und sie kam herbei und nahm unsere Bestellung auf. Wir saßen im knackig kalten australischen Winter unter dem Heizstrahler. Es war gleißend hell, Autos rollten über die Straßen, Fußgänger kamen an uns vorbei, und keiner wusste oder interessierte sich dafür oder hätte überhaupt merken können, dass gleich hier an diesem Tisch, auf diesen Stühlen ein Todgeweihter und sein Bruder saßen. Genauso, wie auch ich in meinem Leben schon an vielen Sterbenden vorbeigekommen war, ohne irgendein Interesse zu zeigen.

Louis zog seine Mütze wieder auf, saß mit seinem Buddhalächeln und dem milchigen Blick da und sah zu, wie die Welt ihren Geschäften nachging.

»Morgen früh fängst du mit den Bestrahlungen an, oder?«

»Bestrahlungen und Chemo.«

»Ich habe im Internet von einem Typen gelesen, der dasselbe hatte wie du. Vor sieben Jahren haben sie es diagnostiziert, und er lebt immer noch. Der Tumor schrumpft, und er lebt immer noch. Seit sieben Jahren.«

»Das ist gut«, sagte Louis. »Das ist gut.«

In der Not glaubt man alles. Greift nach jedem Strohhalm.

Die Paninis kamen, und wir aßen sie heiß.

»Schmeckt's, Louis?«

»Lecker«, sagte er, der Käse lief ihm übers Kinn. Das war wieder mal typisch Louis. Von Tischmanieren hielt er nicht viel. Wenn er Hunger hatte oder Appetit, dann musste er eben was zwischen die Zähne kriegen.

Als er das halbe Panini aufgegessen hatte, hielt er inne und schaute mich über den Tisch hinweg an.

»Weißt du was?«, sagte er. »Du bist alles, was ich noch habe.«

Ein ziemlich schrecklicher Gedanke, fand ich.

»Dann bist du übler dran, als wir dachten, Louis«, bemerkte ich. »Es ist noch schlimmer, als wir vermutet hatten.«

Er war anständig genug, darüber zu lachen. Trotzdem machte es mich traurig. Ich hätte nicht alles sein sollen, was er noch hatte. Er hätte auch noch eine Geliebte haben sollen, eine Frau, eine Tochter, einen Sohn. Aber Kinder hatte er nie bekommen, obwohl er es gekonnt hätte. Chancelle zum Beispiel hätte seine Kinder gern bekommen – und ich bezweifle, dass sie die Einzige war.

»Damit hätte ich nicht umgehen können«, hat er mir einmal gesagt. »Ich weiß nicht, wie du damit fertig geworden bist. Ich wäre nie damit fertig geworden.«

»Louis, du siehst die Sache falsch. Niemand wird damit fertig. Niemand kriegt Kinder, weil er glaubt, dass er Ahnung davon hat. Eine Generation von hoffnungslosen Fällen zieht die nächste groß, mehr nicht. Keiner hat auch nur die geringste Ahnung.«

»Die hätten mich in den Wahnsinn getrieben.«

»Meine treiben mich ja auch in den Wahnsinn. Jeder wird von seinen Kindern in den Wahnsinn getrieben.«

»Ich hätte einen Nervenzusammenbruch gekriegt.«

»Alle kriegen Nervenzusammenbrüche. Auch Leute ohne Kinder kriegen Nervenzusammenbrüche.«

»Das stimmt allerdings.«

»Aber du hast doch noch deine Freunde.«

»Das stimmt wohl.«

»Es ist doch nicht so, als wärst du ganz allein.«

»Nein … vielleicht nicht.«

Am nächsten Morgen wachte ich um fünf Uhr auf und hörte Louis in der Küche herumlaufen. Es war ein unangenehm kalter Morgen, und ich kam nicht recht aus dem Bett. Louis stand mit einem Glas Wasser in der Hand am Tisch, er trug ein mit Farbe bekleckstes T-Shirt und die Sorte Unterhosen, die schon längst aus der Mode waren und von denen ich nicht geglaubt hatte, dass sie noch erhältlich sind.

»Alles klar?«

»Ich nehme nur gerade meine Medizin gegen die Übelkeit.«

»So früh?«

»Ich muss sie eine Stunde vor der Chemotablette nehmen. Und danach noch mal eine Stunde warten. Dann kommt der Wagen vom Krankenhaus. Dann kriege ich meine Bestrahlung, und danach darf ich was essen.«

»Soll ich dir für unterwegs ein Sandwich machen?«

»Ich lege mich noch mal hin.«

Er ging wieder ins Bett und stellte sich den Wecker auf später. Ich machte ein Sandwich, wickelte es ein und ließ es auf dem Tisch liegen. Dann ging ich ebenfalls zurück ins Bett und schlief wieder ein.

Als es an der Tür klingelte, wachte ich auf. Louis war schon angezogen. Er warf gerade sein Zeug in seine Kühltasche und machte sich startklar.

»Dann bis später.«

»Viel Glück, Louis.«

Die Tür war schon offen, draußen stand auf der obersten Stufe der Veranda der Fahrer vom Krankenhaus.

»Bis später, Louis.«

Ich legte ihm meinen Arm um die Schultern, und zu meiner Überraschung küsste er mich. Sein Oberlippenbart kitzelte, der Vollbart war feucht. Im ersten Moment empfand ich – zu meiner Schande – Widerwillen. Aber dann wünschte ich ihm noch einmal Glück, und weg war er.

Ich fragte mich, ob der Fahrer wohl begriffen hatte, dass wir Brüder waren. Wir sahen uns inzwischen nicht mehr besonders ähnlich, schon gar nicht, wenn Louis inkognito mit seiner Wollmütze unterwegs war. Vielleicht dachte der Fahrer, wir seien ein Paar – zwei ältere Männer in einer eingetragenen Lebenspartnerschaft.

Ich hörte das Auto abfahren, und jetzt fand ich, dass ich

eigentlich hätte mitfahren sollen. Ich kam mir vor wie ein Nichtkombattant, der selbst noch nicht eingezogen worden ist und zusieht, wie einer aus der Familie in den Krieg zieht. Andererseits wusste ich ja, dass irgendwann, eines Tages, auch mein Einberufungsbescheid kommen würde.

Ich machte mir einen Kaffee, setzte mich an den Küchentisch und trank ihn. Nachdem ich geduscht und mich angezogen hatte, nahm ich mir Louis' Unterlagen vor. Ganze Schubladen waren mit diesem Zeug vollgestopft. Ich wusste überhaupt nicht, wo ich anfangen sollte. Ich warf den ganzen Kram auf den Fußboden.

Louis, dachte ich, warum tust du mir das an?

Dabei hatte er ja gar nichts gemacht. Ich war bloß ein egoistisches Arschloch.

Aber sind wir das nicht alle?

Damals, als unser Vater im Sterben lag, hat meine Mutter ihn gepflegt. Er war ganz benebelt vom Morphium. Sie fragte ihn: »John, was sollen die Jungs einmal werden, wenn sie groß sind?«

Er dachte einen Moment lang nach, dann sagte er: »Matadore.«

Weder aus Louis noch aus mir ist ein Matador geworden. Da, wo wir herkamen, gab es keine Stierkampftradition. In gewisser Hinsicht haben wir ihn also enttäuscht. Wir hatten aber auch gar keine Ahnung von seinen Wünschen, weil unsere Mutter sie uns erst Jahre später offenbarte. Und da war es schon zu spät, um noch eine Karriere als Matador einzuschlagen. Gemacht hätte ich es ohnehin nicht, weil mir die Courage fehlte und ich nicht annähernd reaktionsschnell genug war. Außerdem hatte ich kein Cape.

Aber als Louis davon erfuhr, begannen seine Augen zu leuchten, anscheinend träumte er davon, nach Spanien zu gehen. Vielleicht hätte er etwas in dieser Richtung unternehmen sollen. Womöglich wäre er gut gewesen. Es ist ein grausamer Sport, aber damals stand er eigentlich noch nicht in diesem Ruf. Damals konnte man immer noch der elegante Held sein, in einem Anzug aus Goldbrokat, einer flotten Schärpe und einem schicken Hut.

Aber an die Theorie von Paralleluniversen glaube ich nicht. Das sind mir einfach zu viele Möglichkeiten. Wie soll es für jede noch so kleine Veränderung, die in unserem Leben stattgefunden haben könnte, ein eigenes Universum geben? Wenn wir nach rechts anstatt nach links gegangen wären? Wenn wir die Straße einen Moment früher oder später überquert hätten? Wenn die Sitzbezüge im Theater rot und nicht blau gewesen wären? Und so was braucht man ja für jede Kreatur, die je gelebt hat, für jeden Grashalm und jede Ameise, die je über ein Blatt gekrabbelt ist, aber auch über ein anderes Blatt hätte krabbeln können, in eine andere Richtung.

Wo soll für solch eine Unendlichkeit denn Platz sein?

Vielleicht irre ich mich ja, und es gibt doch eine Welt, in der Louis immer noch in seinem Laster runter zum Hafen fährt, um an seinem Segelboot herumzuwerkeln. Vielleicht gibt es eine Welt, in der er nicht an dieser unerklärlichen Übelkeit und plötzlichen Migräne leidet. In unserer Welt tut er es aber. Und die ist es, mit der wir klarkommen müssen.

9
Erdbeeren

Nach einiger Zeit wurde aus dem australischen Winter ein Frühling. Aber ich sah inzwischen überall nur noch Dunkelheit und das Ende aller Dinge, sogar in den Gesichtern von Kindern und Säuglingen im Kinderwagen. Ich sah Kleinkinder mit ihren Müttern und dachte, warum haben sie das getan, warum haben sie diese Menschlein in die Welt gesetzt, nur damit sie sterben müssen?

Ich sah die Endgültigkeit sogar, in alten, sepiafarbenen Erinnerungen, an den Wänden von Restaurants oder am Empfang des Krankenhauses, Fotos von Pionieren und glorreichen Gründervätern und Besiedlern ungezähmter Landschaften. Alle tot und begraben, jeder einzelne. Und wenn ein Mann einen Oberlippenbart hatte, dann hatten alle einen. Und wenn eine Frau eine Haube und eine blütenweiße Schürze trug, dann auch die anderen. Und alle waren sie tot.

Und die Kellnerinnen im *Kangaroo Point* brachten mir meinen Kaffee, und trotz ihrer ganzen Jugend und Schönheit würden sie eines Tages tot sein. Und die Läufer und Jogger und Personal Trainer und all jene, die nach Leben und Gesundheit und Unsterblichkeit gierten, würden ohne Ausnahme allesamt bald sterben.

Doch hätte man ihnen erzählt, dass man ein Familienmitglied hatte, das starb, hätte jeder Einzelne von ihnen einem sein Beileid ausgesprochen und vielleicht Entsetzen oder Überraschung gezeigt, so als wäre dies irgendwie ungewöhnlich und nicht etwa ein alltägliches, allgegenwärtiges Ereignis. Denn überall sterben Menschen, zu Tausenden in jedem einzelnen Moment, irgendwann sind es Millionen, irgendwann sogar Milliarden. Und die Weltbevölkerung, diese acht Milliarden Menschen oder wie viele es auch sein mögen inklusive derer, die geboren wurden, seit Sie diesen Satz zu lesen begonnen haben, werden alle eines Tages tot sein, jeder Einzelne. Ich saß da mit meinem Kaffee und betrachtete die Boote auf dem Fluss und die Fähren, die die Pendler zur Arbeit brachten. All das würde vergehen und enden und vorbei sein.

Mir ging durch den Kopf, dass unter diesen acht Milliarden viele Millionen glauben, dass es noch eine andere, spirituellere Welt gibt, in die sie eingehen werden, wenn ihr Atem versiegt. Ich glaube daran aber nicht.

»Keiner weiß, warum wir hier sind, oder, Louis?«, fragte ich ihn später. »Nicht einmal die schlauesten Köpfe. Die Leute glauben an Sachen, aber glauben heißt nicht wissen. Keiner weiß, was wir hier sollen, und das wird sich auch nie ändern. Wir sterben weiter, bis die Erde in die Sonne fällt, und dann wissen wir es immer noch nicht. Das ist alles. Die Menschen können Flugzeuge bauen und Leute auf den Mond schicken, aber sie können einem nicht sagen, was wir hier sollen.«

»Was gibt's zum Abendessen?«, fragte Louis.

»Was willst du haben?«, fragte ich zurück.

»Ich esse, was du machst.«

»Wie wäre es mit Ei und Fritten und Erbsen, danach Erdbeeren mit Joghurt?«

»Mann, du verstehst es echt zu leben.«

»Du brauchst gar nicht so sarkastisch zu sein.«

»Bin ich doch nicht.«

»Louis, wann hast du zum letzten Mal Erdbeeren gegessen?«

»Die kaufe ich nicht.«

»Warum nicht?«

»Zu teuer.«

»Louis, ich weiß, wie viel du auf der Bank hast.«

»Damit muss ich auch auskommen.«

»Louis, du musst dir einen neuen Kühlschrank besorgen.«

»Was stimmt denn nicht mit meinem Kühlschrank? Der ist doch vollkommen in Ordnung. Den Kühlschrank da habe ich schon seit einem Vierteljahrhundert.«

»Genau das ist das Problem an dem Kühlschrank, Louis. Und er sieht sogar noch älter aus.«

»Ich habe ihn gebraucht gekauft. Aber er hat immer noch Leben in sich.«

»Genau das ist es, was mir Sorgen macht, Louis. In deinem Kühlschrank ist Leben, wie ich es noch nie gesehen habe. Graues, schimmeliges, haariges Leben, für das es vermutlich nicht mal ein Gegengift gibt. Und was ist mit der halben Pampelmuse da?«

»Die esse ich noch.«

»Louis, die ist schon braun. Braun und grün.«

»Ein paar Tage hält die sich schon noch.«

»Und wenn wir dir schon einen neuen Kühlschrank kaufen, Louis, können wir auch gleich eine neue Waschmaschine besorgen.«

»Der Waschmaschine fehlt nichts.«

»Sie funktioniert nicht, Louis.«

»Na und? Davon abgesehen ist sie in Ordnung.«

»Louis, du hast sie an die Regentonne angeschlossen, und wenn sie abpumpen soll, läuft der Keller voll.«

»Ein bisschen Wasser hat noch niemandem geschadet.«

»Und dann muss man mit Gummistiefeln danebenstehen, damit man keine nassen Füße kriegt, und mit der Uhr in der Hand den Waschzyklus so einstellen, dass man manuell umschalten kann, weil die Automatik deiner sogenannten automatischen Waschmaschine kaputt ist.«

»Ach Quatsch, die Automatik funktioniert.«

»Louis, du weißt ja noch nicht mal, was das Automatische daran ist.«

»Ach ja? Ich wusste nicht, dass du der große Naturwissenschaftler bist. Du hättest nicht mal deinen Abschluss in Erdkunde geschafft, wenn ich dir keine Nachhilfe gegeben hätte.«

»Louis, Erdkunde ist keine Naturwissenschaft.«

»Nein, aber es ist auch keine Hirnoperation.«

»Was soll das denn heißen?«

»Das soll heißen, dass ich am Gehirn operiert worden bin. Ich weiß also, wovon ich rede. Und wenn du was über Raketenforschung wissen willst, kann ich dir darüber auch was erzählen.«

»Bloß deine PIN-Nummer kannst du dir nicht merken.«

»Nein, kann ich nicht! Dieses Mistding.«

»Du musst sie dir einfach wie eine Zeitangabe merken, Louis. Sieben Uhr fünfzehn am Morgen. Welche Ziffern sind das?«

»Null sieben eins fünf.«

»Na bitte.«

»Welche Uhrzeit war das noch mal?«

»Sieben Uhr fünfzehn am Morgen.«

»Das kann man sich leicht merken.«

»Gut, jetzt weißt du es also, und der Automat zieht nicht wieder deine Karte ein.«

»Sieben Uhr fünfzehn. Das kann ich mir merken.«

»Gut.«

»Frag mich, wie meine PIN-Nummer lautet.«

»Wie lautet deine PIN-Nummer, Louis?«

»Ganz einfach. Neunzehn fünfzehn. Also eins neun eins fünf.«

»Nein, nein, Louis. Sie lautet sieben Uhr fünfzehn am Morgen.«

»Was?«

»Deine PIN-Nummer.«

»Das ist doch totaler Quatsch.«

»Nein, wirklich, Louis.«

»Morgens?«

»Ja, morgens, nicht abends.«

»Okay, jetzt hab ich sie. Lass es uns noch mal versuchen.«

»Warten wir erst mal einen Moment ab.«

»Okay.«

»Weißt du noch, was es zum Abendessen gibt?«

»Ja. Joghurt und Fritten. Richtig?«

»Ziemlich nah dran. In Ordnung, jetzt versuchen wir noch mal die PIN-Nummer.«

»Du weiß ja wohl, dass man streng genommen nur PIN sagen sollte, ohne Nummer danach. P.I.N. steht nämlich für persönliche Identifikationsnummer. Wenn man also noch mal Nummer dazusagt, dann sagt man in Wahrheit persönliche Identifikationsnummernummer.«

»Tatsächlich?«

»Siehst du, so was kann ich mir merken.«

»Ist bestimmt nützlich.«

»Ich vergesse bloß diese ... Dingsbums.«

»In Ordnung, sollen wir es noch mal mit der PIN-Nummer versuchen?«

»Nur PIN. Ohne Nummer. Nur PIN.«

»Na schön. Sollen wir es noch mal mit deiner PIN versuchen?«

»Okay. Soll ich anfangen?«

»Ja natürlich, Louis. Es bringt doch nichts, wenn ich dir sage, wie sie lautet. Das hilft uns nicht weiter.«

»Okay, ich fange an mit der … Dingsbums …«

»PIN-Nummer.«

»PIN, nur PIN.«

»Na schön, Louis. Wie lautet deine PIN? Fällt dir die Eselsbrücke wieder ein?«

»Die was?«

»Die *aide-mémoire*?«

»Was für eine *aide-mémoire*?«

»Die kleine Merkhilfe. Die Uhrzeit.«

»Ach ja, genau. Sieben Uhr fünfzehn. Morgens.«

»Sehr gut. Prima. Das ist doch schon ein Fortschritt, Louis. Prima. Also, wie lautet deine PIN?«

»Die lautet … sieben eins fünf.«

»Es sind vier Ziffern, Louis, vier.«

»Sie lautet … sieben eins fünf … ach, verdammt noch mal!«

»Langsam, Louis. Nimm dir Zeit, und nicht wütend werden. Es gibt gar keinen Druck. Entspann dich.«

»Null sieben eins … fünf.«

»Genau. Perfekt! Siehst du. Ich hab dir doch gesagt, du schaffst es. Gut. Alles klar.«

»Wir sind am Ende, weißt du das? Wir sind am Ende.«

»Louis, wir sind nicht am Ende. Du hast deine Operation hinter dir, und sie haben so viel von dem Tumor rausgeholt, wie sie nur konnten. Den Rest verstrahlen sie und killen ihn mit der Chemo. In einem halben Jahr kannst du schon rüberfliegen und uns besuchen. Dann fahren wir irgendwohin, vielleicht nach Schottland, wo immer du auch hinwillst.«

»Weißt du noch, wie ich das letzte Mal für dieses Bücherfest rübergekommen bin und wir uns die Frau angehört haben, die über diesen Soundso gesprochen hat, wie hieß er noch mal?«

»Ja, weiß ich noch.«

»Wir hatten doch auch ein paar schöne Zeiten, oder?«

»Ja, hatten wir, Louis. Das hatten wir.«

»Sie hat von ihrem Leben in New York erzählt, und von ... Dingsbums. Sie stammte aus dieser reichen Familie.«

»Rothschild.«

»Und er war so ein Jazzmusiker.«

»War es Monk?«

»Ja, genau.«

»Ich fange gleich an zu kochen, Louis. Schau doch noch ein bisschen *Deal or No Deal*. Wie wäre das?«

»Die haben in dieser Sendung ein paar richtige Idioten. Totale Schwachköpfe. Wenn sie sich wenigstens die Mühe machen und vorher ihre mathematischen Chancen ausrechnen würden ...«

»Na, dann setz dich doch einfach hin und rechne sie für sie aus.«

»Joghurt und Fritten, richtig?«

»So ungefähr.«

»Ich lege mich ein Weilchen hin.«

»Schlaf nicht ein.«

»Wie geht noch mal meine PIN-Nummer?«

»Sag du es mir.«

»Null sieben eins acht.«

»Fünfzehn, Louis. Sieben Uhr fünfzehn.«

»Null sieben eins fünf, verdammt! Ich bin so ein Idiot. Ich bin so ein Idiot. Ich bin so ein verdammter Idiot.«

»Louis, du bist kein Idiot. Du warst immer schlauer als wir anderen zusammen.«

»Diese Dingsbums. Diese verdammte ... Dingsbums ...«

»Ich weiß, Louis, ich weiß. Ich fange jetzt an zu kochen.«

»Okay. He! Null sieben eins drei! Stimmt doch, oder? Null sieben eins drei.«

»Du wirst immer besser, Louis. Aber jetzt lass uns mal aufhören mit der PIN. Erst mal Pause. Wir können ja später noch mal drangehen. Darin liegt das ganze Geheimnis. Nicht zu viel auf einmal.«

»Ich gehe *Deal or No Deal* gucken.«

»Ich rufe dich, wenn das Essen fertig ist.«

»He, was ist das denn? Hast du etwa Erdbeeren gekauft?«

»Die haben wir doch eben im Supermarkt geholt.«

»Du verstehst zu leben. Du verstehst wirklich zu leben.«

»Ich rufe dich, wenn das Essen fertig ist.«

Dann ging er fernsehen.

Aber jetzt habe ich es im Kopf und werde es nicht mehr los. Andere Leute freuen sich über ein neugeborenes Kind oder ein Lamm auf der Weide. Ich denke dann nur daran, dass das arme Wesen sterben wird und dass wir alle einmal so waren – die ersehnte Ankunft, der vergötterte Nachkomme, die gefeierte Geburt, das goldene Kind, das in der Welt Wunder vollbringen wird. Und nun schauen Sie, was passiert ist. Aus uns wurden Louis und ich. Aus uns wurden Männer mit Bierbäuchen oder Frauen mit schlechten Erfahrungen, die ihrer verlorenen Jugend nachtrauern. Aus uns wurden die Massen in der U-Bahn und die erschöpften Gesichter in den Zügen. Eine gesunde Betrachtungsweise ist das natürlich nicht. Gar nicht. Aber vielleicht verschwindet sie ja wieder.

10
Kater

Die sonnenverwöhnte Blondine hieß Bella. Was das Sonnenverwöhnte betraf, hatte Louis vielleicht ein bisschen übertrieben, denn das Wetter im Vereinigten Königreich war in dieser Hinsicht nicht gerade förderlich, und man konnte regelrecht zusehen, wie ihre Bräune verblasste. Aber sie war trotzdem ganz ansehnlich und besaß einigen Charme, auch wenn dieser Charme bei den meisten anderen nicht so eine Wirkung entfaltete wie bei Louis.

Normalerweise sind es ja die Kolonialherren, die die Eingeborenen für naiv halten. Aber für Bella hatten sich die Zeitläufe bereits komplett umgekehrt, das Blatt hatte sich gewendet. Wir waren ein Land von Leuten, die alles anders machten, aus Mangel an Kenntnis darüber, wie man es richtig anpackte, und die in komischen Häusern wohnten, mit mangelhaften Sanitäranlagen und ohne ausreichend Platz, um die Pferde unterzubringen.

Aber Bella und Louis kamen gut miteinander aus, und wenn die Liebe ein Passbild von sich hätte, dann hätte es vielleicht so ausgesehen wie diese beiden damals. Heute nicht mehr. Es ist kaum noch zu erkennen. Aber das ergeht ja den meisten Pässen im Lauf der Zeit so.

Bella schaute sich die Alte Welt nur an und hatte nicht die Absicht, sie als dauerhaften Wohnsitz in Betracht zu ziehen, aufgrund der dortigen Widrigkeiten und des Mangels an annehmbaren Stallungen in der Stadt.

Trotzdem fand sie sich eine Weile mit unserer Couch ab, sehr zu Ionas Ärger, der bald so offensichtlich wurde, dass die beiden auszogen und sich eine eigene Bleibe suchten. Kurz darauf verkündete Louis, er werde mit ihr gen Süden ziehen, in Australien leben und eine ganz neue Karriere anfangen. Ich fand diese Wortwahl unglücklich, denn eine alte Karriere hatte Louis ja nicht gehabt, also erschien es mir ein wenig verfrüht, jetzt schon an eine neue zu denken.

Sie packten ihre Sachen und nahmen ein langsames Schiff, damit sie sich unterwegs interessante Orte anschauen konnten. Auslandsgespräche waren damals noch teuer und Postkarten zu mühselig, und ein großer Schreiber war Louis sowieso nie gewesen, deshalb verloren wir ein bisschen den Kontakt. Er ließ sich in seinem Leben treiben, und ich machte mit meinem weiter.

Iona haute ab, um mit jemand anderem Kinder zu kriegen, und hinterließ mir ihren Kater Henry. Henry war praktisch vom Tag seiner Geburt an in schlechter seelischer Verfassung gewesen, denn seine Mutter war von einem herunterfallenden Schiebefenster geköpft worden, dessen Zugseil kaputt war und das man daher zum Lüften mit einem unzuverlässigen Stöckchen abgestützt hatte.

Das Stöckchen gab just in dem Moment nach, als Henrys Mutter sich unter dem schweren Fensterrahmen befand. Zack, fiel er runter, und damit nahmen die psychischen Probleme des hinterbliebenen Henry ihren Anfang. Vielleicht litt er unter Trennungsschmerz, vielleicht mochte er auch einfach das Futter nicht, das ich ihm gab, auf jeden Fall schien er sich alle Mühe zu geben, mich zu nerven. Mitten in der Nacht jaulte er, weil er rauswollte, und kaum war ich zurück im Bett, jaulte er, weil er wieder reinwollte. Ich baute eine Katzenklappe ein, aber er war eher für die Jaulregelung. Und als ich irgendwann mal – noch zu meinen

Fleischfresser-Zeiten – auf dem Kühlschrank Hackfleisch auftaute, erwischte ich ihn dabei, wie er seine Schnauze darin vergrub und das verputzte, was eigentlich die Hauptzutat meiner Spaghetti Bolognese hatte werden sollen. Zu meiner Schande scheuchte ich ihn durch den Garten, warf das verbliebene Hack nach ihm und brüllte: »Du willst Hackfleisch? Hier, nimm das!«, während auf den angrenzenden Grundstücken die Gardinen wackelten und dahinter abschließende Urteile gefällt wurden.

Und als ich einmal in Urlaub fuhr, musste ich ihn eine Woche lang in eine Katzenpension stecken. Dass es ihm dort nicht gefallen würde, wusste ich vom ersten Moment an, weil er nur mit extremem Schmeicheln und Überredungen aus der Box zu locken war. Als ich aus dem Urlaub zurückkam, redete er nicht mehr mit mir, nicht einmal in Katzensprache. Er drehte mir den Rücken zu und hegte fortan einen Groll gegen mich. Es wurde nicht mehr wie vorher, nicht einmal, als er Bandwürmer bekam und ich den ganzen Saustall saubermachte und ihm beim Tierarzt Tabletten holte und ihn dazu brachte, dass er sie auch nahm, und ihm Leckereien kaufte.

Ich glaube, er wollte bei Iona sein. Vielleicht fühlte er sich gleich doppelt verlassen, zuerst von seiner Mutter, die das Fenster beseitigt hatte, und danach von Iona, die der dringende Kinderwunsch beseitigt hatte. Ich selbst nahm es ihr auch ziemlich übel, dass sie uns verlassen hatte, denn sie war zum Kinderkriegen mit jemandem durchgebrannt, den wir ohne Louis nie kennengelernt hätten. Nigel war nämlich einer von Louis' Hafenfreunden. Typisch Louis, dachte ich, dass er ausgerechnet einen Bekannten in unser Leben einführt, der dann mit meiner Freundin verschwindet, um Kinder zu kriegen. Und anstatt sich in einer solchen Situation seiner Verantwortung bewusst zu sein, verschwand Louis mit irgendwelchen sonnenverwöhnten Blondinen einfach seinerseits, runter zu den Antipoden, und ließ mich ohne Hackfleisch, aber dafür mit einem verwirrten, verwurmten Kater in einem üblen Viertel der Stadt zurück.

Es gab Momente, wo mein Groll mich übermannte und ich ins Grübeln kam. Ich hatte das Gefühl, dass es in unserem Leben immer nur um Louis ging. Seit ich ein kleiner Junge war, hatten meine Eltern mir vorgeschwärmt, was für ein toller Hecht er war und welche Hoffnungen man in ihn setzte. Louis sollte auf eine gute Schule und dann – als Erster aus der ganzen Familie – auf die Universität gehen. Danach würde eine Welt voller Austern nur darauf warten, von ihm auserlesen und geöffnet zu werden, und natürlich durfte er die nehmen, die er wollte.

Stundenlang hockten Louis und unsere verwitwete Mutter in der Küche beisammen und besprachen seine glänzende Zukunft, welche Richtung er anstreben sollte, ob er eher ein Oxford-Mann war oder vielleicht doch Cambridge besser zu ihm passte oder er nicht sowieso nach Harvard gehörte.

Eines Nachmittags kam ich von der Schule heim und hörte mir wieder an, wie meine Mutter Louis' glorreiche Aussichten und das Ausmaß seiner bisherigen Leistungen rühmte, denn er war ja in jedem Fach Klassenbester, und zwar immer.

Da fragte ich sie, nur aus einem beiläufigen, wenn nicht egoistischen Interesse heraus: »Und was ist mit mir?«

Sie sah mich verständnislos an, als wäre die Frage unerheblich oder ihr einfach noch nie in den Sinn gekommen.

»Ach, du wirst schon klarkommen«, antwortete sie schließlich. »Vielleicht findest du ja eine Stelle als Elektriker.«

Und dies sagte meine Mutter ebendem Jungen, der einmal den Deckel von einem Lichtschalter abgeschraubt und seinen Finger hineingesteckt hatte, nur um zu sehen, was passiert. (Ich wurde zwei Meter zurückgeschleudert.)

Ich erkannte also, dass in meinem Falle hinsichtlich akademischer Leistungen nicht viel erwartet wurde, und da ich mich diesbezüglich nicht sträuben wollte, tat ich mein Bestes, um diesem Wunsch zu entsprechen, und wandte mich der Jugendkriminalität zu, für die ich, wie es schien, eine natürliche Begabung und ein nicht geringes Talent besaß. Ihr widmete ich mich also, wenn ich nicht gerade rauchte, die halbe Nacht in Parkpavillons zubrachte oder im Kino saß und mir Filme anschaute, für die ich zu jung war, in die ich aber dennoch hineinkam, weil ich ein falsches Alter angegeben hatte. Gerne würde ich behaupten, es sei eine schöne Zeit gewesen. Aber ehrlicherweise sind die Dinge nicht so einfach oder anständig, dass sie ohne mildernde Umstände oder Fußnoten eine solche Bezeichnung verdient hätten.

Am Ende bekam Henry der Kater Nierenprobleme und wurde von seinem Elend erlöst. Für Menschen wird diese Dienstleistung noch nicht angeboten, jedenfalls in den meisten Teilen der Erde nicht.

11
Tricks

Eines Nachmittags, als Louis im Hospiz war, rief Halley an und fragte: »Wie geht es ihm? Und wie geht es dir?«

»Es ist unverändert, Halley«, sagte ich. »Vielleicht weiß er, dass ich da bin, aber das kann ich nicht sagen, weil er nicht spricht. Alle drei Stunden kommen sie rein und drehen ihn, mehr passiert eigentlich nicht. Die meiste Zeit hat er die Augen zu, und für die Medikamente hängt er an einem Apparat.«

»Hör mal, wir haben Karten für die Kabarett-Spätvorstellung im Spiegelzelt. Eigentlich wollte ich Louis fragen, ob er mitkommt, aber unter diesen Umständen ... Was hast du denn vor?«

»Ich glaube nicht, dass es etwas ausmachen würde, wenn ich ein paar Stunden nicht da wäre.«

»Ich sage dir, wo wir uns treffen.«

Ich kam mir vor, als würde ich mich in einen Ersatz für Louis verwandeln – wie er, ohne aber er zu sein, und doch ähnlich genug, dass es reichte. Eine alte Verbitterung entfachte sich wieder in mir. Ich hatte geglaubt, sie sei erloschen, aber sie schwelte immer noch. So war es immer schon gewesen.

»He ... du bist doch der Bruder von Louis, oder?«

Und damit war man abgestempelt. Es tut einem nicht gut, wenn man nur dadurch definiert wird, dass man mit jemandem verwandt ist. Was nützt einem das, wenn man doch sein eigenes Territorium erobern und seine eigene

Fahne hissen will? Aber das ist eben die Quittung, wenn man schon verspätet aufbricht und nicht genügend Verstand besitzt, um als Erster ans Ziel zu kommen.

Ich traf mich mit Halley und Phil, einem anderen Freund von Louis, in einer Bar in der Innenstadt, wo sie hockten und Little Creatures tranken, es war offenbar die angesagte Marke. Also bestellte ich dasselbe, wir kippten unser Bier und aßen dann im *Lock and Load*. Danach gingen wir rüber ans Südufer, wo es vor Leuten nur so wimmelte. Es fand gerade ein Festival statt, es war alles voll mit Menschen und chinesischen Laternen und Drachen, und direkt am Fluss stand das Spiegelzelt, das die Romantik des alten Wien und den verlockenden Duft nach dem Verbotenen und dem beginnenden Verfall verströmte.

Wir gingen hinein und setzen uns nach hinten. Dort hockten wir auf den Sitzlehnen und hatten die Füße auf den Klappsesseln, sonst hätten wir zu niedrig gesessen und nichts gesehen. Die Menge war ausgelassen, die meisten Leute hielten Ferngläser in der Hand. Es gab Transvestiten, Frauen, die aussahen, als hätten sie eine Geschlechtsumwandlung hinter sich, und umgekehrt. Eine berauschende Dekadenz herrschte, die Stimmung war locker und aufgeschlossen. Es war schon kurz vor Mitternacht, als die Show begann, es gab Akrobaten und Kabarettisten und jede Menge nacktes Fleisch. Der Höhepunkt war eine Frau, die kleine Taschentücher verschwinden ließ.

Sie trat in einem klassisch eleganten Geschäftskostüm auf und zauberte ein Taschentuch weg. Dann setzte sie einen verdutzten Blick auf, als wollte sie fragen: »Wo ist es denn hin?« Beiläufig zog sie ihr Jackett aus, um zu schauen, ob es sich vielleicht darin verbarg. Aber nein.

Doch dann tauchte das Taschentuch wieder in ihrer Hand

auf, also ließ sie es erneut verschwinden und schaute wieder verdutzt. Steckte es vielleicht in ihrem Rockbund? Also weg mit dem Rock.

Und so ging es weiter. Erst zog sie die Bluse aus, dann den BH, und immer wieder verschwanden diese Taschentücher.

Mit einem Gesicht, das nach »Soll ich oder nicht?« aussehen sollte, gefolgt von einem Blick, der »Wo ich schon so weit bin, warum nicht?« hieß, zog sie schließlich ihr Höschen aus. Immer noch kein Taschentuch, dafür eine schöne, glatt rasierte Vagina. Dann zauberte sie ihr Taschentuch wieder hervor, aber ich erspare Ihnen die Einzelheiten.

Sie bekam tosenden Applaus, den sie zweifellos auch verdiente.

Bei einem Absacker danach sagte Halley: »Das hätte Louis gefallen.«

»Das bezweifle ich nicht«, antwortete ich. »Und wie hat sie es nun gemacht?«

Aber keiner von uns wusste es.

Zu Hause googelte ich den »Trick mit verschwindendem Taschentuch«. Am nächsten Tag rief ich Halley an.

»Sie hat einen falschen Daumen«, sagte ich.

»Sie hat was?«

»Einen falschen Daumen. Einen künstlichen Plastikdaumen, den man über den richtigen steckt. Man kann ihn abziehen und in der Faust verstecken, und das Taschentuch kommt da raus.«

»Einen falschen Daumen«, staunte Halley. »Woher weißt du das?«

»Ist ein gängiger Zaubertrick«, erklärte ich ihm. »Sich dabei auszuziehen ist nur eine Variation.«

»Jetzt hast du mir das ganze Mysterium versaut«, sagte Halley.

»Und was ist mit den nackten Tatsachen?«, fragte ich.

»Die nicht«, sagte er. »Daran bleibt mir die Erinnerung erhalten.«

»Dann hast du doch das Beste noch«, sagte ich. »Wenn sie nämlich nur Taschentücher hätte verschwinden lassen und dabei ihre Klamotten anbehalten hätte …«

»Dann wäre sie nicht im Late-Night-Kabarett.«

»Haargenau.«

»Na ja … jedenfalls schade, dass Louis nicht dabei sein konnte.«

»Ich habe ihm davon erzählt, als ich wieder im Hospiz war.«

»Hat er reagiert?«

»Ich weiß nicht, ob er mich gehört oder verstanden hat, aber in irgendeinem versteckten Winkel seines Hirns ist vielleicht …«

»Es heißt ja, den Gehörsinn verliert man als Letztes.«

»Das sagen mir die Schwestern auch ständig, aber woher wollen die das wissen? Vielleicht erzählen sie einem das nur, damit man sich nicht wie ein Idiot vorkommt, wenn man weiter auf jemanden einredet?«

»Er hat also nicht reagiert?«

»Eigentlich nicht.«

»Nicht mal, als du das mit dem Höschen-Ausziehen erwähnt hast?«

»Nein, Halley, nicht mal da.«

»Aber man weiß ja nie.«

»Das stimmt.«

»Sag Louis, dass ich ihn besuchen komme. Wann gehst du das nächste Mal hin?«

»Ich bin gerade da. Aber mach dir nicht die Mühe, Halley. Ich glaube nicht, dass er dich noch erkennt. Ich glaube nicht einmal, dass er mich noch erkennt. Ich drücke seinen Arm oder halte seine Hand, aber er reagiert nicht mehr.«

»Vielleicht komme ich trotzdem vorbei.«

»Ich bin hier.«

»Okay.«

»Vielleicht fahre ich später noch mal kurz zum Haus. Also sollte ich dann nicht da sein, komme ich bald wieder.«

»Okay.«

»Und danke für die Eintrittskarte.«

»Das hätte Louis doch bestimmt gefallen, oder?«

»Bestimmt, Halley. Das hätte es.«

»Also ein falscher Daumen, wie?«, wiederholte er noch einmal. »Na ja, selbst wenn, der Rest von ihr sah echt aus.«

»Glaubst du nicht, dass da ein bisschen mit Silikon nachgeholfen wurde?«, fragte ich.

»Vielleicht. Aber gut gemacht«, sagte er. »Und Louis hätte es gefallen.«

Ich saß am Bett. Louis konnte schon nichts mehr zu sich nehmen. Er war die ganze Zeit ohne Bewusstsein, die Augen nur noch Schlitze, Bullaugen hinter Vorhängen. Alle paar Stunden kamen die Schwestern und drehten ihn, damit er sich nicht wundlag. Unter dem Bettlaken befand sich eine Spritzenpumpe, die ihn ständig mit Morphium und den anderen Zutaten eines Drogencocktails versorgte, den der Arzt verordnet hatte. Wenn Louis stöhnte oder ächzte oder sich an den Kopf griff, gaben ihm die barmherzigen Schwestern manchmal noch eine Extradosis Morphium, damit er seine Ruhe hatte. Am Tropf hing er nicht, weil Flüssigkeit nur das Ende hinausgezögert hätte. Sie befeuchteten seinen Mund mit einem Tupfer. »Muss er denn nicht fürchterlich durstig sein? Er hat doch schon seit Tagen keine Flüssigkeit mehr zu sich genommen«, fragte ich sie. Doch ihre Antwort war nein, es gehe ihm gut so.

Aber woher wussten sie das? Woher weiß man so etwas?

Ich saß bei ihm, las Bücher und wechselte die Musik auf dem CD-Spieler, seine Van-Morrison-Alben und seine Annie Lennox und seinen Bach und Chet Baker und andere, von denen ich noch nie gehört hatte, melancholischen Jazz mit viel Gefühl und traurige Liebeslieder über vergangene Zeiten, als die Liebe noch frisch gewesen war und die Jugend eine Selbstverständlichkeit.

Am nächsten Tag brachte ich Fotos mit, damit die Schwestern erfuhren, dass Louis nicht immer dieser ältere Mann gewesen war, mit strähnigen und teils geschorenen Haaren, einer riesigen Narbe auf der Seite des Kopfes, einem verfilzten Bart und inzwischen schon wieder nachgewachsenen, wildwuchernden Augenbrauen.

Sie sollten wissen, dass auch er einmal eine Jugend und ein gutes Aussehen und Temperament und Abenteuergeist gehabt hatte, dass er die ganze Welt bereist und gesehen und Sachen getan und Sachen fabriziert hatte, dass Frauen ihn geliebt und um ihn geweint und ihn ganz für sich allein gewollt hatten.

Ich brachte Bilder eines jüngeren Louis mit, zusammen mit seinen früheren Geliebten, auf Decks und an Stränden, in Segelhäfen und im Sand. Ich brachte ein Foto von dem Boot mit, das er gebaut und auf dem er mit Kirstin sechs Monate lang die Ostküste hinaufgetuckert war.

Eine der Schwestern kam herein, sah die Bilder und bot an, sie mit Klebestrips ans Fenster zu pappen. Ich bedankte mich und ließ sie machen – sie versprach, die Fotos nicht zu beschädigen.

»Wir mögen Fotos«, sagte sie. Ja, dachte ich, das hatte ich mir erhofft.

Ich will nicht sagen, dass man besser behandelt wird, aber irgendwo in meinem Herzen und meinem Hinterkopf hatte ich den Gedanken, dass sie zu dem Sterbenden dort im Bett vielleicht umso netter sein würden, je mehr sie ihn als ein menschliches Wesen mit einer Vergangenheit und einer eigenen Geschichte wahrnahmen. Obwohl sie allesamt ebenso professionell wie teilnahmsvoll waren. Geschadet hat es trotzdem nicht.

Ich schaute mir die Fotos an, wechselte die Musik und nickte auf dem leeren Bett in der Ecke ein. Als ich wieder wach wurde, schlenderte ich in den Raum mit dem Fernseher und dem Kaffeeautomaten, wo ich manchmal, früh am Morgen oder an den langen, leeren Nachmittagen, anderen Angehörigen begegnete, die in derselben Lage waren wie ich. Man plauderte, ohne wirklich viel zu sagen. Wo kommen Sie her? An wessen Bett sitzen Sie? Was hat derjenige? Tut mir leid, das zu hören. Danke. Auch Ihnen alles Gute.

Danach sah man sie womöglich nie wieder.

Also wartet man und wartet und wartet und wartet. Aus den Stunden werden Tage, und man verliert jedes Zeitgefühl, während die Welt da draußen ihren dringenden Geschäften nachgeht. Man selbst aber sieht auf sie hinab, durch doppeltverglaste Fensterscheiben, sieht, wie die stille Morgendämmerung und die verlassene Schnellstraße sich in einen hellen Morgen und den Pendlerstau verwandeln. Dann ebbt der Verkehr wieder ab, bleibt aber dicht, dann schwillt er wieder an, ebbt erneut ab, und dann setzt die Dunkelheit ein, die Scheinwerfer der Autos gehen an, dann nimmt der Verkehr immer mehr ab, wie die letzten Tropfen eines zugedrehten Wasserhahns, nur noch ein Rieseln, ein Tröpfeln, dann ist es vorbei. Es ist spät und wieder still, die Schnellstraße ist leer, und man hört das Summen der Apparate und gelegentlich einen Warnton oder einen Rollwagen. Wieder ist ein Tag vorbei, und danach noch einer. Dann wird einem klar, dass man schon bald eine Woche da ist, ohne nennenswerte Veränderungen, und man fragt sich, wie lange denn noch? Nicht, dass man Menschen, die man liebt, eines sinnvollen Lebens berauben wollte, aber das … das hier …

Und genauso kommt es einem vor, wie etwas, das unnötig in die Länge gezogen wird, und man sieht die netten Schwestern und denkt: »Ach bitte, könnten Sie nicht …? Nur noch eine Spritze? Richtig schön voll? Mehr bräuchte es doch gar nicht.«

Aber das können sie nicht, weil das Gesetz eben so ist.

Deshalb wartet jeder weiter und denkt, jetzt wird es aber sicher nicht mehr lange dauern. Bald, bestimmt ganz bald. Aber Louis ist nun mal hart im Nehmen, und er will es nicht. Er hält durch, und wir halten mit ihm durch. Und keiner von uns hat eine andere Wahl.

12
Überquerungen

Ich kam aus dem rund um die Uhr geöffneten Minimarkt und gesellte mich zu der wartenden Menschentraube an der Ampel. In meiner Tüte war das übliche Zeug: Schokoriegel, Kartoffelchips, Müsliriegel, Saftflaschen, Zeitung, Ersatzzahnbürste, Zahnpasta, solche Sachen eben. All die wichtigen und unwichtigen Sachen, die man ins Krankenhaus schleppen und in den Nachtschrank räumen kann, nur für den Fall, man weiß ja nie.

Es war eine stark befahrene Straße, über fünf Fahrbahnen donnerte der Verkehr, mit lauter geistesabwesenden Fahrern am Steuer, die an ihre Termine und Verpflichtungen und Verbindlichkeiten dachten. An die Kunden, die sie besuchen mussten, und die Dinge, die zu erledigen waren. An die Arbeit und die Mahlzeiten und die Kinder, die abgeholt werden mussten. An kaputte Ehen oder eine noch taufrische Liebe oder aber eine sterbende Liebe. An Urlaubsvorbereitungen und finanzielle Probleme. An Häuserkauf, an Mieten, Hypotheken. An Konzerte, an Fußballspiele, an Ideen für Romane. An abgeschickte Manuskripte und künftigen Ruhm und Reichtum.

Wir standen in einem Pulk und warteten darauf, dass das grüne Männchen zu blinken anfing, damit wir hinüberströmen und zum Krankenhaus laufen konnten. Es dauerte lange, bis die Ampel umsprang. Auf der anderen Straßenseite stand eine andere Gruppe von Menschen, die darauf warteten, dorthin zu kommen, wo wir waren, wie zur Bestätigung des Sprichworts, dass die Kirschen in Nachbars Garten immer besser schmecken, und des Bedürfnisses, dieser Annahme selbst nachzugehen, sie zu bestätigen oder zu widerlegen.

Eine Menge Leute hatten bereits den Ampelknopf gedrückt, aber von denen, die hinzukamen, versetzten ihm einige einen zusätzlichen Klaps, vielleicht nur um sicherzugehen, vielleicht aus Ungeduld oder Sorge, vielleicht fanden sie auch, wir anderen sähen aus wie die Sorte Deppen, die endlos an Ampeln stehen bleibt, ohne die Initiative zu ergreifen, und ergeben darauf wartet, dass das Schicksal eingreift.

Während wir warteten, blickte ich mich um und stellte fest, dass die anderen mir fast alle ähnelten. Sie hatten eine Tüte aus dem Minimarkt in der Hand oder umklammerten einen Armvoll Einkäufe. Es waren auch dieselben Sachen, lauter Dinge, die man Leuten bringt, die im Krankenhaus liegen – Obst und Süßes, Getränke und Zeitschriften, Toilettenartikel und Papiertaschentücher, kleine Blumensträuße.

Wahrscheinlich war auch das alles nutzloses Zeug, das man in einen Spind räumte und nie benutzte. Aber trotzdem waren wir alle da und taten das Einzige, was uns einfiel, denn abgesehen davon konnten wir ja auch kaum etwas tun.

Die Leute um mich herum machten einen abwesenden, angespannten Eindruck. Sie standen vor Problemen, die sie nicht lösen konnten, denn es gab einfach keine Lösung, allen gegenteiligen Illusionen zum Trotz – diesen großen Illusionen der Heilkunst und des wissenschaftlichen Fortschritts und all der riesigen rotierenden Maschinen, die aussahen wie Wunderwerke, ihrem Renommee aber doch nie gerecht werden konnten.

Die Leute starrten die Ampel an, einige ungeduldig, andere anscheinend zufrieden, einfach nur dazustehen und zu warten, vielleicht, weil sie gar nicht wollten, dass sie überhaupt wieder umsprang. Einige von uns hätten, wenn sie gekonnt hätten, bis in die Ewigkeit wartend dort ausgeharrt, in der Gewissheit, dass sich die Lage so wenigstens nicht verschlimmerte.

Ich musterte meine überwiegend sinnlosen Einkäufe und stellte mir vor, wie sich an jeder Ampel vor jedem Krankenhaus in jeder Stadt der Welt solche Szenen abspielten. Väter und Mütter, Töchter und Brüder und Schwestern, Söhne, Lebensgefährten, Freunde und Nachbarn – alle standen sie hier mit ihrem Krimskrams im Arm und warteten darauf, dass die Ampel umsprang.

Und wenn sie dann tatsächlich endlich umsprang, hasteten sie über die Fahrbahn und eilten über den Gehweg bis zum Krankenhauseingang, und von dort würden sie sich auf die Flure verteilen oder die Aufzüge hochfahren und die Stationen und Zimmer mit ihrer grünweißen Hackordnung und all den blinkenden Lichtdioden und Alarmknöpfen und Pieptönen betreten.

Sie würden einen Stuhl herbeiholen und ihren Platz neben dem Bett einnehmen, eine Schublade aufziehen, etwas sagen. Das hier habe ich dir mitgebracht. Ich habe dir ein paar …

In jedem Krankenhaus in jeder großen und nicht so großen Stadt, überall auf der Welt.

Irgendwo habe ich gelesen, dass sich zu jeder beliebigen Zeit eine Million Menschen am Himmel befinden, sie sitzen in Flugzeugen und lassen sich um die Welt tragen. Wie viele liegen wohl in Krankenhäusern? Ich weiß es nicht. Vielleicht genauso viele, vielleicht auch mehr. Vermutlich mehr, schätze ich.

Im Flugzeug bringen die Flugbegleiterinnen und Stewards den Passagieren ihre Cashewnüsse. Am Boden strömen alle möglichen Leute in die Krankenhäuser und bringen mit, was sie im Minimarkt um die Ecke ergattern konnten. Der macht bestimmt gute Umsätze, bei so einer Lage.

Aber mehr können diese Leute nicht tun. Sie haben keine Stethoskope oder Skalpelle und auch keine medizinische Ausbildung, deshalb verpacken sie all ihre Liebe und Ängste und Sorgen diskret in Bonbonieren und Cremetuben und Zahnpasta und Shampoofläschchen. Es ist beinahe so wie beten. Eigentlich spielt es keine Rolle, es hilft auch nicht, aber man macht es trotzdem, weil einem sonst ja nichts bleibt.

Endlich also sprang die Ampel um, und wir gingen hinüber. Die Traube auf der anderen Seite ging ebenfalls los, und um nicht aufeinanderzuprallen, strömten wir mit tausend instinktiven kleinen Richtungsänderungen aneinander vorbei, wie zwei Fischschwärme, die einander durchqueren und sich dann wieder vereinigen und trotzdem ein Ganzes bleiben. Doch sobald wir auf der anderen Seite angekommen waren, zerstreuten wir uns, so wie große Pendlerströme abends nach Hause fahren und eine Masse wieder zu lauter Individuen wird. Jeder Tropfen dieses Stroms hat seine ganz eigene, besondere Dimension und sein eigenes Ziel, und alle werden sie wieder zu Menschen. In jedem Auto befindet sich eine Person mit einem bestimmten Leben und einem bestimmten Heim, wohin sie zurückkehrt – auch wenn dieses Heim einsam und einsiedlerisch ist. All diese Fluten und Ströme, die über die grandiosen Schnellstraßen an den gläsernen Sehnsuchtstürmen und glitzernden Lichtern vorbeirauschen, werden durch ihre Heimkehr aufs Elementare reduziert. So wie wir hier.

Wir betraten das Krankenhaus, und einige schauten auf die Hinweistafeln, während andere die Stationen schon kannten, auf die sie wollten. Wir zerstreuten uns wie Mannschaften nach dem Pfiff oder Kinder nach der Schulglocke. Weg waren wir und jetzt wieder auf uns allein gestellt, die Stärke unserer Streitmacht war dahin. Mut machte uns jetzt nur noch die Tüte mit den Weintrauben und dem Päckchen Rasierklingen, der Zeitschrift, die nie einer durchblättern würde, und den Zeitungen mit ihren schon schalen Nachrichten.

Wir betraten unsere Station, fanden die, die wir besuchen wollten, und versuchten, unsere Herzlichkeit nicht allzu gekünstelt wirken zu lassen, und trotzdem Zuversicht und innere Stärke auszustrahlen.

»Hi, Louis«, sagte ich. »Ich hab dir ein paar Schokoriegel und so mitgebracht.«

Aber er schlief und hörte mich nicht. Also räumte ich den Kram in seinen Spind, zog einen Stuhl heran und setzte mich neben das Bett. Ich blätterte die Zeitung durch, die ich mitgebracht hatte, und lauschte auf seinen Atem. Die Klimaanlage summte, dann ging ein Alarm los, weil bei irgendeinem die Infusion knapp wurde und einen Sensor auslöste, ein paar Minuten später kam eine Schwester und hängte einen neuen Beutel auf, und das Summen verstummte.

13
Kette

Louis kam nicht wieder. Um sechs Uhr abends fragte ich mich allmählich, was mit ihm passiert war, aber dann dachte ich, dass ich ja schließlich sein Bruder war und nicht seine Mutter. Er war erwachsen und konnte gehen, wohin er wollte, und tun und lassen, was er wollte. Das ging mich nichts an, auch wenn man ihm einen ziemlichen Batzen seines Gehirns entfernt hatte.

Aber irgendwann rief ich dann doch den Fahrdienst des Krankenhauses an und erkundigte mich, was los war. Man teilte mir mit, seine Rückfahrt sei gestrichen worden. Von wem, wollte ich wissen. Sie wussten es nicht, aber vermutlich bedeutete es, dass man ihn dabehalten hatte. Also rief ich in der Zentrale an und hörte, dass er auf der Onkologie lag. Nach der Bestrahlung war er ohnmächtig geworden, und sie behielten ihn vorerst dort.

Louis' Haus war ein sogenanntes *Queenslander*, eine Art Bungalow auf Stelzen und mit Außentreppen, die seitlich und hinten zu den Veranden sowie zur Hinter- und Vordertür hochführten.

Das Haus war in zwei Einheiten aufgeteilt. Der vordere Teil gehörte immer noch seiner Exfreundin, der einst sonnenverwöhnten – und inzwischen ein wenig sonnengeschädigten – Blondine, die dort allerdings nicht mehr wohnte, sondern ihn vermietet hatte. Louis lebte hinten. Er und Bella waren schon seit zwanzig Jahren kein Paar mehr, hatten aber die Eigentumsrechte des Hauses nie geregelt. Ihre Besitzverhältnisse waren immer noch verflochten wie ineinander verwachsene Baumwurzeln.

Unter dem Haus befand sich eine Lagerfläche, wo man Autos parken, Kanus unterbringen, eine Werkbank aufstellen und Werkzeug verstauen konnte.

Louis hatte dort unten zwei Fahrräder stehen, also nahm ich mir eins und machte mich auf den Weg zum Krankenhaus. Die Fahrt über Fahrradwege und durch einen Park dauerte zwanzig Minuten.

Die Lichter gingen schon an, und die Luft wurde kühl. Ich fuhr an einem hell erleuchteten Platz vorbei, wo Schulkinder Australischen Fußball spielten, während ihre Trainer und Eltern sie anfeuerten. Neben dem Pfad hingen kopfüber Myriaden von Flughunden in den Bäumen und wurden jetzt in der Dämmerung rege, auf der Suche nach Futter.

Sie stanken. Sie verströmten einen eklig süßlichen Geruch nach warmem Urin, faulen Äpfeln und Bananen mit schon brauner Schale.

»Wenn du mal das Fahrrad brauchst«, hatte Louis gesagt, »in der Tasche da sind ein Schloss, eine Kette, eine Pumpe und Flickzeug.«

Also hatte ich mir die Tasche über die Schulter gehängt und sie mitgenommen.

Mistkerl!

Das war mal wieder typisch Louis. Es war gar kein richtiges Fahrradschloss. Es war ein Vorhängeschlösschen aus Messing und eine sehr kurze Metallkette mit nur ein paar Gliedern, die aussah wie das Überbleibsel eines anderen, brauchbareren Teils.

Ich versuchte, die Kette um einen Metallpfahl zu legen, aber sie war zu kurz und reichte nicht herum.

Louis, du Mistkerl.

Ich brachte die Kettenenden nicht zusammen. Woran zum Henker wollte er denn mit so einer Kette sein Fahrrad anschließen?

Verdammt noch mal, Louis, dachte ich. Verdammt und zugenäht.

Ärger und Frust stiegen in mir hoch und verwandelten sich kurz sogar in Wut und Feindseligkeit.

Das ist mal wieder typisch, Louis, so verdammt typisch.

Ich trat gegen das Fahrrad, schmiss die Kette auf den Boden und dachte nur, ja klar, Louis, immer noch ganz der Alte. Das ist ja so verdammt typisch für dich. Genau wie früher. Immer nur das Nötigste machen, Louis, und immer nur billig, billig. Irgendwas hinpfuschen, muss ja nicht ewig halten. Das hier passt zu dir wie die Faust aufs Auge, Louis, genau wie der Kessel ohne Henkel und der kaputte Warmwasserboiler, den du zehn Jahre lang nicht repariert kriegst. Und wenn doch, wenn du es endlich reparieren lässt, dann läuft das Waschbecken nicht ab, und die Dusche läuft auch nicht ab, und man kann exakt eine Minute drinbleiben, bevor sie überläuft.

Ganz typisch für dich, Louis. So warst du schon immer, und du wirst dich auch nicht mehr ändern. Schon damals, als wir noch klein waren, kamst du an und hattest deinen Pullover in die Hose gestopft. Und wie die Farben sich gebissen haben! Oder der Schlips steckte im Hosenbund oder ein Hemdkragen war hochgeklappt. Und du hast das alles nicht mal gemerkt, wo ich doch versuchte, ein bisschen cool zu sein.

Und dann das mit deinem Scheißteleskop und den riesigen Glasblöcken, aus denen du die Linsen schleifen wolltest. Einfach fertige kaufen kam ja für dich nicht in Frage. Oh nein. Du musstest es unbedingt auf die harte Tour haben und es für dich selbst und alle anderen so kompliziert wie möglich machen. Und als es nicht klappte, warst du ganz deprimiert und hast aufgegeben, und dann hast du das Nächste genauso unpraktisch angepackt.

Und jetzt diese Scheißkette, Louis, die nicht lang genug ist, um irgendwo herumzupassen. Das ist ja mal wieder so typisch für dich. Du hast mich schon wieder verarscht.

Ich war so wütend, dass ich hätte gewalttätig werden können, und so gefrustet, dass mir fast die Tränen kamen. Ich wünschte mir, er wäre gesund und fit genug gewesen, dass ich ihn packen und mich ordentlich mit ihm prügeln und ihm die Meinung hätte sagen können.

Es war doch schon immer so, Louis, oder? Was zum Teufel ist bloß mit dir los? Warum bist du nur so verflucht unpraktisch? Warum machst du diese ganzen Scheißjobs, die dich total unterfordern, und gehst gleichzeitig viel zu ernst und zu gewissenhaft an die Sache ran? Warum willst du unbedingt, dass jeder dir Verantwortung auflädt, für die du nichts kriegst, außer vielleicht ein Kompliment, was für ein guter Arbeiter du bist, kostet ja nichts. Ist dir das so viel wert?

Ist es das, Louis? Ist es das, was du willst? Ein Schulterklopfen und ein »Gut gemacht«? Genau wie früher in der Schule, als du bei allen Prüfungen der Beste warst, da hieß es auch immer, gut gemacht, Louis, am laufenden Band. Ist es einfach nur das, was du wiederhaben willst?

Und dein Boot, Louis, dein beschissener Flusskahn unten an den Docks, den du immer reparieren wolltest, und dann hast du es doch nicht gemacht. Und die Frauen, die du mitgebracht und auf meiner Couch gevögelt hast, während Iona und ich auf der anderen Seite dieser billigen Trennwand im Bett lagen und jedes peinliche Grunzen und Quieken mit anhören mussten.

Und weißt du noch, Louis, wie du uns einmal sonntags auf deinen Flusskahn zum Mittagessen eingeladen hast? Um eins waren wir da, und um sechs Uhr abends haben wir immer noch darauf gewartet, dass das Hühnchen in diesem Ofen da gebraten war. Am Ende hast du es dann gekocht. Gekochtes Hühnchen und harte Möhren. Und dann sind wir in einen Pub marschiert, nur um den Geschmack runterzuspülen.

Und dann war da ja noch das Haus, Louis, das du irgendwann bauen wolltest. Land kaufen, eine Hütte hochziehen und als Selbstversorger leben. Aber du wolltest ja nicht nur ein Haus bauen, Louis, oh nein. Zunächst mal wolltest du die Scheißziegel selbst brennen. Jawohl. Höchstpersönlich wolltest du die Ziegel brennen und die Balken sägen, weil das authentischer wäre und im Einklang mit dem Land stünde. Vielleicht hattest du ja sogar vor, erst noch die Scheißbäume selbst zu pflanzen, und deshalb ist nie was draus geworden. Nie ist aus einer Sache was geworden, Louis, oder höchstens ganz selten. Denn eines muss man dir lassen, das Segelboot, das immer noch unten im Manly Harbour liegt, das hast du tatsächlich selbst gebaut. Aber wenn man jetzt einen Blick hineinwirft, liegt da überall nur Müll herum, vom Motor ist der Deckel abgeschraubt, es gibt keinen einzigen Fleck, wo man sich hinsetzen kann, und es stinkt nach Öl und Schmierfett und Feuchtigkeit und Fäulnis.

Verdammt noch mal, Louis, manchmal könnte ich dich wirklich hassen. Der Kessel ohne Henkel und die total verrostete Bratpfanne, das versiffte Besteck und das dreckige Geschirr, die zehn Zentimeter Staub unterm Bett, so verfilzt, dass schon Dreadlocks draus werden. Die hässlichen Vorhänge und die Möbel von der Heilsarmee, auf denen noch die Preisschilder kleben. Und der Ofen, den man nur mit einem ganz bestimmten Kniff anzünden kann. Und die ganzen Sachen, denen man erst mal einen Klaps oder Schlag oder Tritt versetzen muss, damit sie laufen. Und dieser gottverdammte Laster, bei dem immer das Fenster runterrutscht und die Lüftung auf der höchsten Stufe festklemmt und das Radio nicht läuft und die Beifahrertür nur von innen aufgeht. Dieser ganze Scheiß, Louis, dieser ganze verdammte Scheiß, mit dem du ohne jeden Grund dein ganzes Leben gelebt hast. Du mit deinen verdammten Abschlüssen und Examina. Warum, Louis, warum? Und warum ist jetzt niemand bei dir, Louis, an deiner Seite? Na schön, du hast ein paar gute Freunde, das weiß ich. Aber was ist schiefgelaufen, Louis? Warum ist Bella nicht hier, oder Kirstin oder Chancelle oder Martha? Oder ein paar erwachsene Kinder? Oder ein Hund?

Ich bin um die halbe Welt geflogen, Louis, und natürlich hätte ich das ohnehin gemacht. Aber wenn hier sonst noch jemand wäre, eine Frau, die dich umsorgt hätte, ein Mann, der dich geliebt hätte, irgendjemand, mit dem ich das hier teilen könnte. Nicht nur Freundschaft auf eine Armeslänge Abstand, sondern vertraute Liebe mit geteiltem Tisch und Bett. Warum ist so ein Mensch jetzt nicht hier, Louis? Was ist geschehen? Warum sind sie alle weg, und wohin? Früher waren sie doch da. Was ist also passiert?

Aber nein, solch einen Menschen gibt es nicht. Und jetzt bin ich auf deinem blöden Rad hergekommen, bei dem die Gänge nicht richtig funktionieren, wusstest du das, Louis? Und den Sattel musst du auch anders einstellen. Du bist genauso groß wie ich, und der Sattel ist zu niedrig, verdammt. Wie lange fährst du eigentlich schon so mit dem Rad herum? Wie lange, Louis? Ja, das habe ich mir gedacht. Genau so ist es, Louis. Genau das meinte ich.

Und dann deine Klamotten, Louis. Und der Bart und die Augenbrauen. Und die Pullover mit löchrigen Ellbogen und die mit Farbe und Öl verschmierten Shorts. Nein, das liegt nicht am Tumor, Louis, du warst schon immer so, immer, Louis, Herrgott noch mal! Und was ist mit mir, Louis? Was ist mit mir? Warum hast du dich in all den Jahren, wenn wir telefoniert haben, eigentlich nie erkundigt, wie es mir geht?

Ich fand keine andere Stelle, wo ich das Fahrrad hätte festmachen können, also überließ ich es einfach seinem Schicksal. Wenn es gestohlen wurde, zu dumm, und wenn nicht, hatte ich eben Glück gehabt.

Ich betrat das Krankenhaus, suchte mir den Weg zur Onkologie, fuhr hinauf, und da war er, in einem Zimmer mit noch zwei Burschen und einem leeren Bett.

»Hi, Louis.« Er sah abgespannt und schlaftrunken aus. »Wie geht es dir?«

Eine Schwester kam herein und erklärte mir, dass er nach der Bestrahlung ohnmächtig geworden sei und sie ihn zumindest so lange dabehalten wollten, bis man einen weiteren Scan gemacht hatte. Sie befürchteten, das Gehirn schwille an und drücke gegen die Schädeldecke. Er bekam Entzündungshemmer und Schmerzmittel und Tabletten gegen die Übelkeit und seine Chemo, außerdem musste er ja noch die Tropfen gegen den Grünen Star nehmen.

»Wie geht es dir, Louis?«

Er sah hoch, lächelte und schien sich zu freuen, dass er mich sah.

»Ganz gut. Und dir?«

»Alles prima, Alter. Mach dir um mich keine Sorgen. Mir geht's gut.«

Da fiel mir wieder eine Begebenheit kurz nach dem Tod unseres Vaters ein. Ich konnte nicht schlafen, lag in unserem gemeinsamen Zimmer in meinem Bett, und starrte in das Mondlicht hinaus.

»Louis«, flüsterte ich, »bist du wach?«

»Ja, ich bin wach.«

»Erzähl mir eine Geschichte, Louis. Weißt du noch die Geschichten, die Dad uns immer erzählt hat? Erzähl mir eine von denen.«

»Na gut«, sagte er. »Wenn du willst.«

Ich erinnerte mich wieder an seine Stimme und an den Trost, der darin lag, als er irgendeine Geschichte erfand und dieselben Figuren vorkamen, die mein Vater sich früher ausgedacht hatte – oder vielleicht waren auch die ja schon Figuren aus Geschichten gewesen, die ihm selbst einmal jemand erzählt hatte.

Dann schlief ich ein, noch während Louis mir die Geschichte erzählte, und ich habe deswegen immer ein etwas schlechtes Gewissen gehabt, denn schließlich hatte ich ja um eine Geschichte gebeten, war dann aber nicht lange genug wach geblieben, um sie bis zum Ende anzuhören.

Louis, dachte ich jetzt, verdammt noch mal. Es ist nicht dein Fehler oder meiner oder der von sonst jemandem. So ist das nun mal, so sind die Menschen und die Welt, dagegen kann keiner was machen.

»Willst du eine Tasse Tee oder so, Louis? Soll ich dir was holen?«

»Ja, eine Tasse Tee, danke.«

Es gab eine kleine Küche für die Besucher. Ich machte uns einen Tee. Derweil kam eine Schwester herein, fing an, mit mir zu plaudern, und fragte mich, wen ich besuchte. Irgendwann fragte sie aus heiterem Himmel: »Hat er denn eine Sterbekostenversicherung?«

In ihrer Stimme lag beinahe etwas Boshaftes.

»Eine was?«

»Beerdigungen können teuer werden«, sagte sie. »Hat Ihr Bruder eine Sterbekostenversicherung?«

Ich starrte sie an. Am liebsten hätte ich sie gefragt: Ticken

Sie noch richtig? Wissen Sie eigentlich, wie scheißegal es mir ist, ob mein Bruder eine Sterbekostenversicherung hat? Glauben Sie, ich würde nicht für die Beerdigung meines eigenen Bruders aufkommen?

Angewidert ging ich weg und brachte den Tee zur Station.

Sie war die Einzige. Alle anderen waren die Freundlichkeit in Person. Aber vielleicht muss es so jemanden ja geben, damit man auf alles vorbereitet ist.

Louis schaffte es, sich aufzusetzen und seinen Tee zu trinken.

»Wie bist du hergekommen?«, fragte er. »Bist du gelaufen? Gefahren?«

»Nein«, sagte ich. »Ich wollte ungern Auto fahren. Ich habe mir dein Rad ausgeborgt und bin hergeradelt.«

»Wusstest du noch, wo die Tasche mit dem Flickzeug und dem Schloss und so weiter lag? Das hatte ich dir doch gesagt.«

»Ja, wusste ich noch.«

»Dann hat also alles geklappt?«

»Ja, hat geklappt, Louis. Alles glattgelaufen.«

14

Jack und May

Louis hatte öfter auf das Haus eines Ehepaares aufgepasst, das schon älter, aber steinreich war und viel auf Reisen. Meiner Meinung nach ließ er sich ausnutzen. Aber er sah das offensichtlich ganz anders.

Louis, könntest du vielleicht …?

Na klar.

Louis, ob du wohl …?

Kein Problem.

Die beiden hatten ein schönes Haus mit Swimmingpool, antiken Möbeln und Katzen, Louis sah für sie nach dem Rechten. Er fuhr also nach einem langen Arbeitstag dort vorbei, holte die Post rein, fütterte die Katzen, und am nächsten Tag kam er noch einmal und fütterte die Katzen erneut. Hin und wieder luden sie ihn zum Abendessen ein, und damit hatte es sich.

Ich weiß, Louis, Weihnachten steht vor der Tür, aber könntest du vielleicht …?

Louis, ich hoffe, es kommt nicht ungelegen, aber du bist so ein guter Freund …

Als der Tumor da war, hörte man nichts mehr von ihnen. Sie gingen in Deckung, so als wäre der Feind im Anmarsch.

»Seltsam, dass ich gar nichts von Jack und May gehört habe«, sagte Louis zu mir. »Vielleicht müsste ich mal anrufen.«

Er konnte damals kaum noch vernünftig eine Nummer wählen.

»Wie war noch mal die Dingsbums?«, fragte er.

»Die Nummer? Soll ich sie für dich anrufen?«

»Okay.«

Ich rief also an und hinterließ Nachrichten für sie, dass in seinem Kopf dieses Ding wuchs. Nach ein paar Wochen fanden sie die Zeit zurückzurufen.

»Das tut uns so leid, von deinen Sorgen zu hören, Louis, wirklich leid. Komm doch mal bei uns vorbei und bring deinen Bruder mit.«

Dass vielleicht sie sich in Bewegung setzen und vorbeikommen und ihn besuchen könnten, stand nicht zur Debatte.

»Sollen wir mal bei Jack und May vorbeischauen?«

»Wenn du magst, Louis.«

»Fahren wir zusammen hin.«

Also nahmen wir den Laster, Louis saß auf dem Beifahrersitz und lieferte seine übliche Wegbeschreibung, etwa »An der letzten Kreuzung links abbiegen« oder »Bei Grün anhalten«.

Jack und May wohnten in einer Art verblichener Pracht, mit einem unbespielten Klavier in einem riesigen Wohnzimmer, türkischen Teppichen auf dem Boden und weichen, mit Chintz und Seide bezogenen Sofas, in deren Kissen man versank.

»Louis, wie geht es dir? Und wie schön, dass wir mal einen Verwandten von dir kennenlernen. Ihr trinkt doch sicher was?«

Es war Viertel vor drei am Nachmittag, und May war schon bei gekühltem Weißwein. Jack lag nicht weit zurück.

»Ich kann nichts mehr trinken, wegen des Tumors«, sagte Louis.

»Und ich muss fahren.«

Sie machte uns Tee und bot eine Schale mit Keksen und einem zähen Schokokonfekt namens Rocky Road an.

»Habe ich selbst gemacht. Louis liebt mein Rocky Road. Nicht wahr?«

»Es schmeckt sehr gut, May.«

»Ich gebe ihm immer eine Portion mit nach Hause. Das hier kannst du auch haben, wenn du willst.«

Wir saßen da und machten Smalltalk, oder um genau zu sein, wir hörten uns ihren an. Sie beteten eine ganze Litanei über sich selbst und ihre Reisen und Jacks beachtlichen Erfolg als Amateurschauspieler herunter.

»Einmal hätte ich sogar die Chance gehabt, ins Profigeschäft einzusteigen. Aber ich bedaure es nicht, wirklich nicht.«

Ich weiß nicht, wieso, aber sobald jemand mir erklärt, dass er etwas nicht bedauert, kommt es mir wie ein Eingeständnis des Gegenteils vor.

May wirkte irgendwie wie eine verblühte Schönheit aus einem Stück von Tennessee Williams, nur mit einer australischen Note. Sie trug fließende Pastellfarben und jede Menge Schmuck. Die Ringe an ihren Händen klackerten gegen ihr kristallenes Weinglas, in das sie sich des Öfteren nachschenkte.

Die meisten von Mays Reiseanekdoten drehten sich um Situationen und Umstände, bei denen sie gezwungen gewesen war, Zuflucht in Örtlichkeiten zu suchen, wo Alkohol ausgeschenkt wurde.

»Wir waren also in New York, nicht wahr, Jackie? Und das Wetter war abscheulich, wirklich abscheulich, ganz kalt. Ich dachte wirklich, ich erfriere. Und da sage ich zu dir, nicht wahr, Jackie, ich muss jetzt hier rein und was zum Aufwärmen haben, sonst sterbe ich.«

»Stimmt, May.«

»Aber er musste ja unbedingt in so eine Galerie, also sage ich zu ihm, da kannst du alleine hin.«

»Und ich sage, dass ich dich dann später abholen komme.«

»Also gehe ich da rein und sage: ›Gentlemen, mir ist es einfach zu kalt in Ihrer Stadt. Wir wohnen in warmen Gefilden, so was bin ich nicht gewöhnt. Schlagen Sie mir mal was vor, was mich aufwärmt.‹ Da sagt so ein Mann an der Bar: ›Lady, probieren Sie mal was von dem hier.‹ Und ich sage: ›Ich nehme dasselbe, was der Gentleman hier trinkt.‹«

»Bourbon, May. Es war Bourbon.«

»Na ja, was auch immer es war, jedenfalls hat es geholfen. Es hat mich richtig schön aufgewärmt, also bin ich einfach dageblieben und hab mich aufgewärmt, bis Jackie mich abgeholt hat.«

»Stimmt, May.«

»Aber jetzt war es draußen sogar noch kälter, also sage ich, hör mal, Jackie, du kannst ja machen, was du willst, aber ich bleibe hier. Und das habe ich dann auch gemacht.«

»Hast du, May. Ich auch.«

»Und dann, Jake, wenn ich dich mal kurz unterbrechen darf, dann war da noch die Geschichte in Bath. Kennen Sie Bath vielleicht? Louis hat erzählt, Sie wohnen in der Nähe von Bath. Tatsächlich? Na, dann kennen Sie es ja. Sehr georgianisch, nicht wahr, und mit römischen Bädern. Aber der Regen! Also sage ich zu Jackie, hör mal, Jackie, bei so einem Wetter kann ich einfach nicht auf der Straße sein. Ich kann einfach nicht. Ich muss irgendwo rein und trocknen. Und zum Glück – zum Glück! – kamen wir gerade an einem sehr netten, typisch englischen, sehr freundlichen … So ein Wirtshaus. Genau. Also sage ich, Jackie, du kannst dir so viel Architektur angucken, wie du willst, aber ich brauche jetzt ein trockenes Plätzchen. Und dann habe ich ihn seine Sachen machen lassen.«

»Und ich habe gesagt, ich komme dich dann später abholen.«

»Genau. Er sagte, er kommt mich später abholen, und hat mich meinem Schicksal überlassen. Ich also rein in dieses Wirtshaus. Ich hätte ja auch vergewaltigt oder ausgeraubt werden können, oder weiß der Himmel, was noch …«

»May …«

»Also, ich finde, ich habe da mein Leben riskiert.«

»May, es war mitten in der Stadt, direkt neben den römischen Bädern.«

»Das konnte ich ja schließlich nicht wissen. Vor lauter Regen konnte ich kaum den Bürgersteig unter den Füßen sehen. Und meine Schuhe – na, die waren durchgeweicht. Ich hätte mal besser Gummistiefel angehabt. Deshalb habe ich Jackie eben machen lassen, was er so macht, wenn er sich verdrückt …«

»May, ich habe mich nicht verdrückt. Ich wollte ins Museum …«

»Ich gehe also da rein und sage: ›Gentlemen, ich bin so was von durchnässt, ich fasse es nicht, was für ein Wetter Sie hier haben. Was können Sie mir vorschlagen, das jemand, der in so ein Klima zu Besuch kommt, bei einem solchen Regenguss zu sich nehmen sollte, um sich aufzuwärmen?‹ Da sagt ein Gentleman, der an der Bar sitzt …«

»Es war Weißwein, May.«

»Es war kein Weißwein, ganz und gar nicht.«

»Den hast du jedenfalls getrunken, als ich …«

»Na, du bist ja schließlich auch erst Stunden später wieder aufgetaucht.«

»Nein, aber ich …«

»Na, ist ja auch egal. Nun sag mal, Louis, wie geht es dir denn? Ist ja eine traurige Nachricht mit dem Tumor. Aber das wird schon wieder. Die können heute ganz phänomenale Sachen anstellen … ganz phänomenale. Also, ich jedenfalls nehme vor dem Tee noch ein Schlückchen. Wollt ihr anderen nicht auch was? Ach nein, du darfst ja nicht. Aber dein Bruder vielleicht? Stimmt, der muss fahren. Aber ein Gläschen könnte er doch. Nein? Nur eins?«

»May, nun zwing ihn doch nicht …«

»Ich zwinge ihn ja gar nicht, Jackie, ich zwinge ihn nicht. Ich habe noch nie jemanden gezwungen, was zu trinken, egal was. Ich bin nur gastfreundlich. Gastfreundlich! Ich will, dass die Leute sich wohlfühlen.«

Sie goss erst ihr Glas wieder voll und dann das von Jackie.

»Also, Louis, bevor dein Bruder wieder nach Hause fährt, müsst ihr beide unbedingt noch mal zum Abendessen vorbeikommen. Das müssen sie doch, oder, Jackie?«

»Tja, wenn Louis fit genug ist.«

»Natürlich ist er fit genug. Schau ihn dir doch mal an, stark wie ein Ochse, und den Bart hast du dir auch stutzen lassen, stimmt's, Louis?«

»Wir waren beim Friseur.«

»Das dachte ich mir schon.«

»Ich glaube, wir müssen dann mal los«, sagte Louis.

»Aber ihr habt doch erst …«

»Louis wird sehr schnell sehr müde. Das kommt von den Bestrahlungen und den ganzen Medikamenten.«

»Natürlich, natürlich. Also, dann sagen wir nächste Woche, nächsten Dienstag. Und nimm das Rocky Road mit. Nimm das Rocky Road mit, Louis. Ich weiß doch, wie gern du das magst, und ich kann jederzeit neues machen.«

Wir gingen also mit einer Tüte Rocky Road hinaus, und

die beiden brachten uns noch zum Laster. Als wir abfuhren, schaute uns eine blinde Katze nach – oder jedenfalls wandte sie ihren Kopf in unsere Richtung.

»Meinst du, das ist eine gute Idee, Louis?«, fragte ich, als wir unterwegs waren. »Da zum Essen hinzugehen?«

»Nette Leute, findest du nicht?«, fragte Louis.

Ich antwortete nicht. Wir fuhren ein paar Straßen weiter, dann wusste ich nicht, wie es weiterging.

»Wo geht es lang, Louis?«

»Kennst du den Rückweg nicht?«

»Nein, kenne ich nicht.«

»An der nächsten Ampel links.«

»Ich soll also dem Wagen hinter uns folgen?«

»Was soll das denn heißen?«

»Nichts.«

»Hast du nicht mehr alle Tassen im Schrank?«

»Sehr gut möglich, Louis. Würde mich nicht überraschen.«

»Die vierte Ausfahrt im nächsten Kreisverkehr.«

Ich nahm die dritte Ausfahrt. Ich vermutete, dass er das gemeint hatte. Aus der vierten wären wir genau dahin zurückgefahren, wo wir hergekommen waren. Louis saß mit fast geschlossenen Augen und heruntergezogener Wollmütze da und aß Mays weltberühmtes Rocky Road.

Manchmal, wenn man fährt, scheint die Zeit außer Kraft gesetzt. Man kennt zwar seinen ungefähren Standort, weiß aber trotzdem nicht, wo man ist. Man könnte überall sein.

Aber wo man auch hinkommt, überall gibt es irgendetwas Weltberühmtes, von dem man noch nie gehört hat. Es gibt so viele berühmte Sachen auf der Welt, die ein Dasein im Schatten fristen. Sie kommen einem vor wie Ertrinkende, die den Arm nach einer rettenden Hand ausstrecken und gleichgültigen oder zögerlichen Fremden zurufen: Wenn du wüsstest, wer ich wirklich bin und wie wichtig, dann würdest du nicht zögern! Du würdest sofort hineinspringen.

15
Zahlen

Nach ein paar Tagen wurde Louis entlassen, und bis dahin war ich auch in der Lage, den Laster zu fahren, also nahmen wir den Fahrdienst des Krankenhauses nicht mehr in Anspruch, und ich fuhr ihn jeden Tag zur Bestrahlung.

Die Therapie dauerte sechs Wochen, fünf Tage pro Woche, nach fünfzehn bis zwanzig Minuten hatte man es hinter sich. Mehr können sie einem kaum verabreichen, nicht einmal nach einer Pause. Der Körper hält nur eine bestimmte Strahlenbelastung aus.

Wenn man die Strahlendosis von sechs Wochen in einer einzigen Behandlung verpasst bekäme, wäre man zwei Wochen später tot.

Unser Tagesablauf verlief inzwischen so, dass Louis um sechs Uhr aufwachte, dann in seiner schon lange aus der Mode gekommenen Unterhose in die Küche ging, seine Tabletten gegen die Übelkeit nahm und sich die Tropfen gegen den Grünen Star in die Augen träufelte. Eine Stunde später nahm er seine Chemotablette. Noch eine Stunde darauf stiegen wir in den Laster – Louis in denselben Klamotten wie schon seit einer Woche – und fuhren ins Krankenhaus. Sein Atem roch fürchterlich, deshalb war es gar nicht mal so schlecht, dass das Fenster immer runterrutschte.

Die Fahrt dauerte zwanzig Minuten, und ich weiß nicht mehr, worüber wir unterwegs geredet haben. Wahrscheinlich war es nichts Wichtiges, nur das übliche morgendliche

Geplauder, die Sachen, die Leute sagen, wenn sie im Pendlerstau stehen. Wir hätten auch Radio hören können, wenn es funktioniert hätte.

Das Einzige, woran ich mich noch erinnere, ist, dass Louis versuchte, sich den wöchentlichen Parkplatzcode ins Gedächtnis zu rufen. Wenn man zur Bestrahlung kam, kriegte man einen kostenlosen Parkplatz. Man war privilegiert.

»Es sind vier Ziffern«, sagte er.

»Ja, Louis.«

»Weißt du sie?«

»Nein. Ich kann mir den Code nie merken, aber er steht auf deiner Terminkarte.«

»Es ist doch derselbe wie gestern. Er gilt die ganze Woche, oder?«

»Ja.«

»Hat er irgendwas mit der Tageszeit zu tun?«

»Nein, Louis, das ist deine PIN-Nummer.«

»Streng genommen sollte man nur PIN sagen.«

»Das sagtest du mir schon.«

»Und hast du es etwa beherzigt?«

»Ist nur Gewohnheit.«

»1954, das ist er. Das ist unsere Parknummer.«

»Ich weiß es nicht. Ich kann mich nicht erinnern.«

»Beunruhigt dich das gar nicht, dass du es nicht mehr weißt?«

»Nein.«

»Warum nicht?«

»Louis, kein Mensch kann sich alles merken. Warum machst du dich deswegen so fertig?«

»Weil ich am Ende bin. Ich kann nicht lesen.«

»Kannst du doch, wenn du langsam machst.«

»Ist es 1954?«

»Da musst du hinten auf deiner Terminkarte nachsehen.«

»Sieh du nach.«

»Kann ich nicht. Ich fahre.«

»Wo ist meine Karte? Wo ist meine Terminkarte? Wo ist die Karte?«

»Louis – die ist in deiner Tasche. In deiner blauen Tasche.«

»Wo ist meine Tasche? Ich habe meine Tasche verloren!«

»Unterm Sitz, Louis.«

»Ich bin so ein Idiot.«

»Überhaupt nicht, Louis. Du bist kein Idiot. Du musst dir nur Zeit lassen. Aber du gerätst in Panik, und dadurch wird es bloß noch schlimmer. Sag dir einfach, gleich komme ich drauf.«

»Hier ist sie.«

»Gut. Also, wie ist nun der Parkcode?«

»Ich kann ihn nicht lesen.«

»Ist das denn die richtige Karte? Was hast du sonst noch da drin?«

»Nur meine Medikamente und mein Telefon.«

»Was ist das für ein Zettel?«

»Mein Testament.«

»Louis, du schleppst dein Testament durch die Gegend? Wozu?«

»Zur sicheren Aufbewahrung.«

»Die Tasche da nennst du eine sichere Aufbewahrung? Die geht doch zehnmal pro Woche verloren.«

»Ich habe alles dir hinterlassen.«

»Ich will das alles nicht. Vermach es deinen Freunden. Vermach es dem Katzenheim.«

»Ich hatte nie eine Katze.«

»Na und? Dann hinterlass es eben der Krebsforschung.«

»Es gibt ein paar Zuwendungen an andere.«

»Ich weiß. Ich habe eine Kopie. Sie wurde mir zugemailt, weißt du noch?«

»Und Bella habe ich sechs Zehntel des Hauses vermacht. Der Rest gehört dir.«

»Warum hast du das gemacht? Ihr habt euch vor zwanzig Jahren getrennt.«

»Darauf hatten wir uns geeinigt.«

»Es ist dein Geld, Louis. Also, wie lautet nun der Code für den Parkplatz?«

»Was soll das hier heißen? Was bedeutet der Aufkleber hinten auf der Terminkarte?«

»Da steht 1954.«

»Und was habe ich vorhin gesagt.«

»Du sagtest 1954.«

»Dann hatte ich ja recht!«

»Hattest du.«

»Ach komm ... Das sagst du doch nur, damit ich mich besser fühle.«

»Louis, ich sage das nicht einfach nur so. Meine Güte!«

»Wir sind am Ende.«

»Louis, wir sind nicht am Ende. Wir schaffen das. Bring einfach deine Therapie zu Ende, danach kannst du deine Flüge buchen und ein paar Monate zu uns auf Besuch kommen.«

»Hier links und dann geradeaus über die Unterführung.«

Wir kamen überpünktlich am Krankenhaus an.

»Ich spendiere dir einen Flat White.«

Wir gingen also zum Starbucks im Foyer, und er bestand darauf, mir einen Kaffee auszugeben. Er selbst durfte bis nach der Bestrahlung nichts essen oder trinken. Dann liefen wir zurück zum Wartezimmer und warteten, bis er dran war. Danach kehrte ich zu Starbucks zurück und kaufte ihm einen Plunder. Vorher hätte ich ihn nicht kaufen können, denn er hätte nur gesagt, er wolle keinen.

Dann saß ich da, las die Zeitschriften und beobachtete die

anderen Patienten und ihre Verwandten. Nach ungefähr einer halben Stunde tauchte Louis wieder auf und setzte sich neben mich.

»Ich habe einen Mordshunger. Ich habe ja nicht gefrühstückt.«

»Das hier habe ich dir besorgt.«

Er aß also den Plunder, und ich holte ihm währenddessen einen Tee. Dann fuhren wir los und gingen in irgendwelche Geschäfte, manchmal gab es auch noch weitere Termine. In diesem Krankenhaus konnte man den ganzen Tag verbringen, hauptsächlich mit Warten. Wenn man krank ist, verbringt man einen Haufen Zeit mit Warterei. Man hat Termine mit Sozialarbeitern, mit Ergotherapeuten, mit Beratern, mit Ärzten. Oft fuhren wir auch einfach nach Hause, Louis haute sich drei, vier Stunden hin, und ich versuchte, den Wust an Papierkram zu durchforsten und Versicherungsformulare und Behördenanträge auszufüllen. Wenn er dann wach wurde, fuhr ich mit ihm Mittag essen.

»Heute besuchen wir die kleinen Malaysierinnen. Ich esse ein Panini.«

»Wieso geben wir so viel Geld für Mittagessen aus? Seit du da bist, habe ich schon öfter auswärts gegessen als in den letzten fünf Jahren. Wir können doch hierbleiben und uns einen Käsetoast machen.«

»Louis, ich komme mir hier vor wie eingesperrt.«

Aber sobald wir draußen waren, war er wie verwandelt. Er saß am Tisch, schaute auf den vorbeifahrenden Verkehr und sagte ganz ohne Ironie: »Das ist das wahre Leben.«

Obwohl es das gar nicht war. Es war das genaue Gegenteil.

Nachmittags hielt er wieder ein Nickerchen, und ich ging in den Supermarkt. Am frühen Abend kamen manchmal Freunde von ihm vorbei, mit Bier und aufmunternden Worten im Gepäck.

Don und Marion wohnten ein paar Häuser die Straße hinunter. Eines Abends, als Louis hinten schlief und sie nicht hören konnte, fragte Marion allen Ernstes: »Weißt du, woher Louis den Tumor im Kopf hat?«

»Nein, Marion. Aber ich habe im Internet nachgeschaut, und da steht, dass keiner den Grund kennt. Es gibt Theorien, aber keine belegbaren Auslöser.«

»Ich weiß jedenfalls, wovon.«

»Und wovon?«

»Vom Denken. Louis ... immerzu denkt er. Jedes Mal, wenn ich ihn sehe, ist er in Gedanken. Er hört nie auf. Immerzu denkt er.«

»Aber, Marion, jeder denkt doch ununterbrochen, oder? Aber nicht jeder von uns kriegt einen Tumor.«

»Nicht so wie Louis. Ich glaube, Louis hat immer sehr angestrengt nachgedacht.«

»Und vom angestrengten Denken hat er einen Tumor gekriegt?«

»Ich glaube schon. Er hat es übertrieben.«

»Also, ich weiß nicht. Ich meine, nehmen wir mal an, er hätte stattdessen Magenkrebs gekriegt, was hätte den dann ausgelöst?«

»Falsches Essen.«

»Louis hat also die falschen Sachen gedacht.«

»Ist doch möglich.«

Ich wollte mich nicht streiten, also wechselten wir das Thema.

Mit dieser Theorie, dass man selbst für seine Krankheit verantwortlich ist, kann ich genauso wenig anfangen. Na schön, es ist unbestreitbar, dass man sich zu Tode essen, rauchen, trinken oder huren kann. Aber bei Krankheiten? Leukämie? Motoneuron-Krankheit? Typhus? Die endlose

Liste schlimmer Dinge, die Menschen widerfahren können? Ist man auch verantwortlich für die Mücke, die einen sticht? Für die Infektion, die einen dahinrafft? Für die Zellen, die sich unkontrolliert vermehren und den Körper verwüsten?

Ebenfalls nicht besonders beeindruckt bin ich von der Kraft des Gebets, von Handauflegen und diesen vorgetäuschten Heilungen, die nur solche Erkrankungen zu kurieren scheinen, die sich bei ausreichender Zeit auch von allein kurieren würden. Wenn Gebete Menschen heilen können, warum stirbt dann jeder?

Ich schaute die Nachrichten. Um die zwanzig Leute oder mehr waren bei einer Massenkarambolage ums Leben gekommen. Aber eine Frau, die heute genau diese Strecke hatte nehmen wollen, war vor ihrer Abfahrt aufgehalten worden.

»Ich glaube, Gott hat über uns gewacht«, sagte sie.

Wer vergessen wird und wer gerettet – das scheint mir doch eine höchst selektive und zufällige Angelegenheit zu sein.

16
Freies Mittagessen

Wenn man ins Internet wollte, musste man einen Stecker ans Ende eines Bambusrohrs binden und aus dem Fenster halten, sonst war der Empfang überhaupt nicht gut. Louis zeigte mir, wie es ging.

»Louis, warum besorgst du dir nicht einen Breitbandanschluss?«

»Zu teuer.«

»Louis, so teuer ist das doch gar nicht. Und denk auch mal praktisch. Du müsstest keinen Internetstick mehr an ein Bambusrohr binden und damit auf der Suche nach einem Hotspot aus dem Fenster wedeln.«

»Lohnt sich sowieso nicht – wir sind am Ende.«

»Louis, dies ist ein kleines Problem, das sich leicht beheben lässt.«

»Ich lege mich hin.«

Damit ging er ins Bett. Sich heilen zu lassen ist eine anstrengende Sache. Und ein Krankenhaus ist für Kranke und Anfällige gar kein geeigneter Aufenthaltsort. Das weiß auch jeder, aber bisher hat sich noch niemand eine Alternative überlegt.

Nach mühsamer Überzeugungsarbeit brachte ich Louis samt seiner Kreditkarte zum örtlichen Elektroladen.

»Ich sehe immer noch nicht ein, warum ich eine neue Waschmaschine brauche.«

»Louis, sie funktioniert nicht. Sie ist fünfundzwanzig

Jahre alt und bleibt bei jedem Durchlauf stehen. Sie wäscht die Sachen nicht, sie massakriert sie. Wenn man da einen Pullover reintut, kommt er als Wollknäuel wieder raus.«

»Und der Kühlschrank ist doch gar nicht so übel.«

»Der steckt voller Krankheiten. Außerdem rostet er durch.«

»Bislang hat er gehalten.«

»Jetzt ist er aber ans Ende seines sinnvollen Daseins gelangt.«

Das zu sagen war ein Fehler.

»Jedenfalls«, beeilte ich mich hinzuzufügen, »können wir uns ja mal welche anschauen.«

Louis suchte sich eine Kühl-Gefrier-Kombination aus, die seiner alten in Gestalt und Größe so nah wie möglich kam.

»Ich will eine Toplader-Maschine, so wie die alte.«

Der Verkäufer gewährte einen Preisnachlass, weil Louis gleich zwei Geräte kaufte, und bot obendrein eine kostenfreie Lieferung sowie den Abtransport des alten Kühlschranks und der Waschmaschine an.

Ich entdeckte, dass es zur Waschmaschine ein Sonderangebot dazu gab.

»Louis, guck mal! Wenn du die hier kaufst, kriegst du umsonst noch einen Jahresbedarf Waschpulver dazu.«

»Wie hoch ist ein Jahresbedarf?«

»Hier steht, zwölf Kilo.«

Er sah mich ein paar Augenblicke an, als führte er gerade langsame, aber akkurate Berechnungen durch.

»Das reicht eher für zwanzig Jahre.«

»Tja, wenn du es so lange strecken kannst, noch besser.«

Louis schaffte es tatsächlich, sich an seine PIN zu erinnern, und tippte sie ein. Die Lieferung wurde uns für Samstag versprochen. Wir konnten gehen.

Die Geräte kamen wie versprochen, allerdings ohne das Waschpulver.

Ich rief in dem Laden an und beschwerte mich.

»Dafür müssen Sie ein Online-Formular ausfüllen«, erklärte mir der Verkäufer. »Gehen sie auf die Webseite des Herstellers, da gibt es so ein Formular. Geben Sie einfach die Seriennummer und das Kaufdatum ein, dann kriegen Sie das Waschpulver zugeschickt.«

Ich suchte mir den Internetstick und schnürte ihn an das Bambusrohr.

»Was machst du da?«

»Ich versuche, ins Internet zu kommen, Louis. Was glaubst du denn?«

»Das heißt also, doch kein Waschpulver«, gab er mit einer gewissen Selbstgefälligkeit und düsteren Genugtuung zurück – jener Genugtuung, die jemand empfindet, wenn er das Schlimmste prophezeit und damit recht behalten hat.

»Ich fülle nur noch eben das Online-Formular aus, und schon ist das Zeug unterwegs.«

»Weißt du, was dein Problem ist? Du bis zu leichtgläubig«, sagte Louis. »Vertrauensselig und leichtgläubig.«

»Louis, das Angebot war auf Treu und Glauben.«

»Freies Mittagessen gibt es nun mal nicht.«

»Es geht nicht um freies Mittagessen, Louis. Es geht um kostenloses Waschpulver. Für ein Jahr.«

»Das kriegen wir nie zu Gesicht.«

»Louis … leg dich doch einfach noch ein bisschen hin.«

»Wir werden es nie zu Gesicht bekommen. Im Leben nicht.«

Auf der Webseite stand, die Zusendung könne bis zu sechs Wochen dauern. Ich blieb noch vier Wochen bei Louis, danach musste ich erst einmal wieder nach Hause. Dann kam ich zurück.

Immer noch kein Waschpulver.

»Louis, bist du dir sicher, dass es nicht doch gekommen ist, während ich weg war?«

»Höchstens, wenn sie es vor der Tür gelassen haben und jemand es geklaut hat.«

»Ist mit so was zu rechnen?«

»Nicht bei den Nachbarn, aber vielleicht ist ja einer zufällig vorbeigekommen.«

»Wäre das nicht eine ziemliche Schlepperei?«

»Es gibt Leute, die würden dir die Haare aus der Nase stehlen.«

»Und wofür, Louis?«

»Ich sag's ja nur.«

Das Waschpulver kam und kam nicht. Louis ging es schlechter. Er musste wieder ins Krankenhaus, und von der Station verlegten sie ihn in die sogenannte Palliativpflege, was nur eine Umschreibung für Hospiz ist.

»Ist mein Waschpulver gekommen?«

»Noch nicht, Louis, aber ich schicke denen eine E-Mail.«

»Ich hab doch gesagt, das kriegen wir nie.«

Anfangs konnte Louis noch laufen, und wenn er Besuch bekam, zerquetschte er den Leuten beinahe die Hand, nur um zu zeigen, wie stark er noch war.

»Sieh zu, dass du bald wieder auf die Beine kommst«, sagten die Besucher dann.

Ein paar Tage später konnte er schon nicht mehr aufstehen. Dann hörte er auf zu sprechen und drückte einem die Hand nur noch matt. Und irgendwann ging selbst das nicht mehr.

Eines Morgens kehrte ich ins Haus zurück, um einfach mal rauszukommen und etwas anderes zu sehen und auch um nachzuschauen, ob irgendetwas zu erledigen war. Auf der Fußmatte fand ich einen Zettel, auf dem stand, der

Briefträger sei mit einer Zustellung da gewesen, die erstens eine Unterschrift erfordere und zweitens zu groß sei, um in den Briefkasten zu passen. Sie könne aber bei der Paketpost abgeholt werden.

Ich fuhr mit meinem Pass und dem Abholzettel zur Paketpost, wo ein großer Karton auf mich wartete. Es war eine Jahresration Waschpulver.

Noch am selben Nachmittag fuhr ich zurück, um bei Louis zu sitzen. Seine Hände waren kalt, er atmete langsam und seufzend. Zur Nachmittagsschicht erschien eine neue Schwester.

»Wie geht es uns denn?«

»Seine Hände sind so kalt und irgendwie feucht, finde ich.«

»Mm-hmm …«

Sie wusste mehr als ich, aber nicht einmal ich war so blöde.

Um sechs lief ich ein Stück die Straße hinunter und aß etwas zu Abend. Als ich zurückkam, ging sein Atem noch flacher.

Gegen neun döste ich ein. Ich hörte zwar, wie die Schwestern hereinkamen, um ihn zu drehen, schlief aber wieder ein.

Ich erwachte in finsterer Stille. Es war halb elf. Ziemlich schnell merkte ich, was diese Stille bedeutete und warum sie mir so unwirklich vorkam.

»Louis?«, rief ich leise. »Louis?«

Ich trat ans Bett und berührte seinen Arm, dann hielt ich meine Hand über seinen Mund, fühlte aber keinen Atem. Ich klingelte nach der Schwester. Während ich dasaß und auf sie wartete, fiel mir ein, dass ich Louis gar nichts von seinem Waschpulver erzählt hatte.

»Louis«, hatte ich sagen wollen. »Ob du es glaubst oder

nicht, dein Waschpulver ist da. Zwölf Ein-Kilo-Pakete. Ich habe sie in den Keller geräumt. Steht alles bereit.«

Aber wie so oft bei zurechtgelegten und im Geiste schon gehaltenen Vorträgen lief es nicht nach Drehbuch und nicht wie geplant. Die Gelegenheit war vorbei, der Zeitpunkt verpasst. Und im Leben wird nun mal nichts nachgedreht, du hast keine Chance, die Szene noch mal ein bisschen besser, ein bisschen anders und brauchbarer zu spielen. Es gibt nur den einen Dreh, die eine Einstellung, und damit hat es sich.

Louis ist also gestorben, ohne zu wissen, dass sein Waschpulver angekommen ist. Man könnte jetzt natürlich ganz rational fragen, welche Rolle das noch spielte und was daran überhaupt je so wichtig gewesen sein soll.

Als Antwort auf diese Frage fallen mir eigentlich nur Gegenfragen ein. Nämlich: Was spielt überhaupt eine Rolle? Was macht einen Unterschied? Was ist wichtig? Und nach wessen Ermessen wird das entschieden?

Ich blieb bis nach Mitternacht dort, dann fuhr ich auf Louis' Rad zurück in sein Haus. Die Schnellstraßen waren leer, kaum ein Auto war zu sehen. Die kühle Nacht war vollkommen klar, alle Sterne der südlichen Hemisphäre strahlten am Himmel.

Als ich bei Louis zu Hause war, band ich den Stecker ans Rohr, hielt ihn aus dem Fenster und ging ins Internet. Auf diese Weise, auf diesem Wege informierte ich jene, die ihn kannten, die ihn gemocht hatten, die mit ihm bekannt waren oder ihn geliebt hatten, dass er nicht mehr lebte.

Am nächsten Morgen standen die zwölf Päckchen Waschpulver immer noch im Keller. Ich machte den Karton auf und schenkte sie Louis' Nachbarn und Freunden.

Ich fand Gefallen daran, auf Louis' Rad durch die Gegend zu fahren, trug dabei unmögliche kurze Hosen und mit Farbe bekleckste T-Shirts und machte mir auch nicht mehr die Mühe, mich zu rasieren. Ich folgte seinen Pfaden und besuchte seine Lieblingsorte, und offenbar musste es doch Leute gegeben haben, die nichts von seiner Krankheit mitbekommen hatten, denn ich schwöre, als ich einmal eine Straße mit breitem Bürgersteig entlangradelte und an einem Trupp Arbeiter vorbeikam, die gerade ein Dach reparierten, hörte ich eine Stimme rufen: »Hey, wie geht's, Louis? Wie ist die Lage?«

Aber ich hatte keine Zeit anzuhalten, deshalb hob ich nur grüßend die Hand und raste weiter. Ich radelte durch den Park, wo die Flughunde hingen, die immer noch eklig und leicht verdorben rochen. Ich fuhr an den Schlagmalen mit den Toren und den Mannschaften vorüber, die Australischen Fußball spielten. Ich fuhr am Kangaroo Point vorbei, wo die Personal Trainer ihre Schäflein um sich scharten und ihnen die Bewegungsabläufe und Rezepte für die Speise aus Fitness, Jugend und gutem Aussehen beibrachten.

Ich fuhr den Fluss entlang und vorbei am Spiegelzelt, das bei Tageslicht schäbig wirkte, die glitzernden Spiegel sahen jetzt gesprungen und milchig aus. Dann fuhr ich in Richtung Stones Corner und zu den kleinen Chinesinnen, ging hinein und ließ mir die Haare schneiden.

»Erinnern Sie sich noch, wie ich einmal mit meinem Bruder hergekommen bin?«, fragte ich. »Haufenweise Haare und Augenbrauen und jede Menge Bart?«

Aber sie entsannen sich nicht mehr.

Anschließend schlenderte ich, mit gestutzten Augenbrauen und modischem Haarschnitt, ein Stück die Straße hinunter, setzte mich an unseren üblichen Tisch und bestellte bei der malaysischen Kellnerin einen Flat White und ein Panini.

Als sie mir die Bestellung brachte, sagte ich: »Irgendwie

kühl heute. Ob Sie wohl vielleicht den Heizstrahler anschalten könnten?«

Sie sah mich an, als wäre ich verrückt, weil wir an die dreißig Grad hatten.

»Heute bin ich allein da«, fuhr ich fort. »Mein Bruder ist nicht dabei. Normalerweise sind wir immer beide hier, vielleicht erinnern Sie sich ja. Aber heute konnte er nicht.«

Sie machte also den Heizstrahler für mich an, und ich saß da und schwitzte. Ich hinterließ ein anständiges Trinkgeld und radelte weiter. Kaum war ich weg, stellte sie den Heizstrahler wieder ab. Danach drehte ich mich nicht mehr um.

Ich machte einen Zwischenstopp beim Supermarkt und kaufte ein paar Lebensmittel ein, aber keine Erdbeeren, denn die kamen mir ein bisschen teuer vor.

Dann kehrte ich wieder zum Haus zurück, setzte mich an den Küchentisch und machte mir einen Tee. Das war alles, was ich tat. Es war die einzige Melodie, die ich kannte.

Wir stolpern in die Welt, ohne eine andere Wahl zu haben. Wir lieben die, die wir dort antreffen – Eltern und Geschwister. Irgendwie müssen wir sie einfach lieben, wir können nichts dagegen machen. Vielleicht passen sie gar nicht zu uns oder sind nicht nach unserem Geschmack oder inkompatibel oder komplett falsch. Am Ende hassen wir sie vielleicht sogar oder sind ihnen böse. Aber nie endgültig, nie ohne die Aussicht auf eine mögliche Vergebung und Wiedervereinigung. Zuerst lieben wir, wen wir lieben müssen. Dann werden wir erwachsen und lieben, wen wir lieben wollen. Aber wir bleiben trotzdem gefangen, wie ein Fisch, der einen Haken verschluckt hat. Fast unser ganzes Leben lang können wir flussabwärts schwimmen und werden doch wieder zurück in die Vergangenheit gezogen, in unsere Kindheit, hin zu unserem schutzlosen Ich. Und dann werden wir an Land gezogen.

17
Asche

»Ich muss das Boot loswerden. Es ist vielleicht zwanzigtausend wert«, sagte Louis. Er machte einen aufgewühlten Eindruck, vor ihm lag eine Geldforderung.

»Ja, kann sein. Das Problem ist nur, dass es vierzigtausend kosten wird, um es wieder herzurichten.«

»Ist trotzdem noch ein Schnäppchen«, sagte Louis.

»Warum musst du es überhaupt loswerden?«

»Die Liegeplatzgebühren werden fällig. Fünftausend.«

»Du hast doch das Geld. Warum bezahlst du nicht einfach und behältst das Boot?«

»Ich kann es nicht behalten. Das Boot, meine ich. Ich kann nicht mal runter zum Hafen fahren. Ich bin nicht fit genug zum Autofahren, wie soll ich da ein Boot segeln? Ich kriege nicht mal mehr die Dingsbums auf die Reihe.«

»Was soll ich tun, Louis?«

»Such einen Käufer.«

Leichter gesagt als getan.

Louis hatte selbst ein Boot gebaut und das dann gegen eine zehn Meter lange Ketsch eingetauscht. Auf der waren er und Kirstin – als sie noch mitkam – die Ostküste entlang- und dann bis zum Great Barrier Reef hinaufgesegelt. Hin und zurück hatten sie dafür ein halbes Jahr gebraucht.

Auf den Fotos sah man sonnige Tage, die beiden lächelten. Die »Depression – du bist nicht allein«-Magneten auf dem Kühlschrank waren damals weit weg. Aber dann waren sie doch wieder da. Die Schwermut, der alte schwarze Hund, hatte wohl nur in seiner Hütte gelauert, denn ein paar Monate später hing Louis schon wieder seinen Gedanken über frühere Trennungen und die gegenwärtige Unzufriedenheit nach. Außerdem waren jetzt wieder die Scheißjobs angesagt, keine Erdbeeren mehr. Und dann trennten Kirstin und er sich. Ich wusste auch, warum, durfte es aber niemandem sagen.

Wir versuchten, das Boot zu verkaufen, fanden aber keine ernsthaften Interessenten. Also beschloss Louis, es sei wohl das Beste, das Geld in den Wind zu schießen und es in gute Hände zu geben.

Ich setzte eine Anzeige in das Annoncenblatt *Gumtree*: »Umsonst! Zehn-Meter-Ketsch. Für Bastler, aber intakt. Nur Selbstabholer.«

Es ist eine weitverbreitete Ansicht, dass es jede Menge Leute gibt, die alles umsonst haben wollen. Wenn man das aber tatsächlich mal auf die Probe stellt und etwas einfach zu verschenken versucht, absolut umsonst, dann stellt man fest, dass an dieser Annahme nicht viel dran ist. Wenn etwas umsonst ist, werden die Leute misstrauisch. Sie nähern sich vorsichtig, beschnuppern es sozusagen, stupsen es einmal an, immer auf dem Sprung, falls es sich auf sie stürzt.

Oder sie sind wählerisch. Wählerischer als wenn sie tatsächlich etwas bezahlen würden. Würden sie zahlen, dächten sie vermutlich: »Na ja, hundertprozentig ist es nicht, aber es ist ein Schnäppchen. Man muss zwar ein bisschen Arbeit reinstecken, aber was soll's. Ich riskiere es.«

Wenn es aber umsonst ist, dann wollen sie wissen, was das für ein Fang ist, worauf sie sich da genau einlassen, und trauen einem nicht über den Weg.

Manche waren reine Zeitverschwendung, andere traten

mal gegen den Fender, wieder andere tätschelten den Mast und sagten, hmmm, sie müssten drüber nachdenken oder es mit der Frau besprechen, und genau betrachtet konnten sie ja sowieso nicht segeln, und jetzt war es wohl zu spät, so was noch zu lernen.

Oder sie wollten darauf wohnen oder Marihuanapflanzen darin anbauen oder die Welt damit umsegeln oder ihren Sorgen entfliehen, und noch wahrscheinlicher war, dass sie einfach nur etwas haben wollten, womit sie sich am Sonntagnachmittag die Zeit vertreiben konnten. Oder sie wohnten zweihundert Meilen weit weg, hatten versprochen, am Donnerstag da zu sein, und am Samstag darauf hatte man immer noch nichts von ihnen gehört.

Schließlich sagten ein Mann und eine Frau, die ein paar Meilen weit weg wohnten, sie würden es nehmen. Sie kamen vorbei, wir tauschten die Schenkungspapiere aus, und Louis gab ihnen die Schlüssel.

»Sobald wir es in Ordnung gebracht haben, Louis«, sagte der Mann, »sind Sie jederzeit willkommen, mit uns rauszufahren. Jederzeit. Einfach anrufen. Wann immer Sie Lust haben. So oft Sie wollen.«

Aber Louis schaute nur mit traurigen Augen unter seiner Wollmütze hervor, schüttelte den Kopf und sagte: »Es ist jetzt Ihr Boot. Sie können damit tun und lassen, was Sie wollen, Cliff. Es gehört Ihnen.«

Sie nahmen die Schlüssel und gingen.

»Eine Sorge weniger, Louis«, sagte ich. »Jetzt musst du die Liegeplatzgebühren nicht bezahlen.«

»Ich habe dieses Boot geliebt«, sagte er. »Runter zum Jachthafen fahren, ein bisschen palavern.«

»Wann bist du zum letzten Mal damit rausgefahren?«

»Mit Kirstin die Küste rauf.«

»Das war vor zehn Jahren, Louis.«

»Danach vielleicht noch ein paarmal in der Bucht. Aber ich war jedes Wochenende da unten und hab irgendwelchen Dingsbums erledigt.«

»Was für Dingsbums, Louis?«

»Sachen am Boot. Ich bin runtergefahren, hab Hugh getroffen.«

»Wer ist Hugh?«

»Der hat den Liegeplatz neben meinem. Du hast ihn mal kennengelernt. Hugh der Ire.«

»Für mich hat der sich eher angehört wie ein Waliser.«

»Ist er auch.«

»Und warum nennen sie ihn dann den Iren?«

»Das würdest du nicht verstehen. So sind die nun mal da unten. Dafür muss man ein Boot haben.«

Nach der Bestattung wurde die Asche an die Haustür geliefert. Ich musste unterschreiben und meinen Ausweis vorzeigen. Der Mann, der sie vorbeibrachte, hatte immer noch seinen dunklen Bestatteranzug an und trug ein gestärktes weißes Hemd und einen dezenten Schlips.

Er ließ mich mit Louis allein, und ich rief Hugh den Iren an.

»Hugh?«

»Louis? Bist du das, du Mistkerl?«

»Nein, Hugh. Hier ist sein Bruder. Ich rufe nur von seinem Telefon an. Du warst doch bei der Trauerfeier, Hugh. Du bist zum Krematorium gekommen. Du bist aufgestanden und hast ein paar Worte gesprochen. Wie könnte Louis dich da anrufen?«

»Hab nicht dran gedacht. Auf meinem Telefon ist nun mal sein Name aufgetaucht.«

»Ich habe hier seine Asche, Hugh.«

»Dein Bruder war ein anständiger Kerl. Ich habe ihm

gesagt, ich würde ihm das Boot abnehmen und wieder herrichten und mich drum kümmern, und wenn er wieder gesund wäre, könnte er es zurückhaben.«

»Er ist nicht wieder gesund geworden, Hugh.«

»Das wusste ich ja damals noch nicht. Und was macht er? Schenkt es irgendwelchen blöden Fremden. Gestern sind sie hergekommen und in Louis' Boot herumgeschippert, als ob es ihnen gehört.«

»Das tut es auch, Hugh.«

»Für mich sahen die aus wie Arschlöcher.«

»Hugh ...«

»Wie kommst du eigentlich so klar? Räumst du das Haus aus?«

»Ich versuche es. Wusstest du, dass sein Testament verschwunden ist?«

»Wundert mich, dass er überhaupt eins gemacht hat.«

»Hat er, und das hat er immer in einer blauen Kühltasche mit sich herumgeschleppt, zusammen mit seinem Dingsbums.«

»Seinem was?«

»Dingsbums. Die Medikamente, die er nehmen musste, und seine Terminzettel und so. Aber das ist alles weg.«

»Kein Testament? Gar keins?«

»Es gibt eine Kopie.«

»Dann ist doch alles in Butter.«

»Nicht unbedingt. Eine Kopie ist rechtlich nicht bindend. Man könnte sie anfechten. Das Gericht könnte behaupten, Louis hätte das Original vernichtet. Dann wäre die Kopie nicht länger gültig.«

»Ich glaube, du brauchst einen Anwalt, mein Junge.«

»Ich habe schon einen. Deshalb rufe ich nicht an.«

»Verdammt windig hier unten. Sogar die Möwen sehen seekrank aus. Kannst du hören, wie die Takelage scheppert?

Man kommt sich vor wie in den Stahlwerken in Port Talbot. Oder haben sie die inzwischen dichtgemacht?«

»Hugh, könntest du vielleicht auf deiner Jacht mit uns rausfahren, um die Asche ins Meer zu streuen, sagen wir, am nächsten Wochenende?«

»Wer ist alles eingeladen?«

»Du und Mrs Hugh und natürlich dein Sohn Hugh und vielleicht seine Kinder. Dann wohl noch Louis' Freund Halley und die Nachbarn Don und Marion und Kirstin und ich.«

»Die kriege ich grad noch alle unter, aber mehr geht nicht.«

»Wird das Wetter gut?«

»Am Sonntag? Morgens ist es in Ordnung. Seid besser da, bevor es auffrischt.«

»Wann?«

»Zehn müsste reichen.«

»Danke, Hugh.«

»Ich hätte mich wirklich für ihn um das Boot gekümmert und es ihm dann zurückgegeben. Ich mochte deinen Bruder Louis. Ich hatte viel Zeit für ihn übrig, aber ein Mistkerl war er trotzdem.«

»Er war geradezu beängstigend unabhängig, Hugh, und er mochte sich anderen nicht verpflichtet fühlen.«

»Das sage ich doch gerade, hörst du mir nicht zu? Er war ein Mistkerl.«

»Aber das mit der Asche macht dir nichts aus?«

»Ich wäre beleidigt gewesen, wenn du mich nicht gefragt hättest.«

»Danke, Hugh.«

»Hör mal ... Meine Frau sagt, du bist deinem Bruder ziemlich ähnlich.«

»Willst du damit sagen, ich bin auch ein Mistkerl?«

»Wir sehen uns dann am Sonntag, in Ordnung?«

»Danke, Hugh.«

»Und bring die Asche mit.«

»Nein, die lasse ich hier.«

»Also, es macht ja wohl wenig Sinn, da rauszu–«

»War ein Witz, Hugh.«

»Dein Bruder hatte auch so einen komischen Sinn für Humor. Ich hätte mich aber für ihn um das Boot gekümmert und es ihm zurückgegeben, wenn er wieder gesund geworden wäre.«

»Er ist tot, Hugh.«

»Ich weiß. Und ich habe ihm schon vor einem Jahr gesagt, er soll zum Arzt gehen. Stundenlang hockte er da auf seinem Boot und starrte raus aufs Meer. Saß einfach nur da und starrte, bis ich endlich rüberging und ihm sagte, er soll den Wasserkessel aufsetzen, damit wir eine Tasse Tee trinken können.«

»Wir sehen uns dann am Sonntag, Hugh.«

»Ja, bis Sonntag, Louis. Und vergiss die Asche nicht.«

»Hier ist nicht Louis, Hugh, hier ist ...«

Aber die Leitung war schon tot.

Ich nehme an, jeder hat seine guten und schlechten Seiten. Nur sind sie normalerweise so gut durchgemixt worden, dass man die einen von den anderen nicht mehr unterscheiden kann, das ist das Problem.

Hugh hat mir mal erzählt, er sei sechsundsiebzig. Er sah nicht älter aus als sechzig, allerdings färbte er sich auch die Haare. Er erzählte, er trinke nie, dann goss er uns beiden einen Whisky ein und zündete sich dazu eine Zigarette an. Er hatte jeden Job gemacht, den es auf der Welt gibt, außer vielleicht Hebamme, und selbst da war er womöglich auf Amateurniveau schon zum Einsatz gekommen.

Am darauffolgenden Sonntag fuhren Halley, Kirstin, Marion, Don und ich in zwei Autos runter zum Jachthafen. Im

Boot warteten Hugh der Ire, Mrs Hugh, ihr Sohn Hugh und Hughs Sohn – der überraschenderweise nicht Hugh hieß.

Wir setzten Segel und fuhren aus der Bucht. Nach einer Stunde schaltete Hugh Junior, der am Ruder stand, den Motor ab und warf den Anker aus.

»Wie wäre es hier?«

»Perfekt«, sagte ich.

Die Sonne stand hoch am blauen und fast wolkenlosen Himmel, es wehte eine frische Brise.

Ich hatte Mühe, den Deckel von der Dose zu bekommen, und musste Hugh um einen Schraubenzieher bitten, damit ich ihn aufhebeln konnte. Dann öffnete Marion eine Flasche Jägermeister, die sie mitgebracht hatte. Mrs Hugh reichte Plastikbecher herum, und wir tranken auf abwesende Freunde.

Danach kippte ich die Asche leewärts, damit sie uns nicht ins Gesicht wehte, und Louis flog davon, kehrte zu den Elementen zurück und wurde Teil des riesigen Ozeans. Der würde ihn um die ganze Welt tragen. In einem oder zwei Jahren würde in allen Meeren und Ozeanen des Planeten eine Spur von Louis sein.

Die Flasche Jägermeister war leer, also holte Hugh aus dem Erste-Hilfe-Kasten den griechischen Branntwein, und den tranken wir dann auch noch. Anschließend fiel Marion auf einer der Kojen in einen halbstündigen Tiefschlaf. Als der Branntwein alle war, förderte Hugh Junior eine Eskie genannte Kühlbox mit Bier zutage.

»Louis hätte es hier gefallen«, sagte ich zu Hugh Senior.

»Ist hier viele Male rausgesegelt«, erzählte er.

»Was ist das für eine Insel?«, fragte ich. »Die nächste von hier aus gesehen.«

»Unsere Gefängnisinsel«, erklärte Hugh. »Da wurden früher Sträflinge festgehalten.«

»Sträflinge?«

»Ganz genau. Sie haben die Verurteilten nach Australien geschickt, und als sie hier ankamen, wurden die, die so verdorben waren, dass nicht einmal die anderen Sträflinge sie aushielten, auf diese Insel da gebracht. Sie hätten es nie geschafft, zum Festland zu schwimmen. Da hätten sie vorher die Haie erwischt.«

»Verstehe. Heißt das, wir haben Louis' Asche gerade vor einer Gefängnisinsel verstreut, die einst von Australiens übelsten Sträflingen bevölkert wurde?«

»Er hat es hier draußen geliebt, dein Louis.«

»Kann ich noch ein Bier haben, Hugh?«

»Bedien dich einfach, mein Junge. Lass uns anstoßen – auf Louis.«

»Auf Louis.«

»Ich habe ihn geliebt. Aber er war ein Mistkerl.«

»Hugh!«, schalt ihn seine Frau.

»Tut mir leid, Schatz. War nicht böse gemeint.«

Mrs Hugh hatte Blumen mitgebracht, woran ich selbst gar nicht gedacht hatte. Sie drückte jedem von uns ein paar in die Hand, und wir ließen sie ins Meer fallen, damit sie der Asche auf ihrem Weg hinterherschwammen.

Bald schon glitt ein Festzug an Blüten dahin, vermischte sich mit dem tiefen Blau des Wassers und den weißen Schaumkronen.

»Wir fahren besser zurück, Dad«, sagte Hugh Junior. »Es frischt ziemlich auf, und guck mal da am Horizont.«

Sie holten den Anker ein, und wir machten uns auf den Rückweg zum Jachthafen. Neben uns trieben ganze Schwärme von Quallen, so weiß wie die Blumen, die wir ins Wasser geworfen hatten.

Wir machten im Jachthafen fest und fuhren zum Mittagessen ins *Fried Fish*.

»Freut mich, Sie wiederzusehen«, sagte der Kellner, als wir ankamen.

»Ich nehme das Übliche«, sagte ich ihm, als er zurückkehrte, um die Bestellung aufzunehmen.

»Kommt Ihr Bruder heute nicht?«, fragte er.

Früh am nächsten Morgen rief mich Hugh an.

»Louis? Bist du das?«

»Nein, Hugh, hier ist sein ...«

»Ah, dich wollte ich auch. Ist dir doch nicht zu früh, oder?«

»Na ja, es ist erst halb sieben.«

»Ich bin jeden Morgen schon um fünf hier unten.«

»Und was machst du da?«

»Sachen erledigen.«

»Hugh, was gibt es um fünf Uhr morgens zu ...?«

»Um ehrlich zu sein, ich habe ein paar Überreste von deinem Bruder von Deck gefegt.«

»Tut mir leid. Ich hatte versucht, vorsichtig zu sein.«

»Ich glaube, ein bisschen von ihm ist in den Kompass geraten.«

»Ich glaube nicht ... ich meine, wie soll es da denn reingekommen sein?«

»Macht aber nichts, mein Junge. Nein, der Grund warum ich anrufe, ist, dass du die Dose vergessen hast.«

»Ja, das habe ich schon gemerkt. Tut mir leid. Ich wollte euch später anrufen, wenn ihr auf seid.«

»Ich bin auf. Jeden Morgen um halb fünf, und um fünf hier unten im Jachthafen auf meinem Boot. Warum, weiß ich auch nicht so genau. Es gibt rein gar nichts zu tun. Und da dachte ich, ich rufe dich mal an. Willst du die Büchse wiederhaben?«

»Nicht unbedingt. Sie ist ja nur aus Plastik.«

»Also kein ideeller Wert?«

»Eigentlich nicht.«

»Nein. Ist ja jetzt auch kein Mantel und auch nicht seine Hose oder so. Weißt du was, ich werfe sie in die Recycling-Tonne.«

»Danke.«

»War übrigens ein schöner Sarg, den du ihm da besorgt hast.«

»Er war aus Peddigrohr.«

»Der hätte ihm gefallen. Er hat das Alternative immer gemocht. Ich überlege, ob ich auch so einen haben möchte. Ich habe schon zu Mary gesagt, ich will einen geflochtenen.«

»Also, es war schön, mit dir zu plaudern, Hugh, und noch mal danke.«

»Wann fliegst zu zurück?«

»Um ein paar Sachen muss ich mich noch kümmern. In zwei Wochen oder so.«

»Dann komm doch noch mal auf eine Tasse Tee vorbei.«

»Danke, Hugh.«

»Bis dann, Louis.«

»Ich bin nicht ...«

Er hängte ein.

Ich kam mir vor, als hätte ich ewige Zeit im Schatten hoher Bäume verbracht und wäre über einen Pfad voller alter Spuren gewandert, wo Dinosaurier mal entlanggekommen waren und man immer noch den Nachhall ihrer polternden Schritte hören konnte. Und jedes Mal, wenn man selbst ein bisschen beachtet werden wollte, erinnerte sich wieder einer an sie.

18
Rotgesehen

Von der Episode mit Kirstin durfte ich eigentlich gar nichts wissen, jedenfalls nicht Dritten gegenüber, denn ich war ja zum Stillschweigen verpflichtet. Trotzdem wusste ich es nun mal.

Kennengelernt habe ich Kirstin erst bei der Beerdigung. Louis hatte ihr in seinem Testament – oder jedenfalls in der Kopie, die ich besaß – etwas hinterlassen, also brannte in seinem Herzen wohl doch noch ein kleines Feuer für sie, das der Windsog der vorbeieilenden Jahre nicht hatte auslöschen können.

Ich hatte ihre Nummer nicht, fand aber auf einem der mit Kaffeekränzen befleckten Zettel, die als Louis' Adressbuch herhielten, die von ihrer Tochter. Ich rief an, stellte mich vor, fragte, ob sie ihrer Mutter sagen könne, dass Louis von vor zehn Jahren an einem Tumor gestorben sei. Hier spreche sein Bruder, sie sei sehr herzlich zur Trauerfeier eingeladen, wenn sie aber nicht komme, auch kein Problem, jeder verstehe das. Ob sie mir aber bitte die Adresse ihrer Mutter geben könne, der Anwalt wolle sich mit ihr in Verbindung setzen.

Zehn Minuten später rief Kirstin zurück und klang aufrichtig traurig, dass Louis tot war. Sie schien verblüfft zu sein, dass er ihr etwas vermacht hatte, und fand, das könne sie nicht annehmen. Ein krasser Gegensatz zu so manchem Erben, der meint, man hätte ihm doch erheblich mehr hinterlassen sollen.

»Kirstin«, erklärte ich, »im Testament steht: ›An meine Freundin Kirstin dreitausend Dollar.‹ An meine Freundin, das hat er wortwörtlich so geschrieben. Meine Freundin. Ich glaube, er wollte, dass Sie es bekommen. Meinen Sie nicht?«

Sie kam zur Trauerfeier, ebenso wie ihre Tochter. Zwei nettere Menschen hätte man sich nicht vorstellen können.

Louis, dachte ich, was ist bloß schiefgelaufen?

Aber ich wusste ja, was schiefgelaufen war.

Louis hatte versucht, sie zu erwürgen.

Es ist unentschuldbar, doch muss ich es ihm verzeihen, obwohl ich mir dabei vorkomme wie jemand, der angesichts einer Leiche im Keller sagt, meine Güte, es war doch nur die eine.

Es passierte nach jenem friedlichen Segeltörn die Küste hinauf. Die beiden waren schon eine Weile wieder da, und der alte schwarze Hund knabberte an Louis' Waden.

Louis hatte immer schon die Sehnsucht verspürt, sich selbstständig zu machen und sein eigener Herr zu sein, aber jedes Mal, wenn er es versuchte, ging irgendwas schief, und er fand sich bei einer schlechtbezahlten Plackerei am Fließband wieder.

Die beiden machten einen Franchise-Laden auf, doch es klappte nicht. Sie investierten eine Menge Geld, aber herein kam nur wenig. Kirstin wollte es weiter versuchen, Louis hingegen wollte die Verluste kappen und aufhören.

Dann rief Louis mich eines Morgens an.

»Louis, du hörst dich gar nicht gut an. Bist du krank?«

»Nein, aber ich habe etwas Schreckliches getan.«

»Ich höre ...«

»Es geht um Kirstin. Wir waren in der Küche und haben uns gestritten. Da habe ich plötzlich rot gesehen, und ehe ich michs versah ... Jedenfalls, als ich wieder bei Sinnen war, hatte ich meine Hände um ihren Hals.«

Ich wusste nicht, was ich sagen sollte.

»Das ist zwar schlimm, Louis, aber es ist ja nicht so, als würdest du das ständig machen.«

»Nein.«

»Ich meine, es war doch das erste Mal, oder?«

»Doch, doch.«

»Jeder hat mal einen schlechten Tag, Louis.«

»Ja, aber ich habe versucht, sie zu erwürgen. Ich habe nicht mal gemerkt, was ich da tat.«

»Ich verstehe, was du mir sagen willst, Louis, und gut ist das nicht. Aber … Ich meine, du hast doch aufgehört, oder? Louis, sie ist doch nicht etwa tot?«

»Nein, nein. Nein, nein, nein. Aber sie ist weg.«

»Verstehe.«

»Und sie kommt nicht wieder, sagt sie.«

»Verstehe.«

»Ich schäme mich so.«

»Ach, Louis … Warum wohnst du nur so weit weg?«

»Ich fühle mich … Ich meine … So was habe ich noch nie gemacht. Ich habe einfach rotgesehen. Ich habe nur noch rotgesehen.«

»Ich weiß, Louis. Ich verstehe.«

»Ich hätte sie umbringen können.«

»Hast du aber nicht.«

»Aber ich hätte es tun können.«

»Louis, setz dich doch einfach in ein Flugzeug und komm uns besuchen. Dann können wir ein bisschen herumziehen und die alten Orte wiedersehen.«

»Das wäre nett, aber ich kann gerade nicht. Ich muss mir einen Job suchen und …«

»Louis, kommst du denn zurecht?«

»Ehrlich gesagt, nein.«

»Komm rüber, Louis.«

»Hast du schon mal jemanden gewürgt?«

»Ich habe schon daran gedacht.«

»Wen hättest du gern gewürgt?«

»Dich.«

»Sehr witzig.«

»Ach, meinst du, ich mache Witze?«

»Sie ist weg, und ich glaube nicht, dass sie wiederkommt.«

»Louis, komm rüber. Warum kommst du nicht einfach rüber?«

»Ich kann nicht. Ich muss mir einen Job suchen.«

»Louis, wofür ist das Leben da?«

»Vielleicht im nächsten Jahr.«

»Immer sagst du …«

»Ich schäme mich so.«

»Versuch sie doch anzurufen.«

»Sie geht nicht dran.«

»Louis, geht es dir gut?«

»Nein, ehrlich gesagt, nicht.«

»Louis, du bist mein Bruder. Es ist mir egal, was du gemacht hast. Ich meine, ich heiße es nicht etwa gut, aber …«

»Ich habe einfach rotgesehen. Ich wusste nicht, was ich tat. Ich habe einfach rotgesehen.«

»Du bist ein guter Mensch, Louis. Wirklich. Erinner dich nur an den Koala-Kuschelbär, den du geschickt hast. Dan liebt ihn.«

»Ehrlich?«

»Er zieht ihn auf, und dann spielt er *Waltzing Matilda*. Und Kelly ist ganz begeistert von dem Känguru.«

»Wie läuft es mit dem Bumerang?«

»Kommt immer noch wieder.«

»Dann hast du es also hingekriegt.«

»Mehr oder weniger. Kommst du klar, Louis?«

»Vielleicht rufe ich dich morgen wieder an.«

»Wenn du nicht anrufst, dann rufe ich an. Komm rüber und besuch uns, Louis.«

»Ich kann nicht. Nicht sofort.«

»Louis …«

»Ich muss jetzt los.«

»Ich rufe dich morgen an.«

»Haben ihnen die Spielsachen wirklich gefallen?«

»Soll ich sie mal eben ans Telefon holen?«

»Nein, ist schon gut. Sag ihnen einfach nur, dass Louis ihnen Grüße bestellt. Und erzähl ihnen nichts von dem Würgen.«

»Louis, es sind Kinder. Ich erzähle es niemandem.«

»Danke. In Ordnung. Ich konnte nichts dafür, ich wusste nicht, was ich tat.«

»Alle leben noch, Louis. Es ist niemand gestorben. Niemand wurde umgebracht.«

»Vielleicht rufe ich dich morgen noch mal an.«

»Wenn du mich nicht anrufst, rufe ich dich an.«

»Also dann.«

»Bis dann.«

Das Leben besteht aus solchen Fehlern. Louis, der jahrelang der freundlichste und aufmerksamste Mann gewesen war, den man sich vorstellen kann, flippte aus, sah rot, verlor seine Freundin und machte ihr Angst. Danach wagte sie nicht, zu ihm zurückzukehren, obwohl sie ihn liebte und er sie. Damit hatte es sich. Kein Zurück. Und als sie sich das nächste Mal im selben Raum befanden, lag er in einem Weidenkorb, und sie saß auf einer Kirchenbank. Aus solchen Irrtümern und Fehlern und traurigen Geschichten besteht die Welt. Und wer, hätte er irgendein Flickzeug dabei, würde nicht zum nächsten Notfall oder Tatort eilen und heilende Kräfte spenden und alles notdürftig reparieren und zusammenflicken und rechtzeitig nähen und alles wieder gut und alles heile heile machen? Wer würde das nicht tun, wenn er könnte? Wer würde nicht die Tafel sauberwischen, wenn er könnte? Wer würde nach einem Fehlstart nicht das Ergebnis streichen, die Stoppuhren auf null stellen und die Läufer noch einmal starten lassen? Aber das kann keiner. Das Böse ist getan, und bis zu einem gewissen Grad kann es vielleicht sogar verziehen werden, aber nicht ungeschehen gemacht. Niemand kann so tun, als wäre es nicht passiert. Und nie, nie, nie kann man zurückgehen.

Als wir an jenem Tag mit dem Boot draußen waren, um Louis' Asche zu verstreuen, erzählte mir Kirstin, wie sehr sie ihn vermisste. Sie hatte darüber nachgedacht, zu ihm zurückzugehen, es dann aber doch nicht gemacht. Sie wusste nicht, dass ich wusste, was passiert war, und sprach nur ganz generell von einem Vorfall.

Für beide gab es keinen anderen mehr. Je älter man wird, desto schwerer wird es, einen Seelenverwandten zu finden. Und so vergehen Jahre, die man anders hätte verbringen können, in Isolation und sogar Einsamkeit. Vielen Leuten geht es so, es passiert oft. Dann sitzt man in der Bahn und liest seine Zeitschrift oder fährt nach Hause und schaut fern, aber es verändert kein Jota. Denn das ist nur Farbe und Dekor. So ist das nun mal. So sind wir. So ist es für uns. So leben wir.

19
Pinselschwanzbeutler

Louis sagte, man müsse immer die Deckel auf die Gläser schrauben und die Kühlschranktür zumachen, weil eine Kreatur, die Pinselschwanzbeutler heiße, bis ins Haus komme. Er sagte, eigentlich sei es ein Fleischfresser, was ihn aber nicht daran hindere, auch auf dem Gemüse herumzukrabbeln oder die Cornflakes anzuknabbern und zu gucken, ob die ihm schmeckten.

»Was für ein Beutler?«

»Ein Pinselschwanzbeutler.«

»Pinselschwanz?«

»Schau einfach im Dingsbums nach.«

Das tat ich und fand ein Bild. Er war klein – ein kleines Beuteltier mit großen Augen, das auf seine Weise ganz nett aussah. Es war ungefähr so groß wie ein Eichhörnchen. Einmal oder zweimal sah ich es unter der Dachrinne, aber meistens blieb es auf Distanz und störte uns nicht sehr.

Ich begann, mich für das Privatleben des Tieres zu interessieren, und las ein bisschen darüber nach.

»Louis«, sagte ich, »wusstest du, dass beim Pinselschwanzbeutler das Männchen nach dem Geschlechtsverkehr stirbt?«

»Nein«, sagte Louis. »Das wusste ich nicht. Hältst du mich für irgend so einen perversen Voyeur, der sich an kleine Tiere heranpirscht?«

»Aber findest du das denn nicht interessant?«

»Für die Pinselschwanzbeutler ist es interessant«, sagte er. »Aber andererseits weiß man als Pinselschwanzbeutler ja nicht, was auf einen zukommt. Wenn es dagegen ein Mensch wäre ...«

Und natürlich hatte er recht. Wir wissen, was auf uns zukommt. Das unterscheidet uns von den anderen, sogenannten niederen Kreaturen, nicht die Tatsache, dass wir einen aufrechten Gang oder Sprachen mit umfangreichem Vokabular entwickelt haben, mit denen wir feine Bedeutungsunterschiede ausdrücken können. Und auch nicht, dass wir Greiffinger und Daumen haben.

Nein, das Entscheidende ist, dass wir wissen, was auf uns zukommt. Wüssten wir es nicht, würden wir vielleicht glücklich auf dem Feld grasen oder die Pflaumen direkt von Bäumen essen oder Wasser aus einem Teich trinken – ohne uns über Cholera, Typhus, Parasiten und Würmer, die womöglich darin lauern, Gedanken zu machen. Das ist das Problem. Wir wissen nicht genug, und wir wissen nicht alles, was wir wissen müssen, aber trotzdem wissen wir noch zu viel.

»Findest du das nicht komisch, Louis, dass das Männchen mit dem Weibchen Sex hat und dann stirbt?«

»Du meinst, sie bringt ihn um? Würde mich nicht überraschen. So wie eine Schwarze Witwe. Sie paaren sich, und dann erledigt sie ihn. Oder Ameisen. Sie paaren sich, und dann werden sie sterbend liegen gelassen.«

»Aber um noch mal auf die Pinselschwanzbeutler zurückzukommen, Louis: Worin liegt der evolutionäre Vorteil, wenn kein Männchen mehr da ist?«

»Vielleicht, dass es sich die Nörgelei nicht anhören muss?«, fragte Louis zurück.

»Was ist mit seinen Genen?«

»Na ja, es hat sich doch schon vermehrt«, sagte Louis.

»Es hat keine weitere Funktion mehr, sein Zweck ist erfüllt. Daher stirbt es.«

»Aber trifft das nicht auf viele Säugetiere zu?«

»Es ist kein Säugetier. Es ist ein Beuteltier.«

»Das sind Kängurus auch. Aber da sterben die Männchen nach der Paarung nicht.«

»Vielleicht hüpft das Männchen nur weg, bevor das Weibchen es kriegen kann.«

»Aber das Weibchen bringt das Männchen ja gar nicht um, das meine ich doch. Das Männchen stirbt einfach.«

»Dann kratzt es wenigstens im Rausch ab.«

»Hättest du auch nur einmal Sex, wenn du wüsstest, dass es dich umbringt?«

»Es gibt schlimmere Arten, Selbstmord zu begehen.«

»Aber ich finde da gar nichts von Darwin wieder«, sagte ich. »Ich entdecke keinerlei evolutionäre Logik dahinter. Wenn das Männchen überleben würde, könnte es bei der Nahrungssuche helfen.«

»Vielleicht ist es einfach ein fauler Sack«, sagte Louis. »Vielleicht sind die männlichen Pinselschwanzbeutler allesamt faule Säcke, die von Unterhalt leben würden, wenn man sie ließe.«

»Aber du siehst schon, was das bedeutet, oder, Louis? Es bedeutet, dass es bei den Pinselschwanzbeutlern nur Alleinerziehende gibt. Die Pinselschwanzbeutler werden nur von den Müttern großgezogen, einen Vater haben sie nicht.«

»Weil er an Unzucht gestorben ist?«

»Genau. Denk mal an Mom, Louis. Die war doch auch alleinerziehend und hat uns großgezogen, richtig?«

»Sie war aber kein Pinselschwanzbeutler.«

»Das weiß ich, Louis. Glaubst du, ich wüsste nicht, dass unsere eigene Mutter ein Mensch war und kein Pinselschwanzbeutler?«

»Warum musst du bloß alles immer so ernst nehmen?«

»Ich dachte, du bist derjenige, der das immer macht.«

»Worauf willst du hinaus?«

»Dass es alles Familien mit nur einem Elternteil sind, Louis. Darauf will ich hinaus. Keiner von den kleinen Pinselschwanzbeutlern hat je einen Vater gehabt. Kein heranwachsender Pinselschwanzbeutler wird seinen Vater je kennenlernen. Louis, siehst du den Zusammenhang zwischen einem Aufwachsen ohne Vater und Jugendkriminalität oder einer Neigung zur Depression?«

»Was soll das jetzt wieder heißen? Soll es heißen, dass Pinselschwanzbeutler allesamt Jugendkriminelle sind, die an einer bipolaren Störung leiden?«

»Herrgott noch mal, Louis.«

»Was?«

»Ich will damit nur sagen, worin liegt der evolutionäre Vorteil, wenn die Kinder gezwungen werden, psychisch geschädigt aufzuwachsen?«

»Glaubst du, Pinselschwanzbeutler sind psychisch geschädigt? Glaubst du, deshalb kommen sie in die Küche und öffnen die Deckel von meinen Gläsern?«

»Nein, nicht unbedingt. Aber vielleicht doch. Falls Tiere so ähnliche Gefühle empfinden können wie wir, dann schauen sie sich vielleicht um, sehen ihre Väter nicht und fühlen sich irgendwie traurig.«

»Nein. Ganz bestimmt nicht.«

»Warum?«

»Weil man sich nur im Vergleich benachteiligt fühlt. Aber wenn man sich umschaut und sieht, dass die anderen Pinselschwanzbeutler auch keinen Vater haben, dann fühlt man sich nicht benachteiligt.«

»Es könnte einem aber auffallen, dass andere Tiere Väter haben.«

»Nein. Das fällt ihnen nicht auf. Sie interessieren sich nur für ihre eigene Spezies. Du bist einfach anthropomorph.«

»Du auch.«

»Nein, ich bin logisch.«

»Ja, du bist Mr Spock, Louis.«

»Was?«

»Louis, glaubst du nicht, es schadet einem, keinen Vater zu haben?«

»Dafür ist es jetzt doch sowieso zu spät. Was spielt das noch für eine Rolle? Wir können ihn uns nicht wiederholen. Wenn er nicht gestorben wäre, wäre er jetzt ein ganz alter Mann, falls er überhaupt noch leben würde. Und wir würden uns beschweren, wie nervig er ist und dass er nicht mehr alle Tassen im Schrank hat. Vielleicht hätten wir uns auch zerstritten. Als Teenager wärst du doch damals sogar mit einem Mord ungestraft davongekommen. Mit einem Vater wäre es bestimmt nicht so leicht gewesen.«

»Leicht? Louis, schau dich doch mal an. Die Jobs, die du machst, diese ganze Schufterei ... Dabei hättest du die Fähigkeiten ...«

»Genau das habe ich ja auch vermisst. Dass er nicht da war und uns Sachen beigebracht hat. Wie man mit Werkzeug umgeht, wie man ...«

»Louis, er wollte gar nicht, dass wir mit Werkzeug arbeiten. Er wollte, dass wir eine gute Ausbildung kriegen.«

»Die Leute, mit denen man in diesen ganzen Büros und Labors und Universitäten zusammenarbeitet, sind kein bisschen authentisch. Nichts als Arschkriecherei und Politik.«

»Louis, glaubst du das im Ernst? Glaubst du, in einer Fabrikhalle gibt es keine Arschkriecherei und keine Politik? Glaubst du wirklich, dass Holz zu sägen und Stahl zu biegen und Abflussrohre frei zu machen irgendwie ehrenhafte Berufe sind, und zum Beispiel Chemiker nicht? Wir hätten überhaupt nichts, wenn es keine Leute gäbe, die ihren Grips benutzen. Und wieso sollte es ehrenhafter sein, seine Hände zu benutzen, als seinen Kopf?«

»Ich dachte, wir sprechen über Pinselschwanzbeutler.«

»Na ja, das war nur ein Bild.«

»Wofür?«

»Louis, ich sehe keinen evolutionären Vorteil darin, wenn man keinen Vater hat.«

Er schielte mich unter seiner Wollmütze hervor an.

»Tja, das werden wir jetzt wohl nicht mehr rausfinden«, sagte er. »Hat sich erledigt. Wir sind in derselben Lage wie die Pinselschwanzbeutler.«

»Unser Dad ist gestorben, das stimmt.«

»Nein. Wir sind am Ende.«

»Fang nicht wieder damit an, Louis. Wir überstehen das schon alles.«

»Du warst doch selbst dabei. Du hast gehört, was der Oberarzt gesagt hat. Du kennst die Risiken.«

»Ich habe gehört, was er zu sagen hatte. Fünf, sechs, sieben Jahre, und bis dahin haben sie vielleicht …«

»Nein. Fünf bis zehn Prozent überleben die ersten fünf Jahre. Eher fünf. Fünf Prozent. Zwanzig Prozent leben nach zwei Jahren noch. Der Rest … ein bis anderthalb Jahre. Eine achtzigprozentige Chance, keine achtzehn Monate mehr zu leben.«

»Louis, wir müssen positiv denken.«

»Nein, wir müssen praktisch denken. Ich bin müde. Ich lege mich hin.«

In dieser Nacht legte ich draußen Futter hin für die Pinselschwanzbeutlerin. Aber sie holte es sich nicht. Am Morgen warf ich es in den Abfalleimer, bevor Louis es entdecken konnte. Dann fuhren wir wieder für Louis' Bestrahlung ins Krankenhaus. Wir hatten noch Zeit für Starbucks, und er spendierte mir einen Flat White. Ich sagte, ich würde ihm einen Plunder kaufen. Er sagte, er wolle keinen. Wir gingen in die Radiologie. Während er seine Bestrahlung bekam, marschierte ich zurück zu Starbucks, kaufte ihm einen Plunder und kehrte ins Wartezimmer zurück. Als er von seiner Behandlung kam, sagte er, er habe einen Mordshunger, also gab ich ihm den Plunder und machte ihm in der Teeküche für Patienten und Angehörige einen Tee.

Louis trank seinen Tee, aß seinen Plunder, und ich fragte: »Was machen wir jetzt?«

»Ich zeige dir die Stadt«, schlug er vor.

Wir fuhren runter zum Fluss, er führte mich herum, und ich dachte, was ist das doch für eine prächtige Stadt. Ich mochte die breiten Straßen und das dahinfließende Wasser und die schnell fahrenden Fähren und überhaupt die ganze Atmosphäre hier. Ich hätte hier auch leben können, dachte ich, und ein anderes Leben führen. Und was wäre dann aus mir geworden?

Wir erwischten ein Touristenboot und fuhren einmal den Fluss hinab und wieder hinauf. Es war zwar kühl, aber sonnig, wir saßen auf dem obersten Deck, bestellten zwei Flat White und tranken sie, während wir dahinglitten und Louis mir die Sehenswürdigkeiten erklärte. »Guck mal da drüben«, sagte er, »da ist der Sonntagsmarkt, wo ich Kirstin kennengelernt habe, da hatte ich früher meinen Schmuckstand.« Er grinste unter seiner Wollmütze hervor, seine milchigen Augen strahlten.

»Was hat sie denn verkauft?«

»Sie war Künstlerin.«

Wir kehrten zur Anlegestelle zurück und schlenderten über die Promenade, bis wir an ein Café kamen.

»Sollen wir was zu Mittag essen, Louis?«

»Sieht ziemlich teuer aus«, antwortete er.

Aber egal, nun waren wir schon mal hier, also setzten wir uns und nahmen uns viel Zeit zum Essen und Trinken und sprachen über die alten Zeiten. Und ehe wir uns versahen, war es später Nachmittag.

»Ich bin fertig«, sagte er. »Sollen wir gehen?«

Wir liefen zurück zum Laster und fuhren heim. Louis ging sofort in sein Zimmer und schlief auf der Stelle ein.

In gewisser Hinsicht war es ein perfekter Tag, genau wie in diesem Song von Lou Reed. All die kleinen unerwarteten Dinge, die genau so aufeinanderfolgen, wie man es sich wünscht, ohne den kleinsten Makel.

»Es war ein guter Tag, Louis, oder?«, rief ich ihm nach, als er sich auf den Weg ins Bett machte.

»Er war in Ordnung«, antwortete er. Kurz darauf hörte ich ihn schnarchen.

Er wachte erst am nächsten Morgen wieder auf, nahm seine Medizin gegen die Übelkeit und eine Stunde später seine Chemotablette.

Wir fuhren ins Krankenhaus.

Wir waren zu früh dran, also gingen wir zu Starbucks, und er bestand darauf, mir einen Flat White auszugeben.

»Dein Geld ist hier nichts wert«, sagte er.

»Louis«, sagte ich, »komm, ich kaufe dir einen Plunder, für später.«

»Ich will keinen«, sagte er, »ich bin nicht hungrig.«

Den Rest kennen Sie.

Von da ab wissen Sie, wie es weitergeht.

So war das damals, als Louis noch lebte, an all den Morgen mit Bestrahlungen.

Eine Zeitlang taten mir die Pinselschwanzbeutler leid. Aber dann wurde mir klar, wie lächerlich das war. Die Pinselschwanzbeutler selbst machten sich ja gar keine Sorgen, sie suchten einfach weiter Futter und paarten sich und starben anschließend. Vielleicht waren sie glücklich so. Vielleicht erwarteten sie gar nichts anderes – oder besser gesagt, sie erwarteten überhaupt nichts.

Alles dreht sich um die Erwartungen – mit denen fängt das Elend an.

20
Beobachter

Manchmal hat man Angst, dass jemand einfach davonspazieren könnte – davonspazieren und nicht wiederkommen. Dann fragt einen vielleicht jemand, was mit ihm passiert ist. Waren Sie nicht für ihn verantwortlich? Haben Sie nicht auf ihn aufgepasst? Aber das kann man nicht. Nicht die ganze Zeit.

Die Operation nennt sich *Debulking*. Es ist keine Entnahme. Es geht darum, den Tumor zu reduzieren. Ein Hirntumor kann nicht herausgeschnitten werden, denn das würde bedeuten, dass man zusammen mit dem bösartigen auch das gute Gewebe entfernen würde, was möglicherweise erhebliche Verluste nach sich zöge – an Sehfähigkeit, Gehör, Gleichgewichtssinn, Persönlichkeit, Wahrnehmung, Denkprozessen, motorischen Fähigkeiten. Die Ränder eines Tumors sind nicht klar definiert. Oft sehen sie aus wie Tentakel oder Fäden. Alles, was von einem Tumor risikolos entfernt werden kann, wird auch entfernt, und anschließend werden die restlichen Zellen mit Bestrahlung und Chemie bombardiert. Nur wenige Menschen, denen ein Teil des Gehirns entfernt wurde, sind anschließend noch dieselben wie vorher. In den meisten Fällen geht etwas verloren.

Wir waren im Supermarkt. Ich sah aus der Gefriertruhe hoch und stellte fest, dass Louis nicht mehr neben mir stand. Ich nahm den Einkaufswagen mit und machte mich auf die Suche nach ihm.

»Louis …«

»Ja?«

»Ist alles in Ordnung?«

»Alles in Ordnung.«

»Ich dachte, du wärst bei mir, Louis.«

»In welcher Hinsicht?«

»Ich dachte, du stündest direkt hinter mir.«

»Ach so.«

»Ich dachte, wir würden Lebensmittel einkaufen.«

»Tun wir doch.«

»Was guckst du so, Louis? Warum stehst du so da?«

Die Wollmütze hatte er tief ins Gesicht gezogen. Der Bart wurde allmählich schon wieder wüst. Louis' altes Hemd war voller Öl- und Farbflecken, und Löcher hatte es auch. Er trug seine Arbeitsshorts, aber eigentlich waren ja alle seine Shorts Arbeitsshorts, selbst die, in denen er schlief. Vielleicht waren es auch seine Schlafshorts, und ich konnte sie nur nicht auseinanderhalten.

Vom Ende des Ganges behielt uns ein Wachmann im Auge. Vielleicht hatte er Langeweile und erhoffte sich ein bisschen Abwechslung. Aber warum dann die offensichtlichen Kandidaten beobachten? Warum sollte ein Ladendieb nicht adrett und unauffällig gekleidet sein? Wäre das nicht schlauer?

»Louis. Louis … kommst du? Willst du heute Abend Pizza? Louis, was machst du?«

»Ich gucke.«

»Was?«

»Die Leute.«

»Und was genau?«

»Ich versuche zu erkennen, wer einen Hirntumor hat.«

»Louis, wie willst du das denn wissen?«

»Das weiß ich dann schon.«

»Louis, ein Tumor ist drinnen, nicht draußen. Wie willst du den denn erkennen?«

»Ich weiß es. Ich mache das am laufenden Band. Ich schaue mir jemanden an und denke: Hast du auch einen Hirntumor?«

»Und dann?«

Louis machte keine Anstalten, sich zu rühren, also stellte ich mich neben ihn und schaute mir die Leute an, die ihre Einkaufswagen vorbeischoben. Langsam, aber sicher kam der Wachmann durch den Gang auf uns zu.

»Hast du schon welche entdeckt?«

»Bis jetzt noch nicht. Eben hatte ich einen möglichen Kandidaten.«

»Wo?«

»Er ist schon weg. Und inzwischen bin ich überzeugt, dass es kein Tumor war. Er hat nur eine Lernschwäche.«

»Na, dann ist ja gut.«

»Siehst du die Frau da drüben und daneben den Mann?«

»Für mich sehen die ganz normal aus.«

»Ich glaube, er hat einen Tumor im Frühstadium, der aber noch nicht diagnostiziert worden ist. Siehst du, wie er sich benimmt? Das ist typisches Tumor-Verhalten.«

Ich musterte den Mann, aber es fiel mir nichts an ihm auf, er verhielt sich genau wie alle anderen.

»Was ist denn daran Tumor-Verhalten? Der sieht doch ganz normal aus.«

»Er wirkt ein wenig verwirrt. Und langsam. Siehst du, wie er die Preise anstarrt? Er versucht sie zu verstehen, aber er kann die Informationen nicht verarbeiten und weiß nicht warum. Er will die Frau nicht beunruhigen und sich selbst auch nicht. Er ist aber beunruhigt und weiß, dass etwas nicht stimmt. Und er will nicht zum Arzt gehen und die schlechte Nachricht hören. Wird er aber müssen.«

»Louis, ich glaube nicht, dass man nur aufgrund …«

»Es ist eine Affinität. So wie bei Schwulen.«

»Was soll mit denen sein?«

»Die können einander ausfindig machen. Schwulen-Radar.«

»Und du hast ein Tumor-Radar?«

»Wenn du mir nicht glaubst, geh doch hin und frag ihn.«

»Na klar, Louis. Ganz bestimmt frage ich einen völlig Fremden im Supermarkt, ob er glaubt, dass er einen Hirntumor hat.«

Der Wachmann war jetzt schon fast bei uns.

»Wie wäre es hiermit, Louis? Der Typ da in der Uniform. Sieht der aus, als hätte er vielleicht einen Tumor?«

»Nein, der sieht aus, als hätte er womöglich überhaupt kein Hirn.«

»Brock uns keinen Ärger ein, Louis.«

»Wie könne ich? Ich bin Invalide.«

Der Wachmann näherte sich höflich und mit unterdrückter Feindseligkeit.

»Alles in Ordnung bei Ihnen, Gentlemen? Gibt es hier ein Problem?«

»Ja«, sagte Louis. »Die Lebensmittel sind teuer.«

»Bei uns ist alles in Ordnung«, beruhigte ich den Wachmann. »Wir hatten nur was vergessen. Aber jetzt ist alles in Ordnung. Meinem Bruder ist nur etwas unwohl.«

»Ich habe einen verdammten Riesentumor. Oder besser gesagt, ich habe keinen mehr«, sagte Louis. »Er wurde rausgeholt. Deshalb ist da jetzt stattdessen ein verdammtes Riesenloch.«

»Können Sie mir zeigen, wo die Pizzas sind?«, fragte ich.

»Im nächsten Gang«, sagte der Mann, dann fragte er: »Geht es dem auch gut?«

»Uns fehlt nichts«, beschwichtigte ich ihn. »Louis, kommst du?«

Wir gingen weiter und sammelten die restlichen Sachen zusammen. Louis interessierte sich kein bisschen dafür, was wir einkauften. Er hielt weiter wachsam Ausschau nach Hirntumoren.

»Louis, wenn du jemanden entdeckst, der aussieht, als hätte er definitiv einen Hirntumor, was machst du dann? Sagst du hallo? Tauschst du Erfahrungen mit ihm aus?«

»Vielleicht«, sagte er. »Gleich und gleich gesellt sich gern. Gemeinsam sind wir stark. Wenn man sich für Boote interessiert, dann hängt man mit Leuten rum, die Boote haben. Ist genau dasselbe. Wie ein Klub.«

»Louis ...«

»Was?«

»Nichts.«

Wir warteten in der Schlange, um die Einkäufe zu bezahlen. Ich bemerkte, dass Louis intensiv den Kopf eines Mannes studierte.

»Louis«, zischte ich.

»Was?«

»Wenn du weiter so starrst, verunsicherst du die Leute.«

»Der da«, sagte er. »Der. Eindeutig.«

»Das kannst du gar nicht wissen, Louis. Nicht anhand des Hinterkopfes. Dich mussten sie auch erst scannen, weißt du nicht mehr?«

»Kann ich doch. Warte, bis er sich umdreht.«

Der Mann drehte sich zur Seite und wollte seine Einkäufe eintüten.

»Da, siehst du.«

Seitlich am Kopf hatte der Mann eine große ellipsenförmige Narbe, die Ohrpartie war rasiert.

»Glaubst du mir jetzt?«

»Vielleicht war er ja auch in eine Prügelei oder so was verwickelt. Oder er hatte einen Unfall.«

Aber Louis schenkte mir nur einen seiner selbstgefälligen »Ich weiß, dass ich recht habe«-Blicke. Wie schon früher fand ich seine herablassende Art auch jetzt ziemlich ärgerlich. Komisch, dass man so etwas empfinden kann. Noch in einem Augenblick, in dem man dem anderen doch alles verzeihen und alles, was er einem zumutet, klaglos ertragen sollte. Selbst wenn man weiß, dass man sich später schämen wird, weil man nicht toleranter und geduldiger und entgegenkommender war – trotz alledem kann einem der andere noch auf die Nerven gehen.

Heute schaue ich mir auch die Leute im Supermarkt an und frage mich, ob sie dasselbe haben wie ich oder ich dasselbe wie sie und welche Merkmale und Sorgen uns womöglich gemeinsam sind.

Und ich frage mich, wer von ihnen glücklich ist, wer einsam und wer todtraurig. Ich sehe die Männer und Frauen mit den kleinen Kindern und frage mich, wie müde und erschöpft sie heute sind. Oder ich sehe eine werdende Mutter und frage mich, ob sie glücklich ist oder eher besorgt. Oder die Verliebten, die nur Augen füreinander haben. Wer, wenn er es einmal erlebt hat, erinnert sich nicht daran und würde ein Gutteil seiner Ersparnisse hergeben, um noch einmal so etwas zu empfinden?

Ich frage mich, wie verärgert die Leute übereinander sind und wie zufrieden miteinander.

Aber anders als Louis glaube ich nicht, dass man es so leicht erkennen kann. Ich glaube, die meisten Menschen gehen gut maskiert in die Öffentlichkeit. Man ahnt nicht einmal, was sie wirklich fühlen. So wie Sie. So wie ich. Vielleicht.

21
Zwischenspiel

Links von mir saß eine Opernsängerin und rechts von mir eine Akrobatin. Die Akrobatin war eine Fußjongleurin, also bleibt Ihnen der Witz nicht erspart: Nein, sie hat nicht ihre Füße abgenommen und damit jongliert. Sie legte sich bei ihren Auftritten auf eine kleine Rampe und jonglierte mit den Füßen irgendwelche Sachen in der Luft – Reifen und Bälle und kleine Zylinder. Und sie war sehr geschickt darin.

Sie war von relativ kleiner Statur, aber nicht schlank, eher kompakt. Sie saß auf dem Fensterplatz. Die Opernsängerin saß am Gang. Ich hockte eingezwängt zwischen den beiden. Wir befanden uns in acht Meilen Höhe, die Flugzeit nach Singapur betrug etwa elf Stunden.

Es war mir nicht gelungen, im Internet einen Gangplatz mit etwas mehr Beinfreiheit zu ergattern, und da der Flug ausgebucht war, nahm ich einfach den Platz, den man mir anbot, und das war nun mal dieser hier.

In den Reihen hinter uns saßen noch diverse andere Artisten – Akrobaten, Flick-Flack-Springer, Trapezkünstler, Hochseilartisten und ein Bursche, der irgendeine Nummer mit zwei Seilen und einer Menge Badewasser machte.

Genau wie ich waren auch sie auf dem Weg nach Australien, sie allerdings, um auf einem Künstlerfestival ihre Show aufzuführen. Mit Ausnahme der Opernsängerin waren es alles Deutsche. Die Sängerin war Amerikanerin, lebte aber ebenfalls in Berlin. Sie hatte einen Deutschen geheiratet, erzählte sie mir, doch die Ehe hatte nicht gehalten, nach sieben Jahren hatten sie sich scheiden lassen.

Ich schätzte sie auf Anfang dreißig, aber das war schwer zu sagen. Der Kapitän hatte inzwischen das Licht ausgeschaltet, und die Blenden vor den Fenstern waren heruntergezogen. Die Leute hatten das Essen auf ihren Tabletts verspeist und ihren Wein getrunken und machten sich für die Nacht fertig, oder hatten ihre Kopfhörer aufgesetzt und schauten Filme.

Während wir so dahinflogen, erzählte mir meine Nachbarin ein bisschen von sich: von der ambitionslosen Kleinstadt im Herzen Amerikas, aus der sie stammte; von ihren zahlreichen Geschwistern und deren Problemen und Schwierigkeiten; dass sie die Einzige sei, die sich davongemacht habe, dass ihre Brüder und Schwestern ebenfalls geschieden und getrennt seien, ihre Eltern allerdings noch zusammen, dass die beiden finanzielle Probleme hätten und sie ihnen aushalf, wann immer sie konnte.

Aber Arbeit war nur schwer zu finden. Operngesang ist ein harter, umkämpfter und oft wenig gewürdigter Beruf. Sie hatte einige magere Jahre hinter sich und schon daran gedacht, das Singen aufzugeben und sich etwas anderes zu suchen, als diese Gelegenheit sich aufgetan hatte – mit der Akrobatentruppe in einer Show zu singen. Sie trat jeweils zwischen den Darbietungen auf. Die Show war ein Erfolg und hatte rund um die Welt ein positives Echo gefunden. Sie selbst aber hatte nur einen kurzen, befristeten Vertrag, und was dann?

Trotzdem, so erzählte sie mir, fühle sie sich seelisch und auch sonst am richtigen Ort. Sie dachte positiv, das musste man ja. Wer positiv dachte, der war auch erfolgreich, meinte sie. Man ist, was man aus sich macht. Man ist selbst für sein Glück verantwortlich.

»Gilt das auch für Kranke?«, fragte ich. »Oder für Leute mit einer angeborenen Behinderung?«

Das komme von ihrem Verhalten in einem früheren Leben.

»Die sind also selbst für ihr Unglück verantwortlich?«, fragte ich.

Ja, sagte sie, das seien sie.

Ich fragte nach Leuten mit Hirntumor, ob die dafür denn auch verantwortlich seien. Vermutlich schon, meinte sie, weil sie negativ dächten und an keinem guten Ort seien.

»Aber sterben wir denn nicht alle?«, fragte ich sie. »Ganz gleich, wie positiv wir denken?«

»Vielleicht ja nicht«, sagte sie.

Dann erzählte sie mir, wie sie einmal in Neuseeland auf Tour gewesen war und der Stress und die vielen Aufführungen ihr zugesetzt hatten. Sie brauchte unbedingt eine Massage. Also rief sie einen Masseur an, und der gab ihr eine Rückenmassage, worauf sie sich ein bisschen besser fühlte. Aber nach ein paar Konzerten waren die Schmerzen wieder da, und sie rief ihn erneut an.

Diesmal fragte er sie während der Massage, ob sie vielleicht an seinen »zusätzlichen Dienstleistungen« interessiert sei, die er gelegentlich anbiete. Das machte sie wütend, denn der Masseur hatte ihr bereits erzählt, dass er verheiratet war.

»Und was ist mit Ihrer Frau?«, fragte sie.

Er antwortete nur, seine Frau arbeite in derselben Branche.

Sie forderte ihn auf zu gehen. Also ging er.

Sie schilderte mir diese Begebenheit ziemlich aufgebracht und empört, dabei verstand ich gar nicht, warum. Was hatte sie denn erwartet? Sie hatte ihn zum zweiten Mal in eine Wohnung gebeten, in der sie allein lebte. Vielleicht dachte er, dass er ihr nur anbot, was sie wollte – dass dies überhaupt der einzige Grund gewesen war, warum sie ihn noch einmal bestellt hatte.

Inzwischen waren die meisten Leselampen in der Kabine ausgeschaltet und viele Bildschirme schwarz. Als ausgebildete Sängerin hatte sie eine kräftige Stimme und sprach vielleicht auch ein bisschen laut. Als sie gerade anfing, mir etwas Neues zu erzählen, sprang vier Reihen weiter eine Frau auf und kam den Gang herunter.

»Können Sie nicht ein bisschen leiser sprechen?«, fauchte sie. »Hier sind Leute, die zu schlafen versuchen.«

Ohne eine Antwort abzuwarten, kehrte sie auf ihren Platz zurück.

Die Opernsängerin verzog das Gesicht.

»Ich sollte wohl lieber ein bisschen leiser sein«, sagte sie.

Das Gespräch verebbte. Sie hatte mir noch keine einzige Frage zu mir gestellt. Aber das tun Künstler ja ohnehin selten.

Als ich gerade einnickte, merkte ich, dass sich die Akrobatin zu meiner Rechten auf ihrem Platz bewegte.

»Möchten Sie raus?«, fragte ich und wollte schon Platz machen. Aber sie schüttelte nur lächelnd den Kopf und bedeutete mir sitzen zu bleiben. Dann kletterte sie auf die Armlehne, hüpfte über mich hinweg bis zur nächsten, hüpfte dann über die Opernsängerin hinweg und landete auf Zehenspitzen im Gang.

Auf ihren Sitzplatz kehrte sie ungefähr in derselben Manier zurück, nur eben in umgekehrter Richtung.

Muss toll sein, Fähigkeiten zu besitzen, die einem tatsächlich im Alltag weiterhelfen.

Nach der Landung in Singapur stellte ich fest, dass ich nicht das erforderliche Visum hatte, um nach Australien weiterzufliegen. Aber für vierzig Dollar ließ mich ein Mann am

Gate dann doch an Bord gehen. Es gibt eben Leute, die einen noch an die Menschheit glauben lassen, und die trifft man meistens genau in den Momenten, in denen die anderen dabei sind, diesen Glauben zu unterminieren.

Auf diesem Teil meiner Reise hatte ich einen Platz am Gang, aber als ich davorstand, stellte ich fest, dass dort schon jemand saß.

»Entschuldigen Sie, aber ich glaube, das ist mein Platz.«

Ich zeigte der Frau meinen Flugschein.

»Stimmt«, sagte sie, »ich habe ein Ticket für den Platz da.« Sie zeigte auf den Mittelsitz. »Vielleicht möchten Sie ja lieber dort sitzen.«

»Nein, danke«, gab ich zurück. »Ich hätte lieber meinen.«

Zögerlich und widerwillig machte sie Platz und bedeutete mir mit ihren Blicken und ihrem Gemurmel, dass ich kein Gentleman war.

Als ich Louis davon erzählte, sagte er: »Du hättest dich auf ihren Schoß setzen sollen.«

Für unkonventionelle Problemlösungen war er ja schon immer gut. Allerdings weiß ich nicht, ob der Sicherheitsgurt um uns beide herumgereicht hätte.

22
Frohe Botschaft

Ich musste die Bücher loswerden und die mit Farbe bekleckssten T-Shirts und zerrissenen Shorts aus den Schränken räumen. Romane standen nur wenige in den Regalen, da Louis so etwas kaum gelesen hatte. In seiner mehrere Hundert Bücher umfassenden Sammlung befanden sich vielleicht zehn Romane. Der Rest waren Technikbücher oder Ratgeber – wie man ein Boot baut oder ein Kanu, ein Xylophon, eine Gitarre, einen Tisch, wie man Buntglas schneidet, Metall bearbeitet, wie man einen Motor auseinandernimmt und aus Strohballen ein Haus baut.

Dann waren da die Biographien über Männer, die in selbstgebauten Jollen die Meere überquert, auf kleinen Einsiedlerhöfen gelebt oder in ihren alten Schuhen den Mount Everest bestiegen hatten. Außerdem gab es Bücher über Zen und Buddhismus. Louis hatte vielseitige Interessen und mochte erfundene Geschichten nicht so sehr, warum auch? Warum mochte das überhaupt jemand? Eigentlich ist das sowieso alles erlogen. Man sagt zwar, Romane enthielten bedeutsame innere Wahrheiten über das Leben an sich, aber viele tun das gar nicht, sondern versammeln bloß alle möglichen verzerrten Darstellungen der Wirklichkeit. Gegen Eskapismus an sich ist ja nichts einzuwenden – außer wenn Eskapismus alles ist, was einem bleibt.

In Büchern findet man Menschen, die Probleme lösen und den Dingen auf den Grund gehen und für Recht und

Ordnung in der Welt sorgen, und auch wenn sie eine Tracht Prügel einstecken und sogar einen kurzen Krankenhausaufenthalt durchstehen müssen, stets haben sie ein Comeback und sind immer bereit, in den Folgebänden erneut zur Tat zu schreiten. Es mag schön sein, hier und da etwas über sie zu lesen, aber sie gleichen keinem der Menschen, denen man begegnet, wenn man in einem Krankenhauswartezimmer sitzt und der Oberarzt einen immer noch nicht aufgerufen hat, obwohl der Termin schon vor einer Stunde war.

Die Burschen, die auf den Straßen der Gewalt patrouillieren und Fälle lösen, haben solche Probleme nicht. Sie haben nur mit Dingen zu tun, die die Dichtung heilen kann. Und da gehören Tumore nun mal nicht dazu.

Ich packte Sachen in Tüten und stellte sie draußen auf die Terrasse. Später würde ich sie dann auf die Ladefläche des Lasters laden und zur Müllhalde fahren.

Den vorderen Teil des *Queenslander*-Hauses hatte Bella an ein junges Paar vermietet, Tony und Beth. Die beiden hatten einen kläffenden Hund, den Tony ständig anschrie, er solle still sein und sich benehmen. Tony war wortkarg und unergründlich und zuweilen griesgrämig. Louis glaubte, er habe ihn irgendwie mal beleidigt, aber ich glaube, Tony wusste nur nicht, was er mit ihm reden sollte.

Ich war also draußen auf der Veranda, und plötzlich trat Tony ebenfalls auf seine Veranda, gleich rechts von mir. Ihn zu ignorieren wäre unhöflich gewesen, also sagte ich: »Hi.«

»Hi«, sagte er.

»Ich räume hier nur ein bisschen aus.«

»Klar«, sagte er.

»Heute frei?«, fragte ich, denn es war später Vormittag

an einem Werktag, und normalerweise arbeitete er da. Er stellte für Immobilienmakler »Zu verkaufen«-Schilder auf und holte sie später wieder ab oder tauschte sie gegen »Verkauft«-Schilder aus. Allerdings erzählte er mir irgendwann einmal, es sei sein Herzenstraum, Flugzeugmechaniker zu werden, nur sei es dafür schon zu spät. Er war erst Ende zwanzig, deshalb verstand ich nicht so recht, warum. Vielleicht war er einfach nicht schlau genug.

»Nein«, antwortete er jetzt, »ich habe mir heute freigenommen. Beth ist drinnen. Wir sind beide sehr mitgenommen.«

»Oh.«

»Tykie ist gestern Abend überfahren worden.«

»Was?«

»Keiner kann was dafür. Er hat sich von der Leine losgerissen und ist auf die Straße gelaufen. Der Fahrer war auch total durch den Wind, aber er war ja nicht schuld.«

»Das tut mir leid. Wirklich.«

»Was haben wir diesen kleinen Racker geliebt.«

Echt?, dachte ich. Dafür hast du ihn ziemlich oft angebrüllt. Aber vielleicht brüllen wir ja alle die Kreaturen an, die wir lieben.

»Ach, tut mir leid, das zu hören, Tony.«

»Ich meine ... Ich weiß, es ist nicht dasselbe, wie wenn man seinen Bruder verliert ...«

»Nein, nein ... Aber es ist ja trotzdem ... Wie soll ich sagen? Ein Lebewesen.«

»Jedenfalls haben wir uns für heute freigenommen.«

»Logisch.«

»Ich gehe mal lieber rein und schaue, wie es Beth geht.«

»Ja, natürlich. Klar.«

Er ging hinein. Ich stopfte weiter Sachen in Tüten und packte sie draußen in Kartons und Tragetaschen. Die Sachen für die Heilsarmee nach links, die für den Müll nach rechts.

Als ich gerade wieder ein paar Bücher hinaustrug, hörte ich Schritte. Zwei Frauen, eine mittleren Alters, die andere jünger, kamen hintereinander die Verandatreppe herauf. Mir fiel auf, dass sie beide dicke, in schwarzes Leder gebundene Bücher in den Händen hielten. Sie waren gut, aber schlicht gekleidet. Sie hatten eine kerngesunde Ausstrahlung, waren wohlgenährt und ein wenig pummelig, aber richtig dick waren sie nicht.

»Guten Morgen«, sagte die Ältere beim Näherkommen. »Wir sind heute Morgen mit der frohen Botschaft hier und …«

»Darf ich Sie sofort unterbrechen?«, wehrte ich ab. »Ich fürchte, jetzt ist kein günstiger Zeitpunkt. Mein Bruder ist gerade gestorben, und ich räume hier sein Haus aus, weil ich wieder nach Hause muss.«

Sie umklammerten ihre Bibeln. Vielleicht hatten sie eine solche Fügung auf ihren Runden noch nicht erlebt, auf denen sie die frohe Botschaft verkündeten und ihre Pamphlete verteilten und jedem, der aufgetan genug war, von Jesus erzählten.

»Ach, das tut mir aber leid«, sagte die Ältere. Offenbar übernahm hauptsächlich sie das Reden, und die andere war nur zur Überwachung und Verstärkung da.

»Ihr Verlust tut uns überaus leid. Vielleicht könnten wir ein andermal vorbeikommen.«

Wenn sie jetzt sagt, dass sie für mich betet, raste ich aus, dachte ich.

Sie tat es nicht. Sie machte nur kehrt, und die beiden gingen die Treppe wieder hinunter.

Aber sie waren noch nicht fertig. Sie gingen zur Treppe von Tony und Beth hinüber und klopften dort an die Tür.

»Hören Sie, ich …«, begann ich, aber irgendetwas ließ mich innehalten, ich weiß selbst nicht, was.

Sie klopften ein zweites Mal, dann machte Tony die Tür auf. Er sah nicht besonders gut aus – unrasiert und sogar verkatert.

»Ja?«

»Guten Morgen«, sagte dieselbe Frau wie eben, und beide schenkten ihm ein Lächeln. »Wir sind heute Morgen hier, um die frohe Botschaft zu verkünden. Haben Sie schon gehört, dass Christus auferstanden ist und …«

»Unser Hund ist gestern Abend umgekommen«, sagte Tony. »Er wurde von einem Laster überfahren. Keiner kann was dafür. Ist einfach passiert.«

Die beiden Frauen schauten betreten drein, aber nicht nur betreten, sondern auch ein wenig misstrauisch. Verstohlen schielten sie zu mir herüber und suchten nach Anzeichen gelinder Belustigung, unterdrücktem Kichern oder gar Gelächter. Vielleicht meinten sie, dass wir sie kommen gesehen und unsere Geschichten miteinander abgesprochen hatten. Aber unter den gegebenen Umständen konnten sie uns ja kaum Lügner nennen.

Also von vorn: »Ach, das tut uns leid. Wir bedauern Ihren Verlust. Vielleicht können wir ja ein andermal vorbeikommen.«

Tonys Gesichtsausdruck beantwortete diese Frage mit einem klaren Nein. Er schloss die Tür und verschwand im Haus. Die beiden Frauen schauten über die Veranda zu mir herüber, und es könnte sein, dass ich die Achseln gezuckt habe. So gingen sie also die Treppe hinunter und zurück auf die Straße, und dort liefen sie einfach weiter. Sie versuchten es nicht noch bei den Nachbarhäusern. Vielleicht hielten sie es für keine gute Idee. Vielleicht glaubten sie, es sei der Mühe nicht wert.

Religion ist etwas für die Lebenden. Die Toten kennen die Wahrheit schon. Vom Glauben müssen sie nichts wissen, sie kennen die harten Fakten. Sie kommen bloß nicht zurück und verraten sie uns, das ist der Haken.

23
Masken

Louis drehte beinahe durch, weil er etwas suchte.

»Louis, was ist los?«

»Das Dingsbums.«

»Was hast du verloren?«

»Das ... Dingsbums.«

»Ist es die Kühltasche?«

»Es ist ... du weißt schon ... das Dingsbums.«

»Welches Dingsbums genau? Welches?«

»Du weißt doch. Nun sag schon. Das ... Dingsbums.«

Er wurde immer wütender und frustrierter.

»Die Medikamente? Sind es die Medikamente?«

»Ja. Das Dings...«

»Welche? Die für die Chemo?«

»Nein.«

»Die gegen Übelkeit?«

»Nein.«

»Die gegen Entzündungen?«

»Nein!«

»Augentropfen?«

»Nein!«

»Das waren alle, Louis. Mehr gibt es nicht.«

»Nein, nein, nein. Das Dingsbums.«

Wir fanden die blaue Kühltasche und stülpten sie nach außen. Heraus fielen die Sichtverpackungen, die Fläschchen, sein Handy und sein Testament.

»Alles da, Louis. Alles. Was suchst du?«

Einige Jahre zuvor, als er noch in der Chemiebranche arbeitete, hatte Louis einmal versucht, mir zu erklären, was er da trieb.

»Ich löse Probleme«, sagte er. »Probleme, die die meisten Leute nicht einmal erkennen würden.«

»Und was ist mit den Problemen, die alle erkennen«, fragte ich ihn damals. »Kannst du die auch lösen?«

»Die kann kein Mensch lösen«, sagte er. »Sonst würden wir ja nicht in so einem Schlamassel stecken.«

Louis hatte Uniabschlüsse und Diplome auf Feldern, von denen die meisten Leute keine blasse Ahnung hatten, aber jetzt fehlten ihm die Wörter, er kam nicht einmal mehr auf die einfachen.

»Versuchen wir es noch mal. Von Anfang an. Was, glaubst du, hast du verloren?«

»Das ... Verflucht noch mal, ich bin so ein Idiot, ich bin so ein verdammter Idiot ...«

»Du hast nur einen schlechten Tag, Louis, mehr nicht. Manchmal erinnerst du dich, und manchmal eben nicht.«

»Es ist das ... Dingsbums.«

»Sind es die Medikamente?«

»Ja, doch.«

»Was haben wir denn übersehen? Zeig mir mal den Zettel.«

Ich kramte den Medikamentenplan aus seiner Tasche und fing an, ihn vorzulesen. »Übelkeit, Chemo, Entzündungen, Augentropfen ... Steroide?«

»Steroide!«

»Fein. Die sind auch da. In dem Fläschchen. Hier sind sie.«

Er nahm die Flasche, bekam aber wegen der Kindersicherung den Deckel nicht auf.

»Verdammt!«

»Ist doch nicht schlimm. Hier.«

»Verdammt!«

»Willst du ein Glas Wasser?«

»Tässchen Tee. Tässchen Tee.«

»Sofort. Ich fülle den Kessel auf.«

»Was machen wir nur?«

»Setz dich einfach hin, Louis. Ich mache uns einen Tee.«

Er nahm die Steroide und trank seinen Tee. Ich legte eine DVD ein, die wir im Supermarkt gekauft hatten, einen in jeder Hinsicht düsteren, nach einem berühmten Roman gedrehten Thriller. Er war von der Kritik gefeiert worden und handelte vom britischen Establishment und einem Spionagering, der sich aus ehemaligen Privatschülern und Oxbridge-Absolventen rekrutierte, für die man nur schwerlich Mitleid empfinden konnte, obwohl sie von ihren ganzen Privilegien immerhin gepeinigt wurden.

Hinterher sagte Louis: »Viel habe ich nicht kapiert.«

»Ich auch nicht. Und dabei ist mein Hirn ja sogar noch komplett.«

Er warf mir einen skeptischen Blick zu.

»Nächstes Mal besorge ich uns einen Ballerfilm«, versprach ich.

»Hol Liam Neeson«, sagte er. »Da gibt es so einen guten über irgendwelche Typen, die seine Tochter kidnappen, und er verfolgt sie. Aber jetzt ist die Fortsetzung raus, wo sie wieder hinter ihm her sind, diesmal schnappen sie sich seine Frau und seine Tochter.«

»Wenn es noch eine Fortsetzung gibt, schnappen sie sich vielleicht auch noch seine Katze.«

»Liam lässt sich nicht verarschen«, sagte Louis.

»Okay, wir gehen zu *Blockbusters* und leihen ihn aus, wenn sie ihn haben.«

Manchmal will man gar keine Raffinesse. Manchmal will man nur einen, der die Sache regelt und sich nicht verarschen lässt. Hundert Minuten lang vergaßen wir alles um uns herum. Gut angelegtes Geld.

In der Radiologie bewahrten sie Louis' Fechtmaske auf, und als die Bestrahlungen vorbei waren, gaben sie sie ihm nach Hause mit, als Souvenir oder falls er sie noch einmal brauchen sollte.

In Wahrheit sieht sie nur aus wie eine Fechtmaske. Eigentlich ist es eine Art Klammer. Sie ist an den Kopf des Patienten angepasst, damit er sich nicht bewegt, während die große radiologische Apparatur um ihn herumfährt und den ausgewählten Hirnsektor mit Strahlen bombardiert. Der gesunde Teil des Gehirns soll ja nicht bestrahlt werden. Dadurch würde man Tumore auslösen, anstatt sie zu beseitigen.

Der Patient liegt auf einer flachen Liege. Die Maske kommt über den Kopf. Die Schwester klammert sie fest, sodass man sich nicht mehr bewegen kann. Allein würde man die Maske nicht wieder herunterbekommen. Man ist gefesselt. Für Klaustrophobiker ist das schon mal gar nichts. Ich fragte eine Schwester, wie sie mit solchen Leuten umgingen. »Wir sprechen mit ihnen«, sagte sie.

Manche Masken sind so groß, dass sie nicht nur den Kopf bedecken, sondern bis über den Nacken und die Schultern und sogar den ganzen Brustkorb reichen. Sie bestehen aus hartem weißen Plastik und einem Metallnetz.

Man sieht Leute, die mit ihren Masken in der Hand im Wartezimmer herumlaufen wie Komparsen in einem seltsamen japanischen Theaterstück. Dann werden sie aufgerufen. Sie sind dran und machen sich auf den Weg zu ihrem Auftritt.

Es gibt alle möglichen Tumore, und haben möchte man keinen davon. Aber manche sind heilbar und andere nicht. Ziel der Behandlung ist es nicht, sie zu heilen, sondern das noch verbleibende Leben zu verlängern. Ob aber die Qualität dieses verlängerten Lebens die ganzen Strapazen und Schmerzen wert ist, ist eine persönliche Angelegenheit, eine Entscheidung, die jeder für sich selbst treffen muss.

Die Ärzte raten einem üblicherweise zu einer Behandlung. Sie wollen ja nicht verklagt werden. Aber die Behandlung ist dann genau vorgeschrieben, und sie trauen sich nicht, vom Standardverfahren abzuweichen, wiederum aus Angst vor einem Brief vom Anwalt. Wenn man da an die früheren Heiler mit ihren Schröpfgläsern und Blutegeln denkt … Heute geht es nicht in erster Linie darum, ob die Behandlung wirklich anschlägt, sondern darum, dass sie von der Ärzteschaft akzeptiert ist. Wenn man der allgemein anerkannten medizinischen Prozedur folgt, kann einem niemand an den Karren fahren.

Es gibt verschiedene Arten von Hirntumoren, einige sind primär und andere sekundär. Tumore können zwar aus anderen Körperteilen ins Gehirn streuen, aber nicht umgekehrt. Ein primärer Hirntumor streut nie und befällt andere Körperteile. Irgendwann könnte er das, wenn er genügend Zeit hätte, aber die hat er nicht.

Man unterscheidet vier Grundarten von primären Hirntumoren, die entsprechend klassifiziert werden. Der schlimmste ist das Glioblastom, Grad IV. So eins hatte Louis. Bei Männern treten sie etwas häufiger auf als bei Frauen. Niemand weiß, was sie herbeiführt, allerdings gibt es Hinweise, dass die Auslöser genetisch und/oder umweltbedingt oder auf den Kontakt mit bestimmten Chemikalien irgendwann in der Vergangenheit zurückzuführen sind. Louis hatte in einer Asbestmine und in anderen Bereichen der chemischen Industrie gearbeitet. Aber wer weiß das schon? Es gibt Leute, die noch nie eine Asbestmine betreten haben und trotzdem so etwas bekommen – genau wie Leute, die in ihrem Leben keine Zigarette geraucht haben und trotzdem Lungenkrebs kriegen.

Wie kommt es, dass wir nicht ständig Angst vor dem Tod haben, sondern nur wenn er sich unmittelbar ankündigt? Wir wissen doch, was auf uns zukommt. Wir wissen, dass wir keine andere Wahl haben. Doch wenn wir den Tod anklopfen hören, ist er für uns trotzdem eine grausige Überraschung, ein Schock, eine Ungerechtigkeit. Jeder von uns muss sich damit abfinden, aber tapfer zu sein ist schwer. Und um doch weiterzumachen, tut man so, als käme es nicht auf einen zu.

Louis' Bestrahlungsmaske lag drüben auf dem Bücherregal. Ich wollte sie nicht behalten, fand es aber auch nicht richtig, sie gleich wegzuwerfen. Dann tat ich es doch. Was hätte ich sonst tun sollen? Sie im Handgepäck mit nach Hause nehmen? Sie an die Wand hängen wie eine Voodoo-Maske?

Ich fuhr mit dem Laster zur öffentlichen Müllkippe und warf alles über die Schranke auf den Haufen. Da geht ein Leben dahin, dachte ich. Eines Tages wird auch meine Habe, werden meine Papiere und all die Sachen, die nicht zu gebrauchen oder nichts wert sind und die ich viel zu lange gehortet habe, so entsorgt werden – Dinge, die weder schön noch besonders nützlich sind; Bücher, die ich behalten habe, obwohl ich sie gar kein zweites Mal lesen wollte.

Wir häufen so viel Kram an, so viel Zeug, so viele nutzlose Dinge. Es gibt so viele Sachen, die wir offenbar nicht wegwerfen können, weil wir glauben, dass wir sie vielleicht noch einmal brauchen. Manchmal stimmt das ja auch, aber in den wenigsten Fällen. Es sind einfach nur Überbleibsel, die unsere Angehörigen nerven oder ihnen eine Ablenkung verschaffen.

Als unsere Mutter alt wurde, holte Louis sie zu sich und ließ sie bei sich wohnen. Ein Akt, für den ich ihm Bewunderung zollte, denn mich hätte sie nach zwei Tagen in den Wahnsinn getrieben. Vier Jahre später starb sie an einem Schlaganfall.

All ihre Sachen hatte Louis in Kartons im Keller aufgehoben, so dass ich jetzt zwei Fuhren von Habseligkeiten loswerden musste. Ihr ganzes Geschirr und Besteck lagerten da, ihre Postkarten und jahrzehntealten Schwarzweißfotos von unbekannten Verwandten, ihr Rosenkranz, ihr Kruzifix und ihr Bild von Jesus mit der Dornenkrone und dem in die Augen rinnenden Blut, an das ich mich noch aus meiner Kindheit erinnerte. In einer Menge katholischer Haushalte finden sich solcherlei grimmige Andenken. Mir fallen nicht viele andere Religionen ein, deren zentrales, prägendes Bild das eines gemarterten Mannes ist.

Ich warf nun also nicht nur Louis und seine Vergangenheit weg, sondern auch sie. Allerdings behielt ich von beiden das eine oder andere, einige Fotos, ein paar kleine persönliche Gegenstände. Es ist seltsam, welche Macht derlei billiger Krimskrams auf einen ausübt – Sachen, die man in einem Secondhandladen keines zweiten Blickes würdigen würde, weil sie nicht durchtränkt sind vom Duft und den Erinnerungen der eigenen Vergangenheit.

Vielleicht hätte mein Sohn ja gern diesen Füller, dachte ich. Vielleicht würde meiner Tochter dieses Armband gefallen. Aber in Wahrheit wusste ich, dass diese Sachen eigentlich zu alt waren und einer anderen Zeit entstammten. Neue Generationen müssen nach vorn schauen. Nur die, die alt werden und verlieren, blicken zurück.

Am Ende hatte ich alles auf einen Koffer für den Frachtraum und ein Stück Handgepäck reduziert. Dort passte alles hinein. Zwei Leben. Schön verpackt. Zusammengenommen einhundertsiebenundvierzig Lebensjahre. Wäre ich noch ein wenig skrupelloser gewesen, hätte ich auch mit dem Handgepäck auskommen können.

Den ganzen Rest hatte ich in meinem Kopf – einst geteilte Erinnerungen, die ich nun mit niemandem mehr teilte. Ich war jetzt der Letzte, der noch lebte, der sich noch an die Mietwohnungen und die Frühstückspensionen erinnerte, dem noch präsent war, wie Louis und ich im Badezimmer hatten schlafen müssen, weil es sonst keinen Platz gab. All die Kälte und die Notbehelfe und die schäbige Armut, die damals zum Leben so vieler gehörte und zweifellos auch heute noch gehört. Einmal hatte mir ein Klassenkamerad erklärt, wir würden in einem Slum leben. Bevor er es aussprach, war mir das gar nicht klar gewesen. Ich hatte gedacht, uns ginge es gut.

Jetzt gab es keinen mehr, der das noch wusste. Keinen weiteren Zeugen dieser ganzen alltäglichen, vertrauten, banalen, dramatischen, profanen, außergewöhnlichen, niederschmetternden Ereignisse.

Vor mir sah ich wieder das Bild meines Vaters im Hinterzimmer eines Pubs, in den auch Kinder hineindurften. Dort stand ein Klavier. Er setzte sich daran und fing an zu spielen – flüssig und mühelos. Ich hatte gar nicht gewusst, dass er Klavier spielen konnte, und danach habe ich ihn auch nie wieder spielen sehen. Aber wem bedeutet das jetzt noch etwas? Louis nicht. Überhaupt niemandem.

So ist es mit jedem Dasein und auch mit allen, die noch ein wenig am Leben bleiben. Mit allem, was uns so wichtig war und anderen doch nichts bedeutet. All den Erinnerungen, die unseren so ähnlich sind und uns doch kaum berühren außer durch das, was sie heraufbeschwören.

Anderthalb Koffer. Den großen gab ich am Flughafen auf. Die Mitarbeiterin fragte mich, ob ich den Koffer selbst gepackt hätte. Dann las sie mir eine List verbotener Artikel vor, und ich versicherte, keinen davon in meinem Gepäck zu haben. Die Sachen, die sich darin befanden, konnten niemandem schaden.

24
Melonenkrabbe

Meine Karriere als Ersatz-Louis kam allmählich in Schwung. Während ich die Tage damit verbrachte, seine Schränke zu leeren, seinen Krempel wegzuwerfen, seine Bücher für die Heilsarmee in Kartons zu packen und zu versuchen, die Trümmer eines halben Lebens zu entsorgen, bekam ich ständig Auftrittsangebote.

Halleys Schwester Babs rief an und verkündete: »Derek feiert an diesem Wochenende einen runden Geburtstag. Er hat eine Hütte in den Bergen gemietet und einen Haufen Leute eingeladen. Er wollte auch Louis fragen, aber ...«

Ich sagte, ich würde kommen.

Die Fahrt dorthin dauerte drei Stunden. Ich fuhr mit Halley in Louis' Laster – der demnächst Halleys Laster sein würde, falls die Kopie des Testaments je anerkannt würde. Halley saß am Steuer, denn er kannte den Weg. Mit dem ständig herunterrutschenden Fenster und der auf Hochtouren laufenden Lüftung rasten wir dahin.

»Soll ich mal das Radio anstellen, damit die Lüftung übertönt wird?«, fragte Halley.

»Das Radio funktioniert nicht«, informierte ich ihn.

»Okay«, sagte er. Offenbar war er von der gelassenen Sorte.

Dann warf er mir einen Seitenblick zu und fragte: »Sie hatte echt einen Plastikdaumen?«

»Damit hat sie den Trick gemacht. Ausgezogen hat sie sich nur zur Ablenkung, es ging um die Fingerfertigkeit.«

»Fingerfertigkeit mit einem unechten Daumen. Irgendwie macht das den ganzen Zauber kaputt.«

»Aber es ist doch schön zu wissen, wie etwas funktioniert.«

»Vielleicht«, sagte er. »Manchmal vielleicht auch nicht.«

»Sie war doch trotzdem zauberhaft«, rief ich ihm in Erinnerung. »Wie sie da so stand, mit nichts an.«

Wir fuhren weiter durch triefenden Regenwald, über den Straßen hing dichter Nebel. Irgendwann entdeckten wir den Wagen, in dem Derek und Babs und die Mutter von Babs und Halley saßen, und fuhren ihm nach.

Derek bog in einen Waldweg ein, und wir folgten ihm. Nach etwa fünf Meilen erreichten wir eine Farm.

»Hier ist es«, sagte Halley. »Glaube ich jedenfalls.«

Neben dem Farmgebäude stand ein sogenannter *Homestead* mit zwei großen Schlafräumen und zwei Doppelzimmern. Es waren schon andere da, alles Leute, die Derek eingeladen hatte. Er stellte mich vor und erklärte, ich sei der Bruder von Louis, was den anderen zu genügen schien.

Abends gab es ein Barbecue. Die meisten Frauen waren resolut und starke Raucherinnen. Ähnlich wie Liam Neeson ließen auch sie sich nicht verarschen. Wir saßen draußen und kippten Cabernet Sauvignon und Little Creatures.

Derek entfachte ein Lagerfeuer, und ein paar von uns setzten sich dorthin, hockten auf Steinen und starrten in die Flammen, in denen sich alle Mysterien auflösten und alle Antworten tanzten.

Halleys Bruder Charles war gekommen. Auch er war Künstler und lebte in einem Schuppen. Er trug sein graues Haar in einem Pferdeschwanz und Klamotten aus dem Caritas-Laden, denn beim Künstlern kommt nicht immer viel herum. Meistens sogar überhaupt nichts. Irgendwie ist es auch so eine Art Caritas-Veranstaltung.

Der Wind blies Charlie den Qualm in die Augen, aber er rutschte nicht beiseite. Er leckte sich nur über den Daumen, hielt ihn dann vor sich hoch, und der Qualm verstand, was Sache war, drehte bei und wehte in eine andere Richtung.

Halley sah ihm dabei zu.

»So ein Quatsch«, sagte er.

Aber Charles gönnte ihm nur ein schmallippiges Lächeln, denn die Beweise sprachen ja für sich.

»Was für ein Quatsch«, wiederholte Halley. »Das ist doch totaler Schwachsinn.«

Der Wind drehte erneut, jetzt blies er mir in die Augen. Ich leckte an meinem Daumen und hielt ihn hoch, aber der Qualm kam weiter in meine Richtung.

»Was mache ich falsch, Charlie?«

»Du glaubst nicht dran«, sagte er. »Man muss dran glauben, sonst klappt es nicht.«

»Der redet doch totalen Scheiß«, sagte Halley.

Es beruhigte mich, zu sehen, dass Brüder überall auf der Welt gleich sind und gerade in grundlegenden Dingen dazu neigen, verschiedener Meinung zu sein.

Am nächsten Morgen frühstückten wir draußen an einem großen Holztisch. Die Hunde des Farmers kamen herbei, sprangen auf den Grillrost und leckten das ganze leckere Fett der Würste vom Vorabend ab.

»Widerlich«, rief Babs. »Da grillen wir doch später wieder drauf.«

»Das brennt weg«, sagte Derek.

Ein Freund von Derek hatte sein Boot mitgebracht, also würden wir, wie ich hörte, zum See fahren und Rotscherenkrebse fangen. Rotscherenkrebse waren kleine Süßwasserhummer. Derek war im Internet gewesen und hatte sich auf mehreren Webseiten versichert, dass der beste Köder dafür Melonen seien.

Wir anderen hielten das zwar für eine Ente, aber es war schließlich Dereks Geburtstag, also machten wir mit. Wir schnitten Melonen klein und legten sie in Hummerkörbe, dann fuhren wir auf den See hinaus und warfen sie ins Wasser.

Zwei Stunden später kehrten wir zurück und zogen sie hoch. Nichts. Nur Melonenstücke. Wir verlagerten die Körbe und kamen zwei Stunden später erneut zurück. Immer noch keine Rotscherenkrebse, dafür haufenweise matschige Melone. Zwei Stunden später dasselbe Bild. Inzwischen hatten wir alle Hunger, deshalb schrieben wir die Rotscherenkrebse ab, rollten die Körbe ein und kehrten auf ein Käsesandwich zur Farm zurück.

In dieser Nacht gab es im Schlafraum ein massives Schnarchkonzert, womöglich aufgrund von Alkoholgenuss, obwohl der hartnäckigste Schnarcher, ein weiterer von Dereks Schwagern, ein geläuterter Trinker war und ausschließlich Coca-Cola zu sich genommen hatte.

Früh am nächsten Morgen machten Halley und ich uns zu einer Fahrradtour auf, vorbei an Feldern voller aufgeschreckter Wallabys, die erst erstarrten, uns dann einen Moment lang beäugten und schließlich in den Nebel davonhoppelten. Wir kamen vorbei an verfallenen und längst verlassenen Farmen mit handbehauenen Balken und verrosteten Dächern, errichtet auf einem Stück Buschland, wo sich vielleicht einmal ein Farmer und seine Familie mühsam von der eigenen Scholle ernährt hatten.

Sobald man nicht mehr in die Pedale trat, hörte man keine Geräusche mehr, keine anderen Fahrzeuge, nicht einmal von ferne, nur den Wind und die Laute der Vögel und anderen Kreaturen.

Sag jetzt nicht, dass es Louis hier gefallen hätte, dachte ich. Das weiß ich selbst.

»Louis hätte es hier gefallen«, sagte Halley.

»Bestimmt«, pflichtete ich ihm bei. »Ganz bestimmt.«

»Sollen wir mal zurückradeln?«

Das machten wir. Die Wallabys waren wieder auf dem Feld, aber sobald sie uns sahen, rannten sie erneut weg. Als wir am Hof ankamen, saßen die Frauen immer noch am Frühstückstisch, rauchten Zigaretten und tranken Tee. Sie waren alle kräftig gebaut und mittleren Alters. Wenn man sie um einen Gefallen gebeten hätte, hätten sie einem garantiert helfen können.

Der Schnarcher Victor war technisch versiert, deshalb bat ich ihn, sich einmal den Laster anzusehen und zu schauen, ob man die Lüftung abstellen konnte, die ständig auf höchster Stufe lief, denn ich selbst fand die Sicherung nicht. Er nahm das halbe Armaturenbrett auseinander, behob die Sache aber. Halley und ich konnten halbwegs in Ruhe zurückfahren.

Ich dankte Derek für seine Einladung, aber der lag auf dem Sofa und sah verkatert und mürrisch drein, so als hätte die Tatsache, dass ein Geburtstag vorbei war, Ahnungen seiner Sterblichkeit heraufbeschworen, die er bislang hatte ignorieren können.

Wir machten sauber, räumten auf und warfen die Melonen in den Mülleimer. Es gab so viele leere Weinflaschen, dass wir aus lauter Scham einige wieder mitnahmen. Dann fuhren alle in ihre jeweiligen Richtungen davon.

Das war ein schönes Wochenende gewesen. Erst ziemlich spät kam ich wieder in Louis' Haus an. Es war kalt und leer, und Stück für Stück verschwanden seine Spuren.

Im Kühlschrank entdeckte ich noch ein Little Creatures und versuchte, mit dem Daumen den Kronkorken aufzuschnippen, wie ich es bei anderen gesehen hatte. Aber ich hatte den Kniff nicht raus, und so nahm ich einen Flaschenöffner.

Oben auf dem Dachboden bewegten sich die Possums. Vielleicht poppten sie herum, vielleicht machten sie es sich auch nur gerade gemütlich. Immerhin kannten sie sich nun doch schon eine ganze Weile, und niemand kann jede Nacht leidenschaftlichen Sex haben, nicht einmal als Possum.

Ich musste an all die seltsamen und überraschenden Orte denken, an die das Leben einen führt. Und auch an die, an die der Tod einen führt. An die Menschen, die man unterwegs trifft und die man sonst nie kennengelernt hätte.

Was für eine seltsame, wundervolle Welt das doch ist, dachte ich, wie traurig und gleichzeitig herrlich mein Leben doch bislang war. Dann kam mir in den Sinn, dass diese Gedanken womöglich gar nicht aus mir heraus kamen, sondern vom Bier.

Ich ging in Louis' Zimmer und hielt inne. Wenn ich gewollt hätte, hätte ich in seinem Bett schlafen können. Aber ich tat es nicht. Ich machte das Licht aus und legte mich in mein eigenes.

Wen hätte ich gerade jetzt wohl am liebsten hier bei mir?, überlegte ich.

Aber ich stellte fest, dass die Frage gar nicht so leicht zu beantworten war.

Ich sah nur noch tanzende Schatten an den Wänden, während die Äste der Bäume sich draußen im Mondlicht wiegten. Dann schlief ich ein, und als ich wach wurde, klingelte das Telefon.

Ich eilte hin und meldete mich. Es war meine Frau. »Wie geht es dir?«, fragte sie. »Wie fühlst du dich?«

»Gut«, sagte ich. »Hier ist alles in Ordnung.«

Dann ging die Sonne auf, und der Tag begann, obwohl es dort, wo sie sich befand, Abend war und der Tag sich neigte.

25
Diktat

»Du wirst das doch alles aufschreiben, oder?«, fragte Louis mich.

»Wenn du das willst, versuche ich es«, sagte ich.

»Das machst du doch, oder?«

»Ich versuche es, Louis, aber es klappt nicht immer. Wenn du die Wahrheit wissen willst, es klappt sogar meistens nicht. Mit ein paar Sachen habe ich Glück gehabt und genügend Geld verdient, um über die Runden zu kommen, aber meistens läuft es eher nicht. Na gut, ich habe eine Frau und Kinder und ein Haus und ein Auto und eine Altersversorgung, und unsere Lebensmittel kaufen wir bei Waitrose, aber im Herzen bin ich ein Bohemien.«

»Ach, du kriegst das schon hin.«

»Das weiß ich nicht, Louis, aber ich versuche es.«

»Und keinen Mist«, sagte er. »Keine Sentimentalitäten und so einen Scheiß. Die Welt ist voller Mist, es gibt schon viel zu viel davon. Ist egal, wie es wird, solange nur kein Mist drinsteht.«

»Ich kann nichts versprechen, Louis. Was hältst du davon, wenn du jetzt mal was aufschreibst?«

»Ich kann im Moment noch nicht mal eine Einkaufsliste schreiben.«

Das stimmte. Er schaffte es ja kaum, irgendwo zu unterschreiben.

Vier Tage nachdem der Chirurg einen beträchtlichen Teil von Louis' Gehirn entfernt hatte, beschloss der, zu Fuß vom Krankenhaus nach Hause zu gehen. Die ersten beiden Meilen bewältigte er ohne Zwischenfall, aber dann fühlte er sich schrecklich müde und setzte sich auf eine Bank. Er schlief ein, wachte zwei Stunden später wieder auf und setzte seinen Weg fort.

Ich vermute, die Leute, die ihn dort schlafen sahen, hielten ihn für einen Vagabunden oder Obdachlosen oder Alkoholiker. Den wüsten Bart, die wirren Augenbrauen und die abgerissenen Klamotten für die Rolle hatte er ja. Sie hätten nicht vermutet, dass er ein Absolvent renommierter Universitäten und weit gereist war, mehrere Sprachen beherrschte und schon Probleme gelöst hatte, die andere nicht einmal als solche erkannten, da sie die Frage gar nicht verstanden, und die Antwort schon gar nicht.

Einen Tag nach der Operation war er schon wieder auf den Beinen.

»Ich bin keiner, der im Bett bleibt«, erklärte er mir am Telefon. »Ein paar der Leute, die man hier drinnen sieht, haben schon aufgegeben. Ich bin im Krankenhaus herumgelaufen und runter zu Starbucks und auch ein Weilchen nach draußen. Ich habe ein paar Pfunde verloren, aber nicht schlimm. Ich weiß noch nicht, wie das mit den Steroiden wird, aber im Augenblick habe ich Kampfgewicht.«

Als er wieder zu Hause war, fuhr er mit dem Fahrrad zum Supermarkt. Aber dabei hatte er beinahe einen Unfall. Seit der Operation war seine periphere Sehfähigkeit beeinträchtigt. Er hörte mit dem Fahrradfahren auf, weil er Angst hatte, jemanden anzufahren.

An dem Tag, als ich ankam, ging er mit mir drei Meilen spazieren. Er stolperte über einen Bordstein, fiel hin und blieb eine Zeitlang auf dem Gehweg liegen.

»Alles in Ordnung, Louis?«

»Ich bin so ein Idiot«, sagte er. »Den habe ich nicht gesehen.«

»Bleib noch einen Moment liegen, warte lieber noch.«

Ein Wagen hielt an, und das Seitenfenster fuhr herunter.

»Alles in Ordnung bei Ihnen? Kann ich helfen? Soll ich Sie mitnehmen? Geht es ihm gut? Ich habe gesehen, was passiert ist.«

»Uns fehlt nichts«, knurrte Louis. »Wir brauchen keine Hilfe, danke. Wir kommen allein zurecht.«

Ich dankte dem Fahrer, und er fuhr weiter. Als Louis aufstand, sah ich, dass er blutete.

»Louis, wir hätten die Mitfahrgelegenheit annehmen sollen. Alles klar bei dir?«

»Mir geht es gut«, antwortete er. »Mir geht es gut.«

»Dann lass uns umkehren.«

»Nein. Ich zeige dir jetzt, wo alles ist.«

Also gingen wir weiter.

»Bist du auch sicher, Louis? Geht es dir auch wirklich gut?«

»Wir sind hart im Nehmen«, sagte er. »Wir sind hart im Nehmen.«

26
Der Weg

Kirstin rief an und fragte, ob ich gern ihr Haus sehen würde. Es lag drei Autostunden weit weg, draußen im Outback.

»Louis hat beim Bau geholfen«, erzählte sie.

Also stimmte ich zu. Sie lud auch Halley ein, den sie schon lange kannte. Seinerzeit hatte sie auf denselben Märkten ihre Kunst verkauft wie er seine Bilderrahmen.

Wir fuhren gegen neun Uhr morgens in Kirstins Hyundai los. Sie bat mich zu fahren und setzte sich nach hinten. Halley saß vorne neben mir, und wir fuhren nördlich aus der Stadt hinaus.

Unterwegs überholte uns ein großer, weißer, neu aussehender Wagen. Es war ein Lexus oder so, und er hatte ein individualisiertes Nummernschild, dessen erste drei Buchstaben ZEN lauteten.

»Guckt mal«, sagte ich. »Wie soll das denn gehen?«

»Was?«, fragte Halley.

»Wie kann es Zen sein, ein ZEN-Nummernschild zu haben?«

»Vielleicht ist es ja ein Namenskürzel«, meinte Kirstin. »Für Zachariah Emmanuel Norman oder so.«

»Könnte sein«, sagte ich, »halte ich aber für unwahrscheinlich. Ich glaube eher, das ist ein buddhistischer Lehrer, der versucht, Werbung zu machen.«

»Und du findest also, dass mit Zen zu werben nicht besonders zen-mäßig ist?«, fragte Halley nach.

»Genau. Wie soll das denn gehen? Der Weg des Zen ist ja gerade die Nichtbindung an materielle Dinge, und das gilt doch wohl auch für individualisierte Nummernschilder. Wenn dein Ego von dir verlangt, jeden wissen zu lassen, wie zen-mäßig du drauf bist, dann bist du überhaupt nicht zen-mäßig drauf. Das ist ein Widerspruch in sich.«

»Vielleicht kann man aber auch von der Nichtbindung zu sehr vereinnahmt werden«, wandte Halley ein. »Man kann so sehr von der Nichtbindung vereinnahmt werden, dass das auch schon wieder zu einer Art Ego wird. Um also zu zeigen, dass man nicht übermäßig von der Nichtbindung vereinnahmt ist, beschafft man sich ein individualisiertes Nummernschild. Denn wenn man absichtlich und bewusst individualisierte Nummernschilder meiden würde, nur um der Welt zu zeigen, dass man nicht so ein Typ mit individualisierten Nummernschildern ist und über so was steht, dann wäre das doch noch eine stärkere Bindung, als wenn man eins hätte.«

»Du meinst also, es geht um den ›Weg des Nummernschilds‹?«

»Sozusagen.«

»Ich glaube, wer auch immer da am Steuer gesessen hat, war ein Blender«, erklärte ich.

»Dann versucht er vielleicht, auf dem Weg des Blendens zur Erleuchtung zu gelangen«, schlug Halley vor.

»Ich glaube, diesen Kurs verfolgen eine Menge Leute«, sagte ich. »Und jetzt mal ehrlich. Wenn du etwas über Zen-Buddhismus erfahren wolltest, würdest du dich dann von einem unterweisen lassen, der einen großen weißen Lexus fährt und ein individualisiertes Nummernschild hat, auf dem ZEN steht?«

»Vielleicht. Vielleicht auch nicht«, sagte Halley. »Aber vollkommen ausschließen würde ich es nicht.«

»Kannst du machen, dass Qualm die Richtung ändert, indem du an deinem Daumen leckst?«, fragte ich ihn.

»Ich arbeite dran«, antwortete er.

»Hier links«, sagte Kirstin.

Also fuhren wir links ab und wechselten das Thema.

Und weiter ging es. Im Wagen lagen ein Laib Brot, ein großer Fisch und eine Flasche Wein. Aus irgendeinem Grund musste ich da an Jesus denken. Außerdem hatten wir ein paar Tomaten, einen Salatkopf, eine Flasche Wasser und ein paar Little Creatures dabei. Alles außer dem Brot war in einer Kühltasche verstaut.

Die Fahrt wurde allmählich zäh, aber irgendwann verließen wir den Highway und fuhren auf einer Nebenstraße weiter, die uns durch Kleinstädtchen voller verwehtem Gestrüpp und vorbei an heckenlosen, verwilderten Feldern führte. Dann passierten wir Anbauflächen mit riesigen Bewässerungsanlagen, Obstplantagen, noch grünem Getreide und kolossalen Gewächshäusern. In der erbarmungslosen Hitze arbeiteten Obstpflücker, sie trugen Hüte, an denen hinten lange Tücher hingen, um den Nacken vor der sengenden Sonne zu schützen.

»Sind das Immigranten?«, fragte ich Kirstin.

»Die meisten. Ein paar sind auch Rucksacktouristen, die sich ein bisschen Geld verdienen oder auf den Farmen wohnen und für Kost und Logis arbeiten.«

Und schon ging es weiter. Auf jemanden wie mich, der von einer kleinen Insel stammte, wirkte dieses Land schier unendlich. So weit das Auge reichte, breitete es sich in die Ferne aus und verschwamm schließlich in der flirrenden Hitze. Während wir dahinfuhren, schwebten Luftspiegelungen über der Straße und versprachen Wasser, das nie da war, wenn man die Stelle erreichte, wo es hätte sein sollen.

»Und hier wieder links.«

Wir bogen auf eine einspurige Piste ab. Sie führte über Wasserfurchen und Brücken, vorbei an Bächen und Wäldern. Auf einer riesigen Fläche standen schwarz verkohlte Baumstämme, von alten Feuern versteinert, und doch würden sie sich wieder erholen und neu austreiben. Wir kamen vorbei an brennendem Gras und einem Feuerwehrwagen und ein paar Männern, die kleinere Flammen austraten.

»Hier hat es seit zwei Monaten nicht geregnet«, erklärte Kirstin.

»Machst du dir Sorgen, dass es Waldbrände gibt?«, fragte Halley.

»Dagegen kann ich nicht viel ausrichten«, antwortete sie.

Meile um Meile fuhren wir weiter, der Hyundai quälte sich. Hinter uns wirbelte roter Staub auf und verkündete, wo wir waren. Gelegentlich sahen wir eine Farm, aber es waren nicht viele, und sie schienen verlassen zu sein.

»Wie lange hast du das Anwesen schon?«

»Das Land habe ich vor zwanzig Jahren gekauft«, antwortete Kirstin. »Nach meiner Scheidung.«

»Für wie viel?«, wollte Halley wissen.

»Siebzehntausend.«

»Wie viele Morgen?«

»Weiß ich nicht – vierzig vielleicht?«

Halley stieß einen Pfiff aus.

»Und dann?«

»Mein Sohn ist Ingenieur, der hat das Haus entworfen. Dann habe ich mir Leute gesucht und es gebaut. Aber jetzt möchte ich es gern verkaufen. Ich werde älter und möchte näher bei der Stadt wohnen.«

»Wie weit ist es bis zum nächsten Laden?«, fragte ich sie.

»Neun Meilen.«

»Ziemlich weiter Weg für die Zeitung.«

»Zeitungen interessieren mich nicht so.«

Wir kamen an weiteren schwarz versengten Feldern vorbei. In den Gummibäumen saßen Koalas, und am Waldrand standen Wallabys und sahen uns vorbeifahren, gleichgültig, nicht einmal besonders neugierig. In den Baumwipfeln saßen Galahs und Sittiche und kreischten den hochgewirbelten Staub an.

»Hattest du schon Interessenten? Wie lange ist es auf dem Markt?«, fragte Halley.

»Anderthalb Jahre, zwei Interessenten. Ein Angebot.«

»Nicht hoch genug?«

»Sie haben angeboten, es umsonst zu nehmen«, sagte Kirstin. »Es waren alte Hippies ohne Geld, aber sie fanden, das Haus liege auf ihrer Wellenlänge, und wenn ich es ihnen umsonst überließe, würden sie sich darum kümmern.«

»Die wollten sozusagen deinem Heim ein schönes Heim bieten, wie?«

Vor uns lag ein baufälliges Haus, ein Gatter versperrte den Weg.

»Mein Nachbar«, erklärte Kirstin. »Er macht gleich auf.«

Im Hof saßen zwei Männer. Der eine war um die siebzig, der andere etwa vierzig, und irgendetwas stimmte nicht mit dem jüngeren. Sie saßen auf alten Stühlen, zwischen ihnen standen eine Kiste Bier und eine Kühlbox. Der Sohn wirkte hohl oder bekifft, und der Alte hatte eine Schrotflinte auf den Knien.

»Sehen nett aus«, bemerkte Halley.

Der Alte stand auf und öffnete das Gatter, damit wir hindurchfahren konnten.

»Danke«, rief Kirstin. Er grüßte sie mit seiner Bierdose. Nur um sicherzugehen, bedankten Halley und ich uns ebenfalls. Wir fuhren weiter, er schloss hinter uns das Gatter, setzte sich wieder hin und öffnete das nächste Bier.

»Was machen die den ganzen Tag?«, fragte Halley.

»Das, was sie gerade machen«, erklärte Kirstin. »Außerdem haben sie ein paar Hühner und bauen ein bisschen Gemüse an.«

»Was passiert, wenn der Alte mal stirbt und der Sohn mit dem Bier und der Schrotflinte allein zurückbleibt?«, fragte Halley.

Kirstin zuckte die Achseln. »Bis dahin bin ich hoffentlich weg.«

»Gibt es noch eine andere Zufahrt zu deinem Land?«

»Nein.«

»Glaubst du, dass vielleicht Papi und sein Sprössling da hinten der Grund sind, warum du nicht so viele Angebote bekommst?«

»Die sind in Ordnung«, sagte Kirstin. »Ich hatte noch nie Probleme mit ihnen. Normalerweise fragt er mich, ob ich nicht anhalten und ein Bier trinken will, aber dann sage ich, dass ich zu tun habe.«

»Verstehe«, sagte Halley. »Okay.«

Besonders überzeugt hörte er sich nicht an.

Dann waren wir da. Wir bogen von der Piste ab und parkten im Schatten. Das Haus war an einen Berghang gebaut, die Veranda stand auf Holzbalken, der hintere Teil saß auf einem Fundament. Es war cool und elegant, bestand aber nur aus einem einzigen Raum. Man machte die Tür auf, und schon hatte man alles vor sich, Wohnzimmer, Schlafzimmer, Küche, alles war eins. Nur ein Raumteiler sorgte für Privatsphäre, falls man welche wünschte.

»Wollt ihr was trinken?«

Im Kühlschrank war Limonade. Das Gerät wurde von

Sonnenkollektoren betrieben, und draußen in einem Schuppen stand für alle Fälle noch ein Generator.

Neben dem Haus befand sich ein Atelier, ebenfalls aus Holz gebaut und mit einem Satteldach versehen.

»Das hat Louis als Werkstatt benutzt«, erzählte Kirstin. »Ursprünglich war es mal mein Atelier, aber dann habe ich es nicht mehr gebraucht.«

»Warum hast du es aufgegeben?«, fragte ich.

»Es hat mich aufgegeben.«

Hinter dem Haus erhob sich das Gelände bis zum Wald. Der Anstieg war so steil, dass einem, wenn man hinaufzuklettern versuchte, die Beine wegrutschten. Man musste sich vorbeugen und auf allen vieren kraxeln wie ein Affe.

Nachdem wir oben die Aussicht genossen hatten, gingen wir wieder hinunter, tranken auf der Veranda Bier, schauten hinaus ins Tal mit dem Bach. Wenn erst einmal der Regen kam, würde dort unten ein Tümpel sein, wo man im kühlen, frischen Wasser baden konnte.

»Woher bekommst du dein Trinkwasser?«, fragte Halley.

»Aus einem Bohrloch«, sagte sie. »Und die Regenwassertanks reichen ewig. Ich verbrauche nicht viel.«

Plötzlich war da ein lautes, ominöses Grollen.

»Was ist das denn?«

Wir liefen zur Rückseite des Hauses. Das Grollen kam von kochendem Wasser. Es war ein so heißer Tag und die Sonne hatte so lange auf den Kollektoren gestanden, dass das Wasser im Speichertank kochte. Das Überdruckventil hatte sich geöffnet, und Wasserdampf zischte heraus wie bei einer alten Lokomotive.

»Das habe ich ja noch nie erlebt«, sagte Kirstin. »Sollen wir reingehen und essen?«

Wir grillten den Fisch, deckten den Tisch und schnitten das Brot und den Salat. Nach dem Essen holte Kirstin ein

Fotoalbum hervor und zeigte es mir. Auf den Fotos waren sie und Louis beim Bau des Hauses zu sehen; oder sie und Louis auf ihrem Törn die Ostküste hinauf bis zum Great Barrier Reef. Sie wirkte ein wenig wehmütig, und als Halley einmal fünf Minuten verschwand und sich Holz ansah, das er vielleicht für seine Rahmen gebrauchen könnte, sagte sie: »Weißt du, nach unserer Trennung habe ich viel über Louis nachgedacht. Es gab da so einen Vorfall …«

»Er hat mir gesagt, dass da irgendetwas passiert ist«, log ich. »Was genau, hat er mir nie verraten.«

»Ich fand aber, dass ich nicht mehr zu ihm zurückkonnte. Oft genug habe ich überlegt, zum Hörer zu greifen. Aber nach dieser Geschichte … ich hatte nicht das Gefühl, dass ich das riskieren konnte.«

Ich musste an ihren Exmann denken und fragte mich, was für einer das wohl gewesen war.

»Nein«, stimmte ich zu. »Na ja … tut mir leid.«

»Aber danke, dass du mich angerufen hast«, sagte sie. »Dass du mich hast teilhaben lassen.«

Zehn Jahre war es her, dass sie sich getrennt hatten.

»Bist du hier manchmal einsam?«, fragte ich sie. »Oder macht dir das nichts aus?«

»Manchmal, aber meistens gefällt es mir. Ich mache ein bisschen Gartenarbeit, pflanze Bäume an, lese, koche. Ich habe hier Fernsehen und Internet. Es ist langsam, aber es funktioniert. Und manchmal bekomme ich auch Besuch.«

»Malst du wirklich nicht mehr?«

»Nein.«

»Sind die da an der Wand von dir?«

»Ja.«

»Die sind gut.«

»Danke. Louis hat hier draußen sein Kanu gebaut.« Sie trat auf die Veranda und zeigte auf das Atelier.

»Wie hat er es nach Hause gebracht?«

»Hinten auf seinem Laster.«

»Hat er es je benutzt?«

»Ein- oder zweimal.«

Halley tauchte wieder auf, und Kirstin sagte uns, sie wolle aufräumen. Wir sollten doch ein bisschen rausgehen und uns umsehen. Also ließen wir sie machen.

Wir folgten dem Weg etwa eine halbe Meile weit und kamen an ein weiteres Haus. Es wirkte planlos und verwinkelt und sah aus wie aus Grimms Märchen. Kein in der Architektur bekannter Entwurf war hier beherzigt worden.

Es kam einem vor wie die Marie Celeste, jenes Schiff, das man irgendwann umhertreibend und ohne eine Menschenseele an Bord entdeckt hatte, allerdings mit allen Anzeichen, dass kurz zuvor noch jemand an Bord gewesen war.

Die Türen standen weit offen, auf dem Tisch befanden sich Teller, bunte Wäsche hing auf der Leine, im Spülbecken lagen Messer und Gabeln. Eine verwahrloste Bruchbude.

»Wer wohnt da weiter unten am Weg?«, fragte Halley, als wir wieder zurück waren.

»Irgendwelche Hippie-Typen nutzen es als Wochenendhaus. Sie hängen ab und rauchen Dope. Mich stören sie nicht. So oft wie früher kommen sie nicht mehr. Ich glaube, die Fahrt ist ihnen zu weit. Sie werden langsam alt.«

Wir tranken einen Kaffee, dann schlug Kirstin vor, dass wir uns bald wieder auf den Weg machten, bevor es dunkel wurde, die Rückfahrt war ja lang. Wir packten unseren Müll ein und nahmen ihn mit.

Diesmal fuhr Halley. Als wir an dem Haus mit dem Bier und der Schrotflinte vorbeikamen, war niemand da. Ich stieg aus, machte das Gatter auf und schloss es wieder hinter uns.

Wir erreichten die Straße und fuhren zurück nach Süden.

Die Dunkelheit war uns auf den Fersen, die Neonlichter gingen an.

Wir kamen an einem Schild vorbei, auf dem *Small Animals Hospital* stand.

»Was glaubt ihr?«, fragte ich. »Ist das eine kleine Klinik für alle Arten von Tieren? Oder eine Klinik nur für Kleintiere, in die man mit einem großen nicht gehen sollte?«

»Letzteres«, vermutete Halley.

»Und wenn man nun ein großes Tier hat, das behandelt werden muss?«

»Man erschießt es«, sage Halley.

Und damit war das Gespräch zu Ende.

Als wir uns Louis' Haus näherten, hatten wir wieder Hunger, also machten wir uns auf zu *Tomato Brothers* und bestellten Pizza. Kirstin rief ihre Tochter an, die vorbeikam und uns Gesellschaft leistete. Kirstin würde bei ihr übernachten. Die Fahrt zurück zu ihrem Haus war zu lang.

Schließlich standen wir vor dem Restaurant und verabschiedeten uns. Halley und ich gingen zu Fuß zu Louis' Haus zurück, wo Halley seinen Laster stehen hatte. Er versprach, sich bald wieder zu melden, stieg in den Laster und ließ den Motor an.

Ich ging hinein und setzte mich in Louis' Küche an den Tisch. Es war ein langer Tag gewesen, fand ich. Aber wie alle anderen, ob kurz oder lang, war er dennoch vorbeigegangen. Ich band den Stecker an das Bambusrohr und hielt ihn aus dem Fenster, damit ich meine E-Mails lesen konnte.

Ich erinnerte mich an einen Vorfall aus der Zeit, als ich noch ganz jung war, vielleicht sieben oder acht Jahre alt. Ich weiß nicht mehr genau, wie es kam, jedenfalls stieß ich den Salzstreuer vom Tisch, und er zersprang auf dem Boden.

Mir graute vor dem Zorn meines Vaters, deshalb suchte ich nach Louis und erzählte ihm, was ich gemacht und welche Angst ich hatte.

Er reagierte gleichgültig. »Wird schon nicht so schlimm sein. Sag es ihm einfach.«

»Es wird doch schlimm, Louis. Der rastet aus. Er bringt mich um. Kannst du ihm nicht sagen, dass du es warst? Bitte!«

Er hätte nein sagen und mich schmoren lassen können, aber das tat er nicht.

»Klar.«

Er ging zu unserem Vater, der damals arbeitslos war und im Wohnzimmer über seinem letzten Zigarettentabak hockte.

»Dad«, sagte Louis, »mir ist ein Missgeschick passiert. Ich habe den Salzstreuer runtergeworfen und zerbrochen. Tut mir leid.«

»Mach dir keine Gedanken. So was kann schon mal passieren. Hast du alles weggeräumt?«

»Wollte ich gerade machen.«

»Ich helfe dir.«

Als wir später im Bett lagen, sagte Louis: »Siehst du. Ich habe dir doch gesagt, es wird nicht schlimm.«

»Es war nur deshalb nicht schlimm, weil du es warst, Louis. Wenn ich es gewesen wäre, hätte er mich gekillt.«

»Quatsch.«

Ich war ihm dankbar, aber ich glaube bis heute, dass das stimmt. Unser Vater verzieh Louis Dinge, die bei mir unentschuldbar waren, weil Louis ja so intelligent und helle war und die Fahne hochhalten und uns Ehre machen würde und lauter solche tollen Sachen. Ich dagegen war der zweitgeborene Sohn, der eigentlich eine Tochter hätte sein sollen, und schon von Anfang an eine Enttäuschung.

Ich war Louis wirklich dankbar, aber gleichzeitig auch gekränkt und verbittert, dass ich nicht gleich behandelt wurde.

Aber die Vergangenheit ist erledigt. Aus und vorbei.

Nur warum fühlt sie sich dann so oft an wie ein Splitter, den man nie herausgezogen hat?

27
Reprise

Der Einladung folgend fuhren wir noch einmal zum Abendessen zu Jack und May.

May hatte ganz offensichtlich seit dem frühen Nachmittag dem Weißwein zugesprochen, und Jack hatte sich ebenfalls ein paar Gläser gegönnt, wenn auch nicht so viele.

»Louis! Wie schön, dich zu sehen«, rief sie, obwohl es in Wahrheit immer schwieriger wurde, ihn zu sehen, weil die Wollmütze ihm von Tag zu Tag tiefer in die Stirn rutschte. »Trink einen.«

»Kann ich nicht«, sagte Louis. »Mein Kopf.«

»Jack, vielleicht möchte Louis einen Orangensaft. Gib seinem Bruder ein Glas Wein.«

»Ich muss fahren, fürchte ich.«

»Du lieber Himmel, ein Glas werden Sie doch wohl vertragen.«

»May, nun nötige ihn doch nicht so …«

»Ich nötige überhaupt niemanden. Seit wann nötige ich Leute zum Trinken? Sie können einen trinken oder es lassen. Sie hätten mit dem Taxi herkommen sollen, dann könnten wir jetzt alle einen trinken. Aber wenn Sie nichts trinken wollen, dann trinken Sie eben nichts.«

Wir waren Partymuffel. Wir nippten an unserem Orangensaft. Nach einigem bemühten Smalltalk setzten wir uns zu Tisch.

»Das ist Melone«, erklärte May, nur für den Fall, dass

wir sie nicht erkannten. »Jackie, schenkst du mir noch was ein?«

Nach der Melone warteten wir darauf, dass der Fisch fertig brutzelte. Jack beschloss, uns ein wenig von seiner Zeit am Theater zu erzählen, damals, als er noch jung gewesen war und Profi hätte werden können, wenn er den Mumm gehabt hätte.

»Da wurde mir also die Hauptrolle in diesem Stück angeboten. Eins von Harold Pinter. Kennt ihr Harold Pinter überhaupt?«

Wir sagten, das täten wir, vom Hörensagen.

»Jedenfalls wurde mir diese Rolle angeboten, und ...«

May entfleuchte ein Seufzer.

»Was ist denn, Schatz?«

»Nicht die Harold-Pinter-Anekdote«, sagte sie. »Nicht schon wieder.«

»Was stört dich daran, Schatz?«

»Nur, dass ich sie mir schon fünfunddreißigtausendmal angehört habe. Wahrscheinlich kann ich sie Wort für Wort mitsprechen.«

»Aber Louis und sein Bruder haben sie noch nie gehört, Schatz. Vielleicht interessiert sie das.«

»Ach, dann erzähl sie eben. Kümmer dich nicht um mich. Ich habe sie mir ja bloß schon fünfunddreißigtausendmal angehört. Macht nichts. Einmal mehr halte ich sie auch noch aus.«

Ich warf Louis über den Tisch hinweg einen Blick zu. Er schien nichts zu bemerken, als böte die Wollmütze einen Zufluchtsraum und machte Unangenehmes unsichtbar und unhörbar.

»Dann vielleicht ein andermal«, sagte Jackie. »Wenn es besser passt.«

Wir wechselten das Thema. May sammelte die Teller

ein und ging damit in die Küche. Sie trug einen Haufen Schmuck, der gegen das Geschirr schepperte. Die Tür zur Küche ließ sie offen.

»Kann ich helfen, Schatz?«

»Nein.«

Jackie erzählte uns von einigen anderen Aspekten seines Theaterlebens. Derweil ertönten aus der Küche seltsame Geräusche. Er unterbrach sich und rief: »May, alles in Ordnung da drinnen?«

Die Geräusche hörten auf, und May erschien auf der Schwelle, das Glas in der Hand und eine Schürze um die Hüfte. Darunter trug sie ein Kleid im Flapper-Stil, das wohl noch aus den Zwanzigern des letzten Jahrhunderts stammte.

»Natürlich ist alles in Ordnung. Warum sollte etwas nicht in Ordnung sein?«

»Es klang, als würdest du mit dir selbst sprechen, Schatz.«

»Mit mir selbst sprechen? Eigentlich habe ich gesungen. Ich habe *gesungen*!«

»Ah, verstehe, alles klar.«

»Aber wenn es deinen hohen Ansprüchen nicht genügt, dann bitte ich um Verzeihung. Entschuldige, dass ich den Mund aufgemacht habe. Entschuldige, dass ich mir was vorgesungen habe. Entschuldige!«

Dann verschwand sie wieder, um den Fisch auf die Teller zu verteilen.

»Macht euch wegen May keine Gedanken«, sagte Jackie. »Sie ist immer ganz sie selbst.«

»Wer zum Teufel sollte ich denn auch sonst sein?«, fragte ihre Stimme aus dem Off.

»Noch einen Schluck Orangensaft?«, fragte Jackie.

»Gib ihnen einen anständigen Drink!«, blökte May.

»Sie müssen fahren, Schatz.«

»Wie? Alle beide?«

»Und Louis hat eine Operation hinter sich.«

»Louis passt für uns auf das Haus auf. Hat er Ihnen das schon erzählt? Er ist ganz wunderbar mit den Katzen.«

Sie kam mit paniertem Fisch herein. Sie hatte ihn aufgetaut und dann unter den Grill geschoben. Als Beilage gab es Ofenkartoffeln und verkochten Brokkoli.

»Seid ihr vertraut mit den Theaterstücken des Schriftstellers Simon Gray?«, fragte Jackie, während wir uns über den Fisch hermachten.

Ich räumte ein, dass ich ein wenig über ihn wusste.

»Als ich damals anfing und tatsächlich auch Profi hätte werden können, wurde mir die Hauptrolle in …«

»Ja«, platzte May dazwischen. »Und eigentlich wollten wir auch in die Flitterwochen, stimmt's?«

»Die Chance war einfach zu groß, um sie sausen zu lassen, Schatz.«

»Eigentlich wollten wir auf Hochzeitsreise. Aber nein, er nimmt ein sechswöchiges Engagement in einem Stück an. Das waren unsere Flitterwochen.«

»Es war so eine große Chance, Schatz …«

»Und als wir dann endlich doch noch zu unseren Flitterwochen kamen, was war da? Jawohl.«

Jackie sah aus, als wäre ihm irgendwie unbehaglich.

»Wir mussten deinen drogenabhängigen Vetter mitnehmen, richtig? Damit er die Finger vom Stoff ließ.«

»Sonst konnte doch niemand helfen, Schatz, und es war für die Familie eine schwere Zeit …«

»Das waren unsere Flitterwochen – zu dritt! Wir drei auf Hochzeitsreise, alle zusammen, unser Jackie hier, ich und ein tobender Drogenabhängiger, ein kompletter Dreier also. Und das – und *das* – waren unsere Flitterwochen.« Sie nahm einen Schluck Wein. »Aber egal«, fuhr sie fort. »Wie kommst du denn so zurecht, Louis? Was macht der Kopf?«

»Gut, May, danke«, sagte Louis.

Außer mir schien niemand zu finden, dass hier irgendetwas Ungewöhnliches im Gange war, und selbst ich zweifelte allmählich an meinem Urteil. Vielleicht war das ja ganz normale Tischetikette und ich nur ein prüder Brite und hochnäsiger Blödmann.

»Das war köstlich, vielen Dank«, sagte ich, ließ aber das meiste vom ledrigen Fisch und den ausgetrockneten Kartoffeln auf meinem Teller liegen, halb versteckt unter dem matschigen Brokkoli.

»Es gibt noch Nachtisch«, verkündete May in einem Tonfall, der zugleich neutral und drohend klang.

Der Tisch wurde abgeräumt, und sie verschwand erneut für eine Weile. Jackie erzählte uns noch ein paar Geschichten aus der Welt des Amateurtheaters, über seine Triumphe auf den Brettern, die die Welt bedeuten, und seine Angebote, Profi zu werden, aber dieser Beruf sei nun einmal zu unsicher für einen Mann mit einer Hypothek und einer Ehefrau.

»Hier ist der Nachtisch«, verkündete May mit großem Auftritt. Jeder ihrer Auftritte besaß eine gewisse Grandezza, begleitet von einem leichten Schwanken. »Und dazu noch ein bisschen Rocky Road.«

Sie stellte uns fertig gekaufte Apfeltörtchen hin und dazu eine Schüssel ihrer berühmten Zuckerbäckerei.

»Du magst doch Rocky Road, nicht wahr, Louis?«

»Mays Rocky Road ist unschlagbar«, sagte Louis.

»Du kannst den Rest mit nach Hause nehmen, wenn wir nicht alles aufessen.«

Ich dachte an die Tüte Rocky Road, die immer noch bei Louis im Kühlschrank lag und darauf lauerte, dass wir uns an dem Zeug die Zähne ausbissen.

»So. Nachtisch, Nachtisch, Nachtisch.« Sie verteilte die

Schüsselchen. »Nehmt euch was oder lasst es bleiben. Mir reicht es. Ich gehe ins Bett.«

»Ach, du gehst schon ins Bett, Schatz?«

»Mir reicht es«, wiederholte May. »Mir reicht es wirklich.«

Dann richtete sie mit einem strahlenden Lächeln und unbestreitbarem Charme den Glanz ihrer Persönlichkeit auf uns und sagte: »Louis, es war ganz reizend, dich wiederzusehen, und ganz reizend, deinen Bruder zu treffen. Ich hoffe, du bist bald wieder gesund, und nimm unbedingt was vom Rocky Road mit. Ich gehe ins Bett. Gute Nacht.«

Damit trat sie ab.

Wir aßen unseren Nachtisch. Jack schien keineswegs betreten oder gar beschämt zu sein.

»Typisch May«, sagte er. »So ist sie nun mal. Wir hatten schon mal zwölf Leute zum Dinner da, und sie ist ins Bett gegangen.« (»Mit allen?«, hätte ich beinahe gefragt, hielt mich aber zurück.) »Ist eben ihre Art. Noch ein bisschen Orangensaft?«

Man hörte das Klackern von Schritten auf der Treppe.

»Sprichst du über mich?«

»Ich habe Louis und seinem Bruder nur gerade von Harold Pinter erzählt, Schatz.«

»Oh Gott. Das habe ich bestimmt schon zwanzigtausendmal gehört.«

»Fünfunddreißigtausendmal, Schatz.«

»Ich kriege meine Kette nicht auf. Sei so lieb. Sei so lieb, Jackie, und mach mir die Kette auf.«

Um ihm die Sache zu erleichtern, kniete sie sich vor ihm auf den Boden, ein Bild wie Maria Stuart bei ihrer Hinrichtung, die darauf wartet, dass ihr der Kopf abgeschlagen wird.

»Dann bin ich wohl doch noch zu was gut, Schatz«, schnurrte Jackie.

Sie drehte sich um und sah ihn lange durchdringend an.

»Kann sein«, sagte sie schließlich. »Aber nicht zu viel.«

Nun endlich war Jack nach langem Leiden doch beleidigt.

»Dann mache ich dir die Kette vielleicht doch nicht auf. Vielleicht nicht.«

»Dann machst du es eben nicht«, gab May zurück und rappelte sich hoch. »Dann reiße ich mir das Scheißding einfach ab und schmeiße es auf den verdammten Boden.«

Jack machte ihr die Kette auf. Sie nahm sie, stand auf, strahlte uns mit ihrem verschmierten Lippenstift noch einmal an und wiederholte: »Wie nett, euch zu sehen. Und brecht jetzt bloß nicht wegen mir auf. Jackie macht euch noch einen Kaffee. Gute Nacht«, trällerte sie.

Damit stieg sie wieder die Treppe hinauf.

Jack schien weitgehend unbeeindruckt zu sein.

»Typisch May«, sagte er. »Sie hat so ihre Eigenheiten. Kaffee?«

Wir blieben noch eine halbe Stunde und hörten uns Anekdoten über Harold Pinter an. Dann schützte Louis schließlich Müdigkeit vor und dass er morgen wegen der Chemo und der Bestrahlung früh rausmüsse.

»Kommt unbedingt mal wieder vorbei«, sagte Jackie noch.

Und damit waren wir endlich draußen.

Als wir im Laster wegfuhren, sah ich Louis an und fragte: »Sind die immer so?«

»May ist echt eine Nummer, oder?«, sagte Louis. »Nette Leute, findest du nicht?«

Schweigend fuhren wir weiter. Irgendwann sagte Louis: »Ich habe das Rocky Road vergessen.«

»Willst du zurück und es holen?«, fragte ich ihn.

»Lieber nicht«, sagte er.

»Ist wohl auch besser.«

»Hier links«, sagte Louis, hob die Hand und zeigte nach rechts.

Insgeheim dachte ich: Und da gehen die Leute in Kunstgalerien, wenn sie was Surreales sehen wollen. Als wenn sie das nicht genauso gut zu Hause kriegen könnten.

Terri, die May und Jack kannte, erzählte mir später, das Hauptproblem sei, dass alle Freunde von Jack Homosexuelle waren und die Heirat bei ihm keine Herzensentscheidung gewesen war. Das sei der Grund, warum May nachmittags um zehn nach zwei die erste Weinflasche aufmache. Aber Gerüchte beweisen ja nichts.

Ich habe weder May noch Jackie je wiedergesehen. Ich rief an, um ihnen zu sagen, dass Louis gestorben war, aber sie gingen nicht dran, also hinterließ ich eine Nachricht. Dann rief ich noch einmal an, um ihnen Zeitpunkt und Ort der Trauerfeier mitzuteilen, aber sie riefen nicht zurück und tauchten auch nicht auf.

Ich ging die Kontakte-Liste auf Louis' Handy und die Zettelwirtschaft durch, die als sein Adressbuch herhielt. Ich fand die Nummer eines Typen namens Wanday und stellte fest, dass auch Schecks an ihn ausgestellt worden waren, für eine Hilfsorganisation zur Befreiung Tibets, die er unterhielt.

Ich schickte ihm eine SMS, und er rief an und versprach, zur Trauerfeier zu kommen. Aber er erschien nicht. Am Tag darauf erhielt ich einen Anruf von ihm. Er fragte mich, wo denn alle seien. »Ich bin am Krematorium«, sagte er, »und hier ist weit und breit kein Mensch.«

Es hatte eine Verwechslung gegeben, wir hatten Wochentag und Datum durcheinandergebracht. Ich entschuldigte mich und er sich ebenfalls. Er sagte, ich solle mir keine Gedanken machen, und damit war das Gespräch zu Ende. Kennengelernt haben wir uns nie.

Ich erzählte das Halley und schlug vor, Wanday könne seinen Namen doch in Wrongday ändern. Ich glaube, Halley fand das nicht besonders lustig oder geschmackvoll. Vielleicht hatte er ja recht. Aber man muss eben versuchen, sich seinen Lebensmut zu bewahren, so gut es geht und jeder auf seine Weise.

28
Kein Problem

Der in den Fernseher integrierte DVD-Spieler funktionierte nicht mehr, und wir konnten keine Ballerfilme mehr anschauen.

»So ein Mist«, sagte Louis. »Dann sind wir echt am Ende.«

»Louis, du hast doch gesagt, das Gerät sei fast neu. Wo ist die Rechnung?«

»Wenn überhaupt irgendwo, dann in der Tüte.«

Ich sah in der durchsichtigen Tüte mit der Bedienungsanleitung nach und fand dort die Rechnung, die gerade einmal zwei Monate alt war, sowie ein Dokument, für das er extra bezahlt hatte und das Kein-Schrott-kein-Stress-Garantie hieß.

»Louis, hier ist die Rechnung, und anscheinend hast du auch noch für eine Zusatzgarantie bezahlt. Wir müssen das Gerät einfach nur zurückbringen.«

»So einfach ist das nicht.«

»Wieso denn nicht?«

»Deshalb. Weil wir am Ende sind.«

»Louis, das liegt nur an deiner Gemütsverfassung.«

Am nächsten Tag kamen wir nach der Bestrahlung wieder nach Hause. Louis war zu müde, um zu dem Laden zu fahren, also legte er sich hin, und ich sagte, ich würde es erledigen.

Ich lud den Fernseher auf den Laster und machte mich, bewaffnet mit einem Stadtplan und der Kein-Schrott-Garantie, auf den Weg zum Haushaltswarengeschäft.

Es war einer von diesen riesigen Elektroläden und, wie sich herausstellte, genau der, wo wir auch den Kühlschrank und die Waschmaschine gekauft hatten.

Ich schleppte den Fernseher hinein und setzte ihn auf der Info-Theke ab.

»Wie geht es Ihnen heute?«, fragte die junge Frau.

»Gut. Könnte ich mit jemandem wegen dieses Fernsehers sprechen?«

»Chris hat gerade einen Kunden, aber dann kommt er sofort.«

Der Kunde von Chris stellte sich als einer von der langwierigen Sorte heraus.

»Tut mir leid, dass Sie warten müssen«, sagte das Mädchen, »aber ich bin sicher, es dauert jetzt nicht mehr lange.«

»Können Sie sich der Sache denn nicht annehmen?«

»Ist leider nicht meine Abteilung.«

Meine Geduld wurde ziemlich auf die Probe gestellt, aber nach zwanzig Minuten ging der Kunde, und Chris kam herbei.

»Chris, dieser Gentleman hier«, begann das Mädchen, »der wartet schon eine ganze Weile.«

»Hi«, sagte Chris. »Wie geht es Ihnen heute?«

»Gut«, log ich.

»Welches Problem haben wir denn?«, fragte Chris, offenbar immer noch frohgelaunt.

»Es geht um dieses Gerät«, sagte ich. »Mein Bruder hat es vor acht Wochen bei Ihnen gekauft, aber der DVD-Spieler funktioniert nicht mehr. Ich habe hier die Rechnung, außerdem gibt es eine Garantie, und …«

»Haben Sie schon andere DVDs ausprobiert?«

»Wir haben jede Menge DVDs ausprobiert. Keine davon spielt er ab. Oder sie bleiben stecken und kommen erst am nächsten Morgen wieder raus.«

»Was dagegen, wenn ich es mal versuche?«

»Nicht im Geringsten.«

Er schloss den Fernseher an, holte eine DVD und schob sie ein. Sie blieb stecken.

»Scheint nicht zu funktionieren.«

»Deshalb bin ich ja hier.«

»Okay. Dann lassen Sie mich mal schauen, was wir da machen können.«

Er warf einen Blick auf den Computer.

»In Ordnung. Wir können das Gerät für Sie umtauschen, kein Problem. Allerdings sehe ich hier, dass Ihr Gerät nicht mehr hergestellt wird, und auf Lager haben wir keins. Das neue Modell ist allerdings lieferbar, das können Sie bekommen.«

»Fein.«

»Kostet nur fünfzig Dollar mehr.«

»Wofür?«

»Für den neuen Apparat.«

»Nein«, sagte ich. »Einen Moment mal. Sie haben meinem Bruder einen Fernseher verkauft. Der Fernseher funktioniert nicht. Deshalb tauschen Sie ihn um. Kostenfrei.«

»Ja, aber dieses Gerät ist nicht mehr erhältlich«, beharrte Chris.

»Das«, sagte ich, »ist nicht mein Problem. Ich lebe nicht in diesem Land, aber ich kann mir nicht vorstellen, dass die Verbraucherschutzbestimmungen hier vollkommen anders aussehen. Dieser Fernseher erfüllt seinen Zweck nicht. Er ist von unverkäuflicher Qualität. Deshalb müssen Sie ihn umtauschen. Kostenfrei.«

»Das können wir nicht, Sir«, sagte Chris. »Denn das Modell ist durch ein neues ersetzt worden.«

»Nicht mein Problem«, wiederholte ich. »Entweder Sie tauschen dieses Gerät gegen ein anderes, oder Sie erstatten den Kaufpreis zurück.«

»Der Apparat ist zwei Monate alt.«

»Und er funktioniert nicht.«

»Ich sage Ihnen, was wir noch machen können, Sir. Wir können dieses Gerät reparieren lassen.«

»Okay ...« Ich war skeptisch.

»Allerdings muss ich Sie vorwarnen, dass wir es dafür einschicken müssen. Das könnte bis zu drei Monate dauern.«

»Drei Monate?«

»Bis zu drei Monate.«

»Ich will Ihnen mal was sagen, Chris. Mein Bruder hat einen Hirntumor. Er kann nicht mehr lesen. Das Einzige, was er noch kann, ist Musik hören und DVDs anschauen. In drei Monaten könnte er schon tot sein, Chris. Ich glaube nicht, dass wir so lange warten können.«

»Das neue Gerät kostet Sie nur fünfzig Dollar, und dann ...«

»Entschuldigung. Entschuldigen Sie, Chris. Darf ich Ihnen etwas vorlesen?«

»Wie bitte, Sir?«

»Darf ich? Es liegt gleich hier, neben der Rechnung. Ich habe es mitgebracht, aber Sie stützen sich gerade darauf – danke. Darf ich Ihnen das vorlesen? Mein Bruder hat dafür noch einmal sechzig Dollar extra bezahlt. Hier steht: ›Kein Schrott, kein Stress.‹ Hier vorne ist Ihr Firmenlogo. Kein Schrott, kein Stress. Richtig?«

»Die Sache ist die, Sir ...«

»Ich finde, ich habe ziemlich viel Stress damit, diesen Schrott von einem Fernseher umzutauschen, und ...«

»Sir, diese Garantie ist noch nicht gültig.«

»Wie bitte?«

»Die Kein-Schrott-kein-Stress-Garantie greift erst nach einem Jahr, wenn die Herstellergarantie ausläuft.«

»Sie haben also meinem Bruder sechzig Dollar für eine Kein-Schrott-kein-Stress-Garantie berechnet, die vollkommen nutzlos ist. Und jetzt, wo dieses Gerät kaputtgeht, wollen Sie noch mal fünfzig Dollar obendrauf?«

»Ich glaube, Sie betrachten die Sache nicht ganz richtig, Sir, und ...«

»Hören Sie mal, vor drei Wochen bin ich mit meinem Bruder in diesen Laden gekommen und habe über tausend Dollar für einen neuen Kühlschrank und eine Waschmaschine ausgegeben. Und dieses Gerät hat er vor acht Wochen auch hier gekauft. Ich würde sagen, er war bei Ihnen ein guter Kunde, Sie nicht? Er hat hier in den letzten zwei Monaten über zweitausend Dollar ausgegeben. Und jetzt, wo etwas nicht klappt, erkennen Sie die Garantie nicht an, für die er noch extra bezahlt hat, und wollen sogar noch mehr Geld obendrauf.«

»Die Sache ist die, Sir, das Gerät stammt aus einer Serie, die nicht mehr hergestellt wird, und ...«

»Ist nicht mein Problem. Ist Ihr Problem. Ich will, dass dieses Gerät ausgetauscht wird. Wir haben den Morgen im Krankenhaus verbracht, wo sie meinem Bruder mit der Bestrahlung das Hirn rösten, und obendrein muss er noch giftige Chemikalien schlucken. So giftig, dass ich eine Pille, die er auf den Boden fallen lässt, nicht einmal für ihn aufheben darf, er muss es selbst machen, weil ich die Chemikalien unter Umständen über die Haut aufnehmen könnte. Und dann komme ich mit einem Gerät her, das er in gutem Glauben gekauft hat, und ihr schleimigen, schweinischen, raffgierigen, unmenschlichen Mistkerle wollt sogar noch

Geld dafür, dass ihr diesen Scheißfernseher umtauscht, den ihr ihm verkauft habt und der nicht mal zehn Wochen gehalten hat. Ist das euer Geschäftsmodell? Behandelt ihr so die Leute? Betreibt ihr so euer Gewerbe? Behandelt ihr so einen Sterbenden? Denn falls ja, fahre ich jetzt sofort nach Hause und rufe jeden Fernsehsender und jede Zeitung an, die ich finden kann, und sage denen, was für ein menschlicher Abschaum ihr seid.«

Womöglich hatte ich zu diesem Zeitpunkt schon die Stimme erhoben, denn die Filialleiterin, die ein wenig abseits auf der anderen Seite des Ladens saß, verließ ihren Schreibtisch und kam zur Theke.

»Chris«, sagte sie, »geben Sie dem Herrn bitte das neue Modell. Es wird nichts extra berechnet.«

»Ich danke Ihnen«, hauchte ich.

»Bitte entschuldigen Sie das Versehen.«

Damit kehrte sie an ihren Arbeitsplatz zurück.

Chris brachte mir den neuen Fernseher.

»Was ist jetzt mit dieser Kein-Schrott-Garantie? Auf der steht die Seriennummer des alten Geräts.«

»Ich stelle eine neue aus.«

»Mit dem Datum von heute.«

»Natürlich.«

Ich verließ den Laden mit dem neuen Fernseher, der neuen Kein-Schrott-kein-Stress-Garantie und einer neuen Rechnung.

Ein Angestellter hielt mir die Tür auf.

»Danke«, sagte ich.

»Kein Problem.«

Ich lud den Fernseher auf den Laster und fuhr nach Hause. Als Louis aufwachte, baute ich ihn gerade im Wohnzimmer auf.

»Hi«, sagte er.

»Wie geht es dir?«, fragte ich.

»Ich könnte einen Tee vertragen.«

»Ich mache sofort einen.«

»Ist das da ein neuer Fernseher?«

»In der Tat. Später können wir uns einen Film angucken.«

»Und du hattest keine Probleme beim Umtausch?«

»Überhaupt keine.«

»Gut«, sagte er.

»Habe ich dir doch gesagt, dass alles glattgehen würde. Ständig sagst du, dass wir am Ende sind, Louis, aber das sind wir nicht. Wir sind nicht hilflos, Louis. Wir können etwas bewirken. Wir sind nicht hilflos.«

Einen Moment lang schwieg er, dann fragte er: »Und du musstest sie gar nicht anbrüllen?«

»Nur ein bisschen.«

»Aha«, sagte er. »Dachte ich es mir doch.«

Ich ließ ihn die Nachmittagsnachrichten gucken und ging den Wasserkocher auffüllen.

29
Getier

Ich war mit Louis' Fahrrad unterwegs. Plötzlich bekam ich einen Schlag aufs Ohr. Einfach so. Aus dem Nichts und sogar schmerzhaft.

»Was zum …?«

Ich hielt an und sah mich auf der Straße um. Kein Mensch. Aber ein Schlafzimmerfenster stand offen und die Vorhänge flatterten. Irgendein blöder Mistkerl musste etwas geworfen haben und versteckte sich nun unter der Fensterbank, gluckste in sich hinein und überlegte, wann er wohl gefahrlos hochschauen und einen Blick riskieren konnte. Wenn ich einfach nur lange genug wartete …

»Ungehobelter Scheiß…«

Dann noch ein Schlag. Schon wieder. Mir klingelte das Ohr, und an meinem Hals war Blut.

»Was zum …?«

Da sah ich den Übeltäter wegfliegen. Es war eine territorial gesinnte Elster, die aus einem Baum herabgeschossen war und angegriffen hatte, um mich aus ihrem Revier zu vertreiben. Und jetzt ging sie doppelt sicher, dass ich auch wirklich verschwand.

Ich schlug nach ihr und sie ließ von mir ab, so dass ich die Flucht antreten konnte. An einer Apotheke hielt ich an und kaufte mir Pflaster und desinfizierende Tücher.

Danach fielen mir zum ersten Mal Fahrradfahrer auf, die an den Rippen ihrer Fahrradhelme Kabelbinder befestigt hatten, die abstanden wie die Borsten wütender Stachelschweine. Ich erkundigte mich und erfuhr, dass man damit Elsterattacken abwehren konnte. Also besorgte ich mir ein paar von den Teilen und schmückte damit meinen Fahrradhelm.

Danach ließen mich die Elstern in Ruhe, allerdings um den Preis, dass ich beim Radeln aussah wie ein Außerirdischer. Aber dafür, dass man seine Ruhe hat, nimmt man das gern in Kauf. Und letzten Endes ist so etwas auch gar nicht so seltsam. Es ist sogar ganz normal, man hat sich nur noch nicht recht daran gewöhnt.

Die Leute erzählten mir, diese aggressiven Elstern hätten schon kleinen Kindern die Augen ausgehackt. Ich wusste nicht, ob ich ihnen glauben sollte oder nicht, behielt aber lieber meine Sonnenbrille auf.

Ich erreichte das Hospiz und ging in Louis' Zimmer hinauf. Obwohl er inzwischen im Koma lag und mich wahrscheinlich gar nicht hören konnte, erzählte ich ihm, dass mich eine Elster angegriffen hatte.

Worüber soll man mit einem Sterbenden sprechen? Eine interessante Frage. Sagt man ihm, dass man ihn liebt? Erörtert man gewichtige philosophische Themen? Oder bleibt man beim Alltäglichen, Banalen, Belanglosen, Harmlosen, Unbedeutenden? Vielleicht Letzteres. Denn ohne Zweifel möchten wir doch, selbst wenn wir sterben, immer noch behandelt werden wie ein Teil des Lebens. Wir wollen wissen, was vor sich geht. Weil wir immer noch da sind, wir sind noch nicht tot, und für die schönen Reden und tiefschürfenden Gedanken ist später noch Zeit. Wahrscheinlich möchten wir doch einbezogen und nicht in ein Extrazimmer abgeschoben werden, wo alles nur noch mit gedämpfter Stimme besprochen wird.

Das Café im Hospiz machte um neun auf, aber um fünf

würde ich schon wach und hungrig sein, nachdem ich die Nacht bei Louis im Zimmer verbracht hatte. Um sieben öffnete das Café am Kangaroo Point seine Rollläden. Es lag nur eine halbe Meile weit weg, also würde ich dort frühstücken gehen. Das Café hatte oben auf der Klippe Außentische stehen, von denen man auf die Wolkenkratzer der Stadt und den Fluss Brisbane hinabschaute.

Der Laden war immer voll, denn die Jogger, die Personal Trainer, Radfahrer und Tai-Chi-Typen kamen allesamt hier hinauf. Sie trainierten gemeinsam oder allein, trugen dabei bunte Sachen aus Elastan, an den Füßen hatten sie teure Schuhe. Die Männer waren meistens gebräunt und muskulös. Sie joggten, machten Liegestütze und Seilhüpfen oder verbogen sich in alle Richtungen.

Ich glaube nicht, dass einer von ihnen wusste oder bemerkte oder daran dachte, dass nur ein paar Schritte weiter Menschen lagen, für die diese ganze Gesundheit und Lebenskraft nichts mehr bedeuteten. Manchmal kommt einem das Leben vor wie eine große Party, auf der wir alle allmählich in Richtung Tür gedrängt werden, und irgendwann stehen wir draußen in der Kälte. Doch die Party geht ohne uns weiter, unsere Abwesenheit fällt kaum auf. Und niemand möchte aus dem Fenster schauen und die sehen, die fortgehen. Denn das würde einem ja den Spaß verderben und die bunte Elastan-Illusion zerstören, dass diese Vitalität von Dauer ist und das Altern bis in die Unendlichkeit hinausgezögert werden kann. Wenn wir nur immer weiterrennen und in Bewegung bleiben, passiert uns nichts, und der langsame alte Mann mit der Sense und dem Stundenglas erwischt uns nicht.

Nach dem Frühstück würde ich zu Louis zurückkehren und wieder bei ihm sitzen. Die Schwestern würden kommen und gehen. Gelegentlich würde ein Besucher vorbeischauen. Ich würde eine neue CD einlegen. Ich würde lesen, ein Kreuzworträtsel lösen, mir einen Kaffee holen, im Fernsehzimmer sitzen und mich dann wieder zu Louis ans Bett setzen. Man will nicht, dass das Leben aufhört, aber trotzdem fragt man sich, wann es so weit ist.

Fürs Mittagessen empfahl mir die Schwester das Old Bridge Hotel, also ging ich hin und bestellte mir etwas zu trinken und ein Sandwich. Als ich in das Sandwich biss, brach mir ein Zahn ab.

Als ich wieder in Louis' Zimmer kam, war sein Freund Michael Meere da. Michael war Louis' einziger Freund mit einem Bürojob, er hatte eine gute Stellung und verdiente gutes Geld. Kennengelernt hatten die beiden sich vor vielen Jahren über Bella. Als Michaels Frau dann an Leukämie erkrankt war, hatte Louis ihm zur Seite gestanden, und jetzt revanchierte sich Michael. Er hatte Prokura, ich mochte ihn und vertraute ihm. Er war in Ordnung.

»Ich war zum Mittagessen im Old Bridge Hotel«, erzählte ich ihm. »Sonst wäre ich hier gewesen, als du kamst.« Es war ein komisches Gefühl, nur einen halben Backenzahn zu haben.

»Im Old Bridge Hotel?«, sagte Michael. »Da hat Louis früher mal gearbeitet. Als Hausmeister.«

»Ach, da war das also. Na, so was.«

»Er hat mir gesagt, was trinken kann man da, aber egal was du machst, geh dort bloß nicht essen.«

»Aha. Verstehe.«

»Wie geht es ihm?«, fragte Michael. »Sieht nicht so aus, als ob sich viel verändert hätte.«

»Nein. Alles beim Alten.«

»Ich schaue bald wieder vorbei«, sagte Michael. »Jetzt muss ich zur Arbeit.«

Die Tage gingen einfach vorbei, langsam und zäh. Es

konnte passieren, dass ich um zwei oder drei Uhr nachts wach war und im inzwischen dunklen Fernsehzimmer saß oder die Flure entlangschlenderte. Ich begegnete anderen Leuten – Schwestern oder Besuchern wie mir, die Nachtwache hielten, oder Patienten, jungen wie alten.

Eine Frau in einem T-Shirt und einer großen Windel kam in Louis' Zimmer. Sie sah aus wie achtzig.

»Warum haben sie draußen die Lichter ausgemacht?«, fragte sie.

»Es ist Nacht«, antwortete ich. »Wo ist Ihr Zimmer?«

Sie wusste es nicht, also klingelte ich nach einer Schwester.

»Sind Sie Arzt?«, fragte die alte Dame, als die Schwester kam.

»Nein, bin ich nicht«, antwortete ich.

Ich ging in den Besucherraum und machte mir einen Tee. Da bemerkte ich, dass ich Gesellschaft hatte. Auf dem Sofa saß eine junge Frau im Morgenmantel.

»Möchten Sie einen Tee?«

»Gern.«

Ich machte ihr Tee, und wir plauderten ein wenig. Sie hatte noch nicht einmal die dreißig überschritten und würde das wohl auch nicht mehr erleben. Seit sieben Jahren litt sie schon an Krebs. Nach einer Weile ging sie zurück auf ihr Zimmer.

Manchmal trifft man Menschen und sagt sich hinterher, du hast ja gar keine Ahnung, was Unglück ist, worüber beklagst du dich eigentlich? Aber selbst dann noch fällt es einem schwer, den Kopf hoch zu halten, aus welchem Grund auch immer.

Die frühen Morgenstunden sind wie das Meer bei Ebbe, das langsam, ruhig und gemächlich dahinwogt, man sieht es auf den Strand schwappen und hört, wie es beim Zurückweichen die Kieselsteine mitnimmt, dann versickert das Wasser im Sand.

Man sieht, wie merkwürdig das Leben ist, wie groß und gleichzeitig klein, man glaubt sogar, es endlich zu begreifen, aber dann ist da das Geräusch des morgendlichen Rollwagens, die neuen Schwestern kommen zum Schichtwechsel herein, und bald wird man kein Licht mehr brauchen, man kann die Jalousien hochziehen und die Morgendämmerung hereinlassen.

Und all die kleinen Antworten, die man doch eigentlich schon fest umklammert hatte, rinnen einem wieder durch die Finger. Aber vielleicht wird man ja heute Abend, vielleicht morgen, vielleicht demnächst irgendwann, wenn die Welt wieder still ist, verstehen, was man überhaupt verstehen soll.

Doch in Wahrheit weiß man, dass man es nie verstehen wird. Man bleibt ratlos bis zu dem Tag, an dem man stirbt. Und selbst danach erfährt man es vielleicht nicht. Man ist wie eine Ameise, die über ein Manuskript krabbelt. Man ahnt noch nicht einmal, dass die Wörter dort stehen, geschweige denn, dass man sie lesen könnte.

Eines Morgens radelte ich gerade wieder vom Hospiz zu Louis' Haus zurück, um seine Post hereinzuholen. Da sah ich, dass irgendwer einen Packen Altpapier vor einem Haus abgelegt hatte, damit die Müllabfuhr ihn mitnahm. Aber der Wind hatte die Blätter erfasst und verweht.

Sie lagen überall, Hunderte und Aberhunderte von DIN-A4-Seiten waren über die gesamte Nachbarschaft verteilt. Ein Paar war dabei, sie wieder einzusammeln. So wie es aussah, würde das mehrere Stunden dauern. Die beiden trugen Bürokleidung. Vielleicht hatten sie ja angerufen und Bescheid gegeben, dass sie später zur Arbeit kommen würden.

Und immer noch wehte der Wind die Blätter fort und verteilte sie in immer größerer Entfernung. Doch der Mann und die Frau sammelten sie einfach weiter ein, geduldig und sorgfältig, ohne erkennbaren Ärger oder Zorn. Sie nahmen es so hin, ohne Resignation – ein ohnehin zu negatives Wort für den Eindruck, den sie machten.

Eigentlich sollte ich anhalten und helfen, dachte ich, aber ich hatte einiges zu erledigen, also fuhr ich weiter.

Überall in den Gärten und auf den Rasenflächen lag Papier herum. Es hing in den Hecken und Bäumen. Es bedeckte den Gehweg und den Rinnstein. Weiße Blätter, einige bedruckt. Das Paar bündelte und stapelte sie und beschwerte sie diesmal gewissenhaft, damit sie nicht noch einmal wegflogen.

Am nächsten Tag war alles Papier weg, wie Schnee, der in einer Frühlingslandschaft schmilzt und nur Grün hinterlässt, ohne eine winterliche Spur. Man wäre nie darauf gekommen, dass es einmal dort gelegen hatte, so sauber waren die Straßen.

30
Flat White

»Ich bin doch nur noch ein alter Trottel«, sagte Louis.

Wir waren auf dem Weg zur Bibliothek, um seinen Mitgliedsausweis zu erneuern. Nicht, dass er noch hätte lesen können, aber ich sah keinen großen Sinn darin, ihn daran zu erinnern.

»Wer ist das nicht?«, sagte ich.

Er gab keine Antwort.

Er hatte Mühe, den Bibliotheksausweis aus seiner Brieftasche zu klauben, ich musste es für ihn machen. Die Leute auf der anderen Seite der Theke merken immer, wenn etwas nicht stimmt, aber sie fragen nicht nach. Vielleicht wollen sie es nicht so genau wissen oder noch lieber überhaupt gar nicht.

»Ich komme jeden Sonntagnachmittag her«, sagte Louis. »Ich radele her und lese die Bootsmagazine.«

»Willst du dir jetzt welche angucken?«

»Vielleicht ein andermal.«

Er erneuerte seine Mitgliedschaft für ein weiteres Jahr, und wir gingen. Mittlerweile waren seine Bewegungen langsam und wirkten fahrig, wie bei jemandem, der die Dinge nur durch eine Glasscheibe wahrnimmt.

»Ich will nur noch eben hier vorbeischauen«, sagte er, als wir an der Straßenfront eines kleinen Steuerberatungsbüros vorbeikamen. Die Milchglastür stand zum Lüften weit offen, und ganz am Ende des Raumes blickte eine Frau von einem Schreibtisch auf. Im ersten Moment wirkte sie verdutzt, dann stand sie auf und kam herbei.

»Louis?«

»Das ist Pearl«, stellte er sie vor. »Sie und ihr Mann haben eins meiner Boote gekauft.«

»Wir haben darauf gewohnt«, ergänzte sie. »Aber David ist ja von uns gegangen. Wie geht es dir, Louis?«

Louis konnte nicht sprechen. Seine Augen füllten sich mit Tränen.

»Ich bin Louis' Bruder«, sprang ich ein. »In letzter Zeit geht es ihm nicht so gut.«

»Das tut mir leid, Louis«, sagte Pearl. »Das tut mir leid. Wirklich leid.«

Er blieb einfach stehen, mit verschwommenem Blick, brachte nichts heraus, sah die Vergangenheit lebendig werden, sah die alten Zeiten aufscheinen und genauso schnell wieder verschwinden, wie die flüchtig angeschauten und durchgeblätterten Seiten eines Fotoalbums.

Pearl umarmte ihn, und Louis stand in ihren Armen da, mit seinem grauen Bart, der fast über die Augen gezogenen Wollmütze, den mit Farbe bespritzten Shorts, den Narben auf den Beinen und der seltsam entstellten Haut auf den Kniescheiben. Vermutlich rührte das noch von seiner Zeit als Dachdecker her, weil er sich auf sengend heiße Metallplatten und Dachziegel gekniet hatte. Knieschoner wären für Louis nie in Betracht gekommen. Er war ja hart im Nehmen.

»Pass gut auf dich auf, Louis. Und lass uns in Verbindung bleiben.«

»Was macht das Boot?«, schaffte er zu fragen.

»Immer noch in Ordnung«, sagte sie ihm. »Immer noch in Ordnung. Ich habe es draußen in der kleinen Bucht vertäut. Eigentlich dürfte es da gar nicht liegen. Alle anderen sind in die Jachthäfen verlegt worden. Aber ich bin heimlich wieder zurück. Warum denn Gebühren zahlen, finde ich, wenn man auch umsonst einen Liegeplatz haben kann?«

»Es war schön, dich zu sehen«, sagte Louis. »Wir müssen jetzt wieder los.«

»Alles Gute, Louis. Und hat mich auch gefreut, Sie kennenzulernen.«

Dann gingen wir.

Später am selben Tag waren wir wieder im Krankenhaus. Louis hatte einen Termin beim Oberarzt. Der Oberarzt war Anfang dreißig und tat, was er tun musste, so gut er nur konnte. Er war weder herablassend noch gleichgültig. Er sagte einem die Wahrheit, machte einem aber gleichzeitig ein wenig Hoffnung. Eine schwierige Aufgabe, die er gut meisterte. Aber er machte so etwas schließlich auch jeden Tag.

»Sie kennen alle Möglichkeiten, Louis?«

Louis rasselte sie herunter. Das immerhin konnte er sich noch leicht merken. Der Oberarzt nickte.

»Wir müssen jetzt einfach abwarten, wie der Tumor auf die Behandlung reagiert. In der Zwischenzeit würde ich an Ihrer Stelle vielleicht schon einmal Kontakt mit der Palliativstation aufnehmen. Nur zur Sicherheit. Nur damit die Leute Sie schon kennen, falls es dazu kommt, dass man sie mal irgendwie braucht.«

Nachdem er gegangen war, blieben wir in den Rollstühlen sitzen, in denen wir uns für die Beratung niedergelassen hatten.

»Ich spendiere dir einen Flat White«, sagte Louis. Wir gingen also zunächst ins Café und anschließend hinauf, um uns den Leuten von der Palliativstation vorzustellen. Es waren entspannte, angenehme Gesprächspartner. Man kam sich vor, als würde man in einem Reisebüro sitzen und einen Urlaub buchen.

»Erinnerst du dich noch an Moms Bratensoße?«, fragte Louis mich hinterher. »Und an die Suppe, in der das Fett schon hart wurde? Ich habe dich damals immer über den Tisch hinweg angeguckt und mich gefragt, ob du die genauso schrecklich findest wie ich.«

»Die Suppe musste man auf jeden Fall schnell essen«, sagte ich, »bevor sie erstarrte. Wenn man sie lange genug stehen gelassen hätte, hätte man sie wahrscheinlich mit Messer und Gabel essen können.«

Louis stöhnte auf.

»Das geht allen so, Louis«, sagte ich.

»Nein. Glaubst du?«

»Auf verschiedene Art und Weise, aber im Prinzip schon. Die Leute auf der Straße zucken genauso bei jedem Gedanken an die Vergangenheit zusammen.«

»Nein«, widersprach Louis. »Unmöglich.«

»Lass uns was essen gehen.«

Wir probierten ein neues Lokal aus. Louis schaute auf die Karte, sagte aber nicht, es sei teuer, obwohl es das war. Wir saßen draußen in Korbsesseln, lehnten uns zurück und sahen dem Straßenleben zu. Die Kellnerin brachte unser Essen und den Kaffee. Die Sonne wärmte uns. Wir blieben fast zwei Stunden.

Beinahe hätte ich gesagt: »Das ist das wahre Leben, Louis.« Aber dann kam es mir nicht recht passend vor.

»Das ist das wahre Leben«, sagte er. »Findest du nicht?«

»Wirklich schön hier draußen, Louis.«

»Lassen wir die Rechnung kommen.«

Wir fuhren zurück nach Hause, und er schlief. Das Wort, was mir in den Sinn kam, war »unergründlich« – obwohl ich mir nicht hundertprozentig sicher war, was es bedeutete, und vielleicht erst recht nicht, was ich damit meinte.

Aber so ist es, und so bleibt es. Das Leben ist unergründlich. Unsere Vergangenheit war unergründlich. Und die Situation, in der wir jetzt steckten, war es ebenfalls. Ich bekam sie nicht in den Griff. Ich konnte sie zwar betrachten, aber sie war wie eine Landschaft. Nichts, das ich hätte in meine Arme schließen oder an mich drücken können wie einen Säugling, einen geliebten Menschen, ein Kind. Sie war unermesslich und amorph. Das Einzige, was ich machen konnte, war, bei *Blockbusters* DVDs zu besorgen und weiter Tee zu kochen. Es gab keinen großen roten Knopf, den ich drücken konnte, damit die Rettung ansprang. Selbst wenn man das Todesurteil empfangen hat, muss man schließlich weiterleben.

Am nächsten Tag brach Louis, als er mit der Stationsschwester der Onkologie telefonierte, zusammen. Ich war gerade unterwegs, um Lebensmittel zu besorgen. Sie schickte einen Krankenwagen, und man behielt ihn dort. Ich fand ihn auf der Station wieder.

»Hi, Louis. Wie geht es dir?«

»Wir sind am Ende«, sagte er.

Und diesmal dachte ich, dass er womöglich recht hatte.

Manches bricht auf dramatische und verhängnisvolle Weise zusammen, anderes tröpfelt und rinnt nur dahin, wie ein Wasserhahn oder ein Stalaktit oder Gletscher – nach und nach nehmen die Schwachstellen zu, bis sie sich irgendwann zur Katastrophe ausgewachsen haben.

Louis und die sonnenverwöhnte Blondine Bella wurden in Sydney an Land gespült, und eine Weile lief alles gut. Louis hatte einen gutbezahlten Job mit Dienstwagen und Haus direkt am Strand. Er arbeitete als Chemieingenieur für eine Wasseraufbereitungsfirma. Bella arbeitete als Buchhalterin. Es gab Barbecues, Boote, regelmäßigen Besuch von Freunden, Wochenendausflüge. Bella stellte ihre Pferde in einem Mietstall unter und ging zweimal die Woche reiten. Geld war, wie man so schön sagt, kein Thema. Und eigentlich ist es ja auch keins.

Aber wie bei ihm üblich, fing Louis irgendwann an, seinen Job nicht mehr zu mögen.

»Diese ganze Arschkriecherei und Politik«, beschwerte er sich mir gegenüber am Telefon. »Ich hasse diese verdammte Politik, und ich krieche keinem in den Hintern, nur um weiterzukommen. Und die Geschäftsleitung besteht aus lauter Trotteln, die keine Ahnung haben.«

Diese Litanei kenne ich doch schon, dachte ich.

»Ich denke darüber nach, mich selbständig zu machen«, erklärte er. »Ich arbeite nicht gern für andere Leute.«

Bella glaubte damals noch fest an ihn. Alle Sterne wiesen in eine verheißungsvolle Zukunft. Sie und Louis waren noch jung. Er war aufgeweckt, intelligent und vielseitig begabt.

»Ich mache in Buntglas«, verkündete Louis. »Und ich eröffne ein Geschäft.«

Eins seiner Buntglas-Kunstwerke habe ich immer noch an der Wand hängen. Es war und ist eine wunderschöne Handarbeit. Aber Louis brauchte eine Woche, um so ein Buntglas-Teil herzustellen, und verkaufen müssen hätte er eins pro Tag.

Der Laden lief schlecht, und er konnte den Pachtvertrag nicht erneuern.

Der Dienstwagen war weg, das Haus auch. Die beiden zogen die Küste hinauf und wohnten jetzt in einem kleinen Campingwagen in einer Wohnwagensiedlung. Ein Vorzelt vor dem Campingwagen verschaffte ihnen einen zusätzlichen Raum. Im Sommer erstickte man fast darin.

Louis nahm Übergangsjobs an, arbeitete in Fabriken oder reparierte Dächer. Bella arbeitete immer noch als Buchhalterin, und mit ihrem regelmäßigen Einkommen kamen sie so eben über die Runden. Für die langfristige Verbesserung ihrer Jobaussichten beschloss Bella, Rechnungswesen zu studieren. Sie glaubte immer noch an Louis und unterstützte ihn bei all seinen Projekten. Ihren Freundinnen erzählte sie, was er machte und welche Pläne er hatte.

»Louis steigt jetzt in den Bootsbau ein.«

Und er baute tatsächlich ein Boot. Aber es kostete ihn sechs Jahre und viele Sorgen und düstere Nächte, in denen ihm irgendwelche Gespenster und schwarzen Hunde auf den Fersen waren. Er stieg auch in die Schmuckherstellung ein und schlug sich damit durch. Aber er trat auf der Stelle, und sie lebten immer noch in dem winzigen Wohnwagen. Wollte man eine Hypothek aufnehmen, brauchte man einen festen Job. Also ging Louis in einer Fabrik arbeiten.

Sie kauften das Queenslander. Aber Bella verlor allmählich die Zuversicht. Zwölf Jahre waren vergangen, inzwischen waren sie Mitte vierzig, und Louis war jetzt schon so lange Aussteiger, dass es ihm schwerfallen würde, wieder einzusteigen. Wenn man der Welt den Rücken kehrt, dann kehrt sie einem selbst auch den Rücken.

Dann trennten sie sich. Bella bewohnte die vordere Hälfte des Hauses, Louis die hintere. Sie besaß einen Staubsauger, ein Kehrblech und einen Besen. Louis ebenfalls, aber er benutzte sie nicht groß, er hatte immer andere Dinge im Kopf.

Und dann kommt irgendwann der Zeitpunkt, wo man erkennt, dass es nichts mehr wird. Die Dinge, auf die man gehofft und für die man gearbeitet hat, werden nicht wahr, das Leben ist, wie es ist, damit muss man sich abfinden, sonst sinkt man noch tiefer und dreht durch.

Bella lernte jemand anderen kennen. Louis ebenfalls.

Bella zog aus und vermietete ihren Teil des Hauses. Louis' neue Beziehungen hielten eine Weile und gingen dann in die Brüche. Das Haus wurde immer staubiger, sein Bart immer länger, die Augenbrauen immer buschiger. Der Heißwasserboiler ging kaputt, er kam nicht dazu, ihn zu reparieren, die Jahre gingen ins Land. Vom Wasserkessel brach der Henkel ab, aber er besorgte sich keinen neuen. Der Rost fraß allmählich den Kühlschrank auf, die Waschmaschine funktionierte nicht so, wie sie sollte, Farbe tropfte ihm auf die Kleider, Motoröl tropfte ihm auf die T-Shirts, Schiffsbodenfarbe besprenkelte ihm die Schuhe. Die Wollmütze rutschte ihm immer tiefer in die Stirn und verdeckte irgendwann seine Augen.

Dann rief er mich eines Tages an und sagte: »Ich weiß gar nicht, was los ist, aber ich habe Schwierigkeiten beim Lesen.«

So ist das Leben. Eine Menge Leute sagen das, aber sie meinen es nicht ernst, sie meinen es scherzhaft oder ironisch. Aber es ist tatsächlich so.

Ich traf mich mit Bella und ihrem neuen Lebensgefährten Ted, um mit ihr über die Immobilie zu reden. Ich hatte sie dreißig Jahre nicht gesehen und erkannte sie nicht wieder, sie mich allerdings schon, nicht unbedingt, weil ich vorteilhafter gealtert war, sondern weil ich immer so ausgesehen hatte.

In unseren Mänteln hockten wir draußen vor dem Bowls-Klub an einem Tisch mit festmontierten Bänken. Hineingehen konnten wir nicht, weil irgendein wichtiges Spiel im Fernsehen lief und der Laden gerammelt voll war mit lautstarken Fans.

»Ich wollte dich nur informieren«, sagte ich, »dass Louis die Besitzverhältnisse des Hauses neu regeln wird, damit er seinen Teil testamentarisch hinterlassen kann, wem er möchte. So, wie die Dinge im Augenblick liegen, würde alles an dich fallen, Bella, und da ihr ja nun schon über zwanzig Jahre getrennt seid ...«

Sie funkelte mich feindselig an, als wäre ich ein Betrüger.

»Dasselbe würde auch auf dich zutreffen. Wenn du totgeschlagen würdest oder so etwas, dann würde dein Hausanteil an Louis fallen. Du könntest ihn nicht vermachen, wem du willst.«

»Und was ist, wenn ich nicht zustimme?«

»Das spielt keine Rolle. Louis kann es trotzdem machen. Genau wie du. Die Zustimmung der anderen Partei ist nicht erforderlich. Man gibt einfach nur eine Erklärung ab. Also, das wird er tun, und er wollte, dass ich dich informiere. Du bekommst auch noch einen Brief vom Anwalt, aber er wollte, dass du es weißt.«

Es war ein unangenehmer Abend. Bei Bella schien eine alte Verbitterung wieder hochzukommen.

»Ich verstehe nicht, warum das unbedingt jetzt sein muss«, sagte sie.

»Louis hat einen Hirntumor.«

»Ich kannte mal einen, bei dem wurde Krebs diagnostiziert, und der hat noch fünfundzwanzig Jahre gelebt«, warf Ted ein.

»Nicht mit einem Hirntumor, Ted, ganz bestimmt nicht.«

»Ich kannte noch einen, der hatte Leukämie und hat noch vierzehn Jahre gelebt.«

»Louis hat keine Leukämie, Ted.«

»Sagen Sie mal«, fragte Ted, »mögen Sie Bücher?«

»Manche schon.«

»Ted mag Bücher«, ließ Bella mich wissen. »Er ist ein passionierter Leser.«

»Kennen Sie das Buch *Mein Kampf*, geschrieben von Adolf Hitler?«

»Ich weiß natürlich davon.«

»Haben Sie es gelesen?«

»Nein.«

»Also, ich habe es gelesen«, erklärte Ted. Von Beruf war er übrigens Bauunternehmer. »Ich habe es gelesen, und auch wenn es ein bisschen bombastisch ist und stellenweise starker Tobak – trotzdem hat vieles, was der Bursche da schreibt, Hand und Fuß.«

Ich wollte Ted nach den sechs Millionen Juden fragen, aber der Abend war so kühl geworden, dass ich schon zitterte, deshalb sagte ich, ich müsse jetzt gehen und nach Louis sehen.

Bella besuchte ihn weder im Krankenhaus, noch kam sie zur Trauerfeier. Louis hinterließ ihr sechzig Prozent des Anwesens.

Eines Morgens klingelte das Telefon. Noch bevor ich hallo sagen konnte, brüllte eine aufgebrachte Frau durch die Leitung.

»Du willst mich bescheißen«, schrie Bella. »Du willst mich bescheißen! Dein Bruder hat mich schon beschissen, und jetzt willst du mich auch noch bescheißen.«

Sie hatte eine Kopie des Testaments erhalten.

»Bella, wo liegt das Problem? Louis hat dir doch sechzig Prozent des Hauses vermacht.«

»Und was ist mit dem Rest? Was ist mit meinem Anteil?«

»Bella, du und Louis, ihr habt euch vor zwanzig Jahren getrennt.«

»Und was war, wenn ich zu ihm gegangen bin, um den Scheck für die Rate abzuholen? Jeden zweiten Monat? Alle zwei Monate habe ich eine halbe Stunde da drinnen verbracht und mir die Probleme deines Bruders angehört? Was kriege ich dafür?«

»Bella, es tut mir leid, aber ich verstehe nicht, warum ...«

»Ihr habt mir mein Leben kaputtgemacht! Du und dein Bruder, ihr habt mir mein Leben kaputtgemacht.«

Eigentlich braucht dabei doch keiner von uns irgendeine Hilfe. Wir schaffen das mühelos allein, ohne die geringste Unterstützung von außen.

31
Hülle

Wenn man eine Schwingtür aufdrückt und sie dann loslässt, geht sie nicht sofort wieder zu. Sie schwingt noch ein paarmal hin und her, und man könnte hinein- und wieder hinausgehen. Erst dann ist die Energie verbraucht, und sie bleibt stehen.

Louis wurde zuerst zur Computertomographie und danach zur Kernspin gebracht. Trotz allem, womit sie ihn befeuert hatten, trotz Operation, Chemo und Bestrahlung war der Tumor wieder da, er wuchs rasant und bildete, um sich zu ernähren, im Gehirn sogar seine eigenen kleinen Blutbahnen. Keine Heilungschancen mehr.

An einem Tag konnte Louis noch gehen, am nächsten nicht mehr.

»Wir schicken Sie ins St. Peter's, Louis. Wir brauchen dieses Bett hier. Es ist wirklich nur, weil wir das Bett brauchen.«

Irgendwie sagten sie es ihm, und irgendwie auch wieder nicht. Sie brachten ihn ins St. Peter's, und den Leuten, die ihn dort besuchten, zerquetschte er die Hände, nur um zu zeigen, welche Kraft er noch in den Armen hatte.

Mit seinem Freund Michel Meere hatte Louis eine Abmachung. Wenn Louis ihn fragte, dann würde Michael ihm die Wahrheit sagen und ihm keinen Mist erzählen. Aber Louis fragte nicht. Nicht direkt jedenfalls. Er sagte nur: »Ich glaube, in ein paar Tagen lassen sie mich raus. Fühl mal, wie ich zupacke, Mike. Spürst du, welche Kraft ich in der Hand habe?«

»Louis, ich glaube, wenn du möchtest, dass die Ärzte dich nach Hause schicken, dann musst du ihnen zeigen, dass du herumlaufen kannst. Im Moment bin ich mir nicht mal sicher, ob du auch nur bis zum Bad laufen kannst. Kannst du das, Louis?«

Louis gab keine Antwort, sondern sah weg.

So hielten die beiden ihre Abmachung ein.

Zwei Tage später lag Louis im Koma, und die Schwestern drehten ihn alle drei oder vier Stunden, damit er sich nicht wundlag. Eine Woche saß ich an seiner Seite.

So läuft es. So ist das nun mal. Das Leben geht einfach seinen Gang.

Im Totenschein trugen sie das falsche Datum ein und buchstabierten seinen Beruf falsch, sie schrieben »Chemmieingenieur«. Außerdem kam Louis' Testament abhanden. Ich beauftragte Anwälte und sprach mit Immobilienmaklern und räumte das Haus aus. Mehr konnte ich nicht tun.

Mein Flug war für Donnerstag gebucht, und am Mittwochabend gingen wir alle zu *Fried Fish*. Ich verabschiedete mich und dankte allen für das, was sie getan hatten.

Halley, Don, Mike und Marion kamen mit mir zum Haus zurück, wo wir die letzten Little Creatures tranken. Ich gab Halley einen Satz Schlüssel, damit er, nachdem ich abgefahren war, vorbeikommen und den Kühlschrank abholen konnte. Dann verabschiedeten wir uns noch einmal, die anderen gingen, und ich schlief zum letzten Mal in Louis' Haus.

Am nächsten Morgen packte ich den Rest und kontrollierte, ob ich auch nichts vergessen hatte. Das Haus war eine leere Hülle, bis auf die Möbel von der Heilsarmee, die darauf warteten, dorthin zurückzukehren, wo sie hergekommen waren.

Ich sah in den Schränken und Schubladen nach. In einer fand ich eine Postkarte mit einer schottischen Landschaft. Ich drehte sie um. Louis' Adresse war in meiner Handschrift, aber der Text war von einem Kind geschrieben.

»Lieber Onkel Louis«, stand da, »wir sind im Urlaub in Schottland. Danke für mein Buch und mein Känguru, das ich ganz lieb habe.«

Unter die kurze Nachricht hatte meine Tochter Küsse gemalt und ihren Namen geschrieben. Sie ist inzwischen eine erwachsene Frau.

Louis hatte die Karte nie weggeworfen.

Das Gebäude wurde bis in die Grundfesten erschüttert. Man glaubt ja immer, dass das Haus, in dem man wohnt, erdbebensicher ist. Man geht davon aus, dass der sorgsam errichtete Turm, erbaut auf Erfahrung und den Fehlern der Vergangenheit, allen Tornados, Orkanen und Stürmen standhalten wird. Und dann flattert eine Feder vom Himmel, mehr braucht es nicht. Ich saß auf dem Heilsarmee-Sofa und weinte wie ein Schlosshund.

Mein Handy klingelte. Es war der Taxifahrer, der mir mitteilte, er warte draußen. Ich stellte die Koffer auf die Veranda, warf noch einen letzten Blick zurück und schloss die Tür. Dann trug ich das Gepäck hinunter zum Taxi.

Der Fahrer war Inder. Vielleicht hatte er keine Aufenthaltsgenehmigung, aber was spielt das schon für eine Rolle? Wir sprachen über Kricket und das Pandschab, darüber, wo er herkam, und über die schwüle Hitze.

Wir gerieten in den morgendlichen Verkehr, und ich machte mir Sorgen, dass ich meinen Flug verpassen würde. Ich fragte den Fahrer, ob er glaube, dass wir noch rechtzeitig ankommen würden. Er sagte ja.

»Keine Sorge«, sagte er. »Kein Problem.«

Mir scheint, dass es – neben den anderen – auf der Welt auch eine Menge gute und freundliche Menschen gibt, die vermeiden wollen, dass man sich Sorgen macht.

Ich fürchte nur, dass ihre Ermunterungen umsonst sein könnten.

Als ich in Heathrow ankam, wartete meine Frau auf mich. Wir gingen zum Parkplatz, wo sie den Wagen abgestellt hatte. Es war kalt und regnerisch, und ich trug immer noch die Kleidung für einen warmen australischen Frühlingstag.

»Alles klar?«, fragte sie. »Ist dir kalt?«

»Nein, alles in Ordnung«, antwortete ich. »Das merke ich gar nicht.«

Denn so waren Louis und ich immer schon gewesen.

Wir waren hart im Nehmen.

32
Rechtzeitig

Louis hatte eine Lebensversicherung, die bei Tod und unheilbarer Krankheit ausgezahlt wurde. Die Versicherung verlangte eine Bestätigung, dass Louis keine lebenden Hinterbliebenen hatte, bevor sie das Geld auf sein Nachlasskonto überwies. Zu den Hinterbliebenen gehörten auch noch lebende Elternteile. Wir hatten keine mehr. Aber die Versicherung brauchte einen Nachweis, dass unsere Eltern nicht mehr lebten.

Ich fand den Totenschein meiner Mutter, aber nicht den meines Vaters. Allerdings fand ich seinen Begräbnisschein. Den schickte ich also ein. Er erwies sich als unzureichend.

Ich rief die Versicherung an. Man bestand darauf, dass ich den Totenschein meines Vaters vorlegte.

»Aber anhand des Begräbnisscheins können Sie doch sehen, dass er 1961 beerdigt wurde.«

»Das beweist überhaupt nichts«, sagte der Mann am anderen Ende. »Wir brauchen einen Nachweis, dass er auch wirklich tot ist.«

»Er liegt seit über fünfzig Jahren in einem Sarg.«

»Das ist kein Beweis. Das ist Hörensagen.«

Ich besorgte mir von den Meldebehörden einen Totenschein und leitete ihn weiter.

Dann skypte ich mit Halley und erzählte ihm, was passiert war.

»Ist doch unglaublich, Halley, oder?«

Er brauchte so lange für seine Antwort, dass ich schon dachte, die Leitung sei tot.

»Den Trick hat sie mit einem Plastikdaumen gemacht, stimmt's?«

»Ja. Was macht dein Schuppen, Halley? Wie geht es dir? Was machen die Glockenvögel?«

»Ich fahre dieses Wochenende mit Derek raus an den See«, sagte er. »Rotscherenkrebse fangen.«

»Was nehmt ihr als Köder?«

»Den habe ich gleich hier in der Obstschale«, sagte er. »Weißt du, ich wünschte, Louis käme mit.«

»Ich auch«, sagte ich. »Ich auch.«

Mein Bruder Louis brach immer als Erster überallhin auf, weil er ja der Ältere war. Und dann, nach einer Weile, folgte ich ihm.

Ich nehme an, dass er, wenn es so weit ist, immer noch seine Wollmütze trägt.

Vermutlich fragt er mich: »Wo warst du denn so lange?«

Einer von uns wird wissen, was zu tun ist.